追光年代

田千武　著

天津出版传媒集团
百花文艺出版社

图书在版编目（CIP）数据

追光年代 / 田千武著 .-- 天津：百花文艺出版社，
2025.5.--ISBN978-7-5306-9142-7

Ⅰ .I247.7

中国国家版本馆 CIP 数据核字第 2025AD1833 号

追光年代

ZHUIGUANG NIANDAI

田千武 著

出版人：薛印胜

责任编辑：郑 爽

装帧设计：百悦兰棠 [BAIYUE LANTANG]

出版发行：百花文艺出版社

地址：天津市和平区西康路 35 号　　邮编：300051

电话传真：+86-22-23332651（发行部）

+86-22-23332656（总编室）

+86-22-23332478（邮购部）

网址：http：//www.baihuawenyi.com

印刷：北京一鑫印务有限责任公司

开本：880 毫米 ×1230 毫米 1/32

字数：190 千字

印张：9.125

版次：2025 年 5 月第 1 版

印次：2025 年 5 月第 1 次印刷

定价：58.00 元

如有印装质量问题，请与北京一鑫印务有限责任公司联系调换

地址：北京市顺义区北务镇政府西 200 米

电话：（010）61424266　邮编：101399

序

田千武的中短篇小说集《追光年代》，收录了作者近年创作的中篇小说和短篇小说。作者通过自己的观察、认知、感悟和想象，聚焦普通人日常生活的起伏波折，塑造了一系列不同身份、不同性格、不同经历、不同命运的人物形象，以此来反映时代的变迁和社会的风貌。这些作品犹如拼接游戏的各种碎片，拼接完成之后就是一幅丰富多彩的社会生活画卷。

《追光年代》具有题材、风格、表现手法多样化的特点，作者从人性出发，既有对真善美的歌颂，也有对假丑恶的鞭笞，凭借故事、人物反映社会现实，折射时代风貌，展示人间百态，让读者看到了自己以外的人是怎样的生活的。这些“自己以外的人”中，既有辞职创业的高级白领、放弃爱情到西部山区支教的青年教师、退伍不褪色的军人、远赴他乡的打工人、倾注毕生心血的扶贫干部，也有生活在社会最底层的农民兄弟，还有身上负载着一个地方百年沧桑的耄耋老妪……

讲述高级白领辞职创业故事的小说《回雁客栈》，是一篇充满对美好生活向往的成功之作，曾于2024年发表在著名文学刊物《芙蓉》杂志衡阳专辑。作品中的主人公尹惠子是一个新时代的新青年，思想解放，敢于尝试，毅然辞去深圳一家大型企业的高管职位，来到衡山脚下创办了自己的民宿“回雁客栈”，同时开展导游服务、心理咨询、公益网店等项目，成功挽救了意图自杀的年轻人的生命。她在事业风生水起之时，也获得了属于自己的爱情。作品塑造的尹惠子文学形象，是对当下所谓年轻人是否缺少进取心、甘愿躺平的一种回应，是对创造美好生活、享受美好生活、热爱美好生活的一种期许。

《青春恰自来》的故事十分感人。大学刚毕业的上海青年姜华报名参加志愿支教，来到了贵州黔西南州兴义市的一个叫德旺的小学任教。当他看到当地依旧如此贫困、孩子上学读书依旧如此艰难的现状，就决心留下来贡献自己的一份力量，甚至为此失去爱情也不足惜。他认为：“人生不可能什么都能得到，总有一些东西会失去，关键是看自己如何把握。”在贵州支教期间，他几乎过着与世隔绝的生活，但是他奉献山区教育事业的热情和对孩子们的爱依然不变，尽心尽力地上课，不辞辛苦走很远的山路家访，把古典诗词谱上曲子教孩子们学唱，特别是与北京的一个公益组织取得联系，圆了从没走出大山的孩子们去北京看天安门的梦想，更是让他赢得了山区百姓的爱戴和尊敬，因而在他突发急性阑尾炎时，全村人克服各种困难终于使他转危为安。小说反映了新时代青年为实现自己的人生价值，义务支教，为社会作出贡献的人生状态，展示了主人公积极向上的精神风貌。

实施乡村振兴战略，是关系全面建设社会主义现代化国家的全局性、历史性任务。在这本小说集中，有《父子接力》《凤凰山下》两篇作品反映这一主题。《父子接力》讲述了“我”和父亲两代人都在淮江县民主村扶贫的故事。父亲当年和村干部一起为摆脱贫困殚精竭虑，在当地建成了一座砖瓦厂，最后积劳成疾过早去世。随着时代的发展国家限制黏土实心砖的生产，到了“我”20多年后再接手派驻民主村时，则考虑是如何拆掉这座砖瓦厂改为以现代工艺生产加气砖，为发展集体经济增加产业支撑。加气砖成功投产当日，“我”和当年的村支书的儿子不约而同地各拿着一块加气砖放在自己父亲的墓碑前。《凤凰山下》与《父子接力》有异曲同工之妙。省财政厅下派的青年干部张皓然来到凤凰村，真心实意、千方百计地为当地脱贫致富努力工作，他多方争取开通隧道，使山村与外界交通便捷，他还引导农民种植经济作物多彩牡丹，帮助当地实施“下山工程”，改善农民的生产生活条件，以实际行动践行党的全心全意为人民服务的宗旨，让人民群众感受到党时刻以人民为出发点，为群众办实事的初心！

《有人在跳霹雳舞》这篇小说，通过对退伍军人孙建国、李先军等人物形象的塑造，反映了普通人困顿窘迫的生存状态，也多维度地展示了他们的内心世界，赞美了动人心魄的战友情义。

孙建国是一个年近60岁的退伍军人，失去了在建筑工地的生计，无奈之下找到了偶遇的战友李先军，在他的料场帮工。然而，面对整体经济下滑而有效需求不足的状况，李先军的料场最终亦面临着难以为继的状态。为了不让战友为难，孙建国便谎称自己另有打算辞掉了工作。没有工作，没有收入，生活困难，精神抑郁，仅仅半年时间孙建国就患了上阿尔茨海默症，完全忘记了过去的人和事。因为年轻时喜欢跳霹雳舞直到老年还保持着这种兴趣爱好，最终孙建国在战友们的帮助下，通过霹雳舞的音乐慢慢恢复到了常态。

小说的故事，真的如电视剧《渴望》中唱的那样：宛如平常一段歌。如果说有什么新奇的地方，就是曾经在几十年前流行的霹雳舞，直到今天，竟然还有人对它如痴如醉并最后因其改善病症。小说的高明之处，就在于它通过故事能够激发人们的感悟，认识到小说究竟想告诉我们的是什么。

小说通过讲述故事，探讨了面对困境更需要抱团取暖、共克时艰的社会问题，证明了只有团结起来共同奋斗，才能获得自己想要的生活。几个人的事情是如此，更大的团队、集体乃至我们这个国家，在这种情况下何尝不需要这种精神？只要我们有决心、有信心，任何困难也吓不倒我们。此外，小说所表现出来的战友情、人间爱，也同样让人为之感动。

与《有人在跳霹雳舞》题材类似反映普通人乃至社会底层人生活困顿的作品，还有《白月光》《远方的呼唤》等，它们从不同侧面烛照了社会的角落，留下了时代的烙印。

《相思树》比起这本小说集的其他作品来，区别的地方主要是厚重的社会历史纵深感。作品从 1921 年民国时期写到当下，时间跨越一个世纪。作者根据历史档案资料和合理的艺术想象，生动地描画了罗圩这个苏北小乡的百年沧桑。地主家的儿子金锁和长工田玉不同的人生命运走向，揭示了人性的真实和复杂，展现了不同的人生观和价值取向最终会带来不同的结局。田玉的善良、朴实、仗义、担当，特别是他献身革命事业的家国情怀，让我们由衷钦敬，而田玉的妻子五奶奶的坚贞、坚守、坚持，也同样展现了中华民族优秀美德在普通人身上的光大和弘扬。田玉当年栽植的那棵柳树，五奶奶在田玉牺牲后栽植的那棵榆树，象征着他们永远相守的爱情。

田千武在研究生阶段攻读的是北京师范大学文学创作专业，创作上有系统的文学理论支撑，因而能够由散文、诗歌向小说方面成功转型。从2020年到2024年，仅仅几年时间就创作出版了《我们这一代人》《他乡之客》《吾国吾乡》等3部长篇小说，写了二十几个中短篇小说，其中一些中短篇小说分别在《芙蓉》《北极光》《连云港文学》等期刊发表，获得过地方一些比较重要的文学奖项。这是一个了不起的成绩。田千武的创作风格很有意思，就是没有很浓的地域色彩，故事发生地天南海北以至延伸到异国他乡。就《追光年代》这部小说集而言，里面的故事发生地就有湖南、贵州、北京、陕西等多个区域，而所书写的每个区域的故事，都能让人有身临其境之感。再者，田千武不仅惯于书写自己熟悉的生活和领域，而且也擅长书写自己不熟悉的生活和领域，显示出了一个作家广博的知识储备和广阔的社会视野。

祝愿田千武更上一层楼，为我们这个时代书写更多的优秀之作。

是为序。

（陈法玉，中国作家协会会员，中国文艺评论家协会会员，宿迁市文艺评论家协会原主席，国家二级作家。）

目录

回雁客栈

三年前的冬天，尹惠子第一次来衡山，在回雁峰前，她想起了范仲淹的那句“衡阳雁去无留意”，本来她打算在衡阳玩几天便继续往南，到贵州、云南转转，后来也打消了念头，像南飞的大雁一样就此止步。这里的奇山异峰、层峦叠翠让她流连忘返，假期有限，干脆在这里玩个痛快。她不想住大宾馆，倒不是消费高的原因，总觉得不舒服，像T台上的模特一样，高傲而冰冷，千篇一律。与大宾馆大酒店相比，她更喜欢民宿，具有当地特色，接地气，能与当地的山水连成一体。她在山下找了一家民宿客栈，一直住到离开，住在这家民宿期间，她萌生了自己开一家民宿的想法。

三年后尹惠子辞去了在深圳一家大型民企的高管职位，再次来到了衡阳，她正式实施在衡山脚下开一家自己的民宿的计划，民宿名字就叫“回雁客栈”，从而实现了她“外边的世界很精彩，我想去闯闯”的想法。

尹惠子当初看房子的时候，对现在租的这房子并不十分满意——房子破旧，离去往山上的主干道有点远。这房子很久没人住，房东住城里，这房子原是房东父母住，父母去世后，房子便空着，房东偶尔回来一次只是打开院子的门，在院子里转上几圈，甚至懒得打开房子的门，只是顺着窗户往屋里望几眼便离开了。尹惠子看了好几处房子，都不太满意，不是太小就是没院子，最终只好选了这个房子。这处房子最大的优点就是院子大，房子也大，三层小楼，面积也还可以，适合做民宿。租房合同订下后，她便返回深圳，请了一家设计公司对这房子进行装修设计。尹惠子打算打造具有当地苗家特色风格的一家民宿，外墙做成竹子形，用绿漆刷。重点是对三层小楼内部进行改造，分隔成很多小房间。院子里有一棵老榆树，树干粗得一个人抱不过来。树冠荫翳，整个院子都在树的浓荫之下。尹惠子想将来给入住的客人每人赠送一根红色的祈愿条挂于榆树的枝丫间，随风摆动一定非常好看。院子后面是三棵粗壮的泡桐树，如三个高大的卫士，院子前面有四棵柿子树，院门两边各两棵。为了连接上山的道路，尹惠子打算修一条简易柏油路，路两边栽上低矮的风景树，树上挂上通电的小彩灯，五颜六色，晚上一闪一闪的，一定很美。

施工的那些日子，尹惠子吃住在现场，紧盯每一个细节，对图纸上所有的变更她都要反复推敲，一切都要做成她希望的样子。工人们休息时尹惠子也同时休息，工人是清一色的男人，由于天热吃饭后工人们会在屋子里装修用的木工板上躺下，穿着短裤赤裸上身。尹惠子不方便在那休息，她会到屋子后面山上转一转，有时坐在院子里老榆树下的石凳子上。有山谷的风吹来倒也不热，她抬头便可以看到衡山七十二景之首的回雁峰，在诸峰中如此与众不同。

开业的时间定在国庆节当天，国庆期间也是传统的旅游旺季，她的闺密及要好的同学知道后相约前来庆贺，其中包括不请自来的大学时代的前男友翁自力。其实尹惠子和翁自力在大学学的都是国际经济与贸易专业，只是不同班级，两人同为班级的团支部书记，院里、学校团委搞活动时经常见面，一来二去便熟悉了起来，彼此互生好感便发展为男女朋友关系。尹惠子是广东人而翁自力是北京人，毕业时尹惠子在北京没有找到合适的单位入不了北京户口便回广东深圳就业，翁自力本想跟着前往深圳，但父亲却坚决不同意。翁自力父亲当时已身患肝癌，家中经营一家贸易公司，父亲自知时日不多便希望儿子留在身边接手公司。翁自力本想让尹惠子留在自家的公司，只是母亲却看不上这个未来的儿媳妇，坚决反对。忠孝之间翁自力选择了孝，后来这段感情便无疾而终了。后来翁自力在北京找了一个女朋友结婚，婚后没到一年父亲便去世了。此后十年，尹惠子和翁自力很少联系，而尹惠子回雁客栈开业这天，翁自力出现了。

“祝贺你，尹总。”翁自力一脸坏笑站在尹惠子面前。

“哎呀，翁总咋有时间光临我这个寒门小店啊？”

“哦，这么说，不欢迎我来啦？”

“有朋自远方来不亦乐乎，欢迎！欢迎！哦，对了，你的夫人大才女方六艺呢？咋没一起来？”

“她在美国呢。”

“哦。”

气氛似乎有些尴尬，翁自力忙岔开了这个话题。

“要不是同学告诉了我你客栈开张的消息我还不知道呢。”

“我不想搞得惊天动地的，万一搞砸了不就成了同学们的笑话？”

“你还是和上学时的风格一样，低调！”

…………

尹惠子引众人进入院子，又到房间参观，众人对客栈设计赞叹不已。稍作休息后，尹惠子带领众人上了回雁峰后又游览了其他一些著名景点，他们绝大多数都是第一次到衡山，壮美景观让他们流连忘返，直到日落西山方才尽兴返回客栈。

到了晚上，皓月升空，群山静静站立，有瀑布喷溅的声音从远处隐隐传来，山谷的风轻轻地吹。尹惠子在客栈前的一处空地上燃起一堆篝火，支起的木柴在火光中噼啪作响。尹惠子、翁自力和一帮好友手拉着手围着篝火唱着歌。

“月亮啊升上了天空，星星眨啊眨眼睛，远方的客人啊请你停下脚步，让我们一起唱歌跳舞……”

尹惠子还请了当地几位苗族姑娘，她们身着苗族服饰，也和尹惠子的朋友们手拉手围着篝火跳舞，头上戴的和身上挂的银饰在月光下闪闪发亮。

篝火渐渐熄灭，尹惠子领着一群人进了院子，老榆树下早已架好了烧烤炉，炉槽里的木炭红红的旺旺的。众人分别动手选自己喜爱的羊肉串、蔬菜串等边烤边喝啤酒，说说笑笑，好不热闹。夜已深，众人酒兴正浓，一直到好几人喝吐酒才宣布结束。尹惠子安排众人回房休息，一切收拾妥当已是凌晨。此刻，她毫无睡意，一个人走出院子坐在一棵挂满柿子的树下，望着月亮发呆。尹惠子有个特点就是酒喝得越多越睡不着觉，这次她确实也喝多了，中间偷偷吐了两次。一阵风吹来，她打了一个寒战，双臂抱在一起，这时一件上衣披到了她的身上，尹惠子吓了一跳，转头一看是翁自力。

“你咋不睡觉？深更半夜的来吓我吗？”

“你不是也没睡吗？”

此后，两人谁也没有说话，一直到东方发白。

“天亮以后我就出发，下次有空我再来看你。”

“不必了。你是有家庭的人，方六艺知道会不高兴的。”

“其实我们过得很不好。”

“哦。”

尹惠子又一阵沉默后缓缓抬起头望着翁自力。

“就是因为过得不好才来找我的吗？如是这样的原因下次更不必再来了，别人会以为我的原因导致你们过不好的。”

“不，我是一直放不下你，同时……”

尹惠子做了一个制止的手势。

天亮送走翁自力和一班闺密好友后，尹惠子感到似乎有些疲惫，她回到房间刚躺到床上不久便有客人前来住宿，尹惠子只好起身迎接。

前来投宿的是一男一女两个年轻人，二十几岁的样子，各自背着双肩包，只是男孩子手里多了一样东西，竹制的，比笛子长，尹惠子没见过这东西，好奇地问了一句：“这是什么东西？长笛？”

“箫。”

回答后，男孩便不再言语，女孩似乎没说过一句话。这两个年轻人在房间休息了大约一个小时便一起跟着上山去了，只是男孩手中少了那支箫。当天快黑的时候两人才回到客栈，显得十分疲惫。到了房间把包放下后又到了一楼小餐厅，要了两个炒菜，点了两瓶啤酒。用餐过程中两人似乎都没有说一句话，只是喝啤酒吃饭。饭后两人上楼回到房间，不一会儿，男孩一个人下来了，手里拿着那支箫往客栈后面的小山上走去。

不久，低沉而忧伤的箫声便从后山上传来。尹惠子刚好安顿完一拨客人坐在前台的柜台后休息。她闭着眼睛静静地听着，月光如水，箫声呜咽，如歌如诉。尹惠子虽不知这个年轻人吹的是什么曲子，却感到非常忧伤。大约过了一个时辰，箫声停止，四周再次归于沉静，远处瀑布喷溅的声音在微风中传来。尹惠子走出客栈，坐到柿子树下，客栈大门两边两个红色大灯笼在风中轻轻摆动。每个灯笼上都印有两个大字，分别为“回雁”和“客栈”。灯笼里连着电灯泡，两个灯笼散发着大红色的光芒。门牌灯箱也是红色，上面同样刻有“回雁客栈”四个字。只是在设计时，尹惠子要求不能采用普通的灯箱广告模式，在形状和字体上添加了艺术要素，看起来更加时尚大方。

尹惠子看着远处发呆，男孩拿着箫从后山上回来，走到门口，在灯笼以及门牌灯箱照射下男孩成了红色的人。他慢慢地走进院子，那支箫已被他扛在肩上。

第二天，尹惠子只看到两个年轻人吃早饭的时候下楼，吃完饭就回了房间，再也没看到他们外出。

国庆期间客人很多，来了一拨又走了一拨，往来不断。尹惠子一个人忙不过来就雇了当地一个名叫李珊的小姑娘。李珊职中毕业不久，没找到合适工作，刚好发现尹惠子张贴的招聘启事便来应聘。李珊有些腼腆，负责前台客人接待工作，有些放不开，尹惠子一时又找不到更好的人选，只好先用着。至于企划宣传等，尹惠子也只有亲自动手。虽然客人较多，进进出出，尹惠子还是关注着那两个年轻人，他们没下来吃午饭，晚饭也没下来吃。尹惠子感到有些奇怪，她轻轻上楼走到这对年轻人的房门前听了听，里面没有一点动静，她站在房门前想，或许他们晚上玩手机时间太久正在补觉？想想也不对——一整天了不可能补这么久。这时她闻到了一股刺鼻的气味从门缝里飘出来，好像烧锅炉的煤炭味道。尹惠子有一丝不祥的预感，她上前轻轻地敲了敲门，没有动静，她又使劲地敲了敲门，依然没有动静。她赶紧跑下楼取来公用的房间钥匙打开房门，一股刺鼻的味道迎面扑来，她一眼就看到两个年轻人和衣静静躺在床上，睡着了一般。地上一只铁盆中一堆木炭正在燃烧。尹惠子瞬间就明白了咋回事——烧炭自杀！她忙上前喊："喂！帅哥，醒一醒，美女，醒一醒！"两人还是没有反应，她连忙用脚把装有炭的铁盆推出房门。

"赶紧救人！"她头脑中闪过的第一个念头。她掏出手机想拨打120急救电话，想到这里到市区医院还很远，几十公里的路程，担心救护车开过来再开回去会耽搁太多时间，于是做出了一个大胆的决定，为了节约时间自己开车送两人到医院。尹惠子连忙喊住宿的客人帮忙一起把两个年轻人抬下楼，抬到她的车上，一个住宿客人自告奋勇跟车前往。尹惠子开车向市区医院驶去，在行驶过程中她把车窗全部打开，保持通风顺畅。

所幸，两个年轻人经过抢救都转危为安。医生说，再送迟一点儿有可能就救不回来了。尹惠子为自己大胆决定亲自送到医院而感到庆幸。她一直在医院陪护他俩，客栈的事只有李珊一个人在应付。醒来的两人起初不愿告诉家里人的电话，在尹惠子反复开导下才说出了联系方式。

两个年轻人的父母得知消息风尘仆仆地先后赶到医院，见到尹惠子千恩万谢，女孩的母亲甚至当场要向尹惠子下跪，尹惠子急忙把她扶了起来。女孩的父亲又把尹惠子垫付的医药费给了她并一再感谢。

醒过来的女孩一直在低低地哭泣，她的母亲也在抹眼泪，女孩的父亲只是默默地在房间里站着。第三天，女孩的父亲便走了，说是班上忙，不好请假。父亲走后，女孩子的母亲告诉尹惠子，他们已经离婚十年了，孩子判给她抚养，她和孩子父亲离婚后都分别组建了家庭，双方又都有了孩子。

男孩子的父亲先赶到了医院，隔一天后男孩子的母亲也到了。两人见面后便开始了争吵，仿佛是仇家一样。男孩子不闻不问，似乎已习以为常，只是躺在床上玩手机，输液管中的药水一滴一滴不停地向下滴着。

尹惠子了解到男孩父母也早已离婚，男孩判给父亲，双方也均已再婚，男孩子父亲常年在外做生意，母亲再婚后又生了个儿子。

自两个年轻人的父母到医院后，尹惠子便回到了客栈，假期客栈也太忙了，在医院期间手机一直响个不停，不是水电不通就是网络不通，或是客人酒后闹事，仅凭李珊根本处理不了。假期的最后一天，两个年轻人出院了，男孩父亲前一天晚上打电话给尹惠子告知第二天出院的消息，尹惠子第二天一大早便开车前往医院，到了医院后看到两个年轻人出院手续已办好，男孩的母亲已不在医院，据说两天前已离开了。两个家长再一次对尹惠子表示感谢，男孩的父亲还专门请人做了一面锦旗送给尹惠子。上书：

赠：回雁客栈尹惠子小姐

大爱无疆财源广进

孙思诚

二〇二二年十月六日

尹惠子双手接过锦旗表示感谢。一切手续办妥后，四人坐上尹惠子的越野车回到回雁客栈，此时客栈内客人少了很多，一些客人正在办理退房手续。本来两个年轻人的父母到客栈打算取了行李就带他们的孩子离开，两个年轻人却不愿随他们回家，打算在这多住几日，两位家长也住了下来，打算多陪他们一晚。

晚饭后，尹惠子来到院子里，看到两位家长也坐在老榆树下的凳子上聊天，见到尹惠子两人忙站起来打招呼，邀请她坐下聊天。此时客栈也不忙，尹惠子便坐下和他俩聊天，通过聊天，尹惠子也解开了心里的谜团：两个年轻人为何要烧炭自杀。

孙言的父亲孙思诚长叹一口气说："离婚对孩子的伤害太大了，我和他妈离婚时孙言十二岁，正是叛逆期，我做生意回家也少，他迷上了游戏，成绩开始下降，后来上了一个民办本科，好不容易毕业了，却染上了赌博的恶习，整天在网上赌，这一切都是家庭造成的。也就是在网吧里认识了方蕊。"方蕊母亲说："方蕊本来是个非常听话乖巧的女孩，我和她爸爸离婚后，孩子的性格完全变了样，暴躁，孤僻，独来独往。"

"方蕊是什么学历呢？"尹惠子问。

"职中毕业，毕业后也不去上班，就在社会上瞎混。"方蕊母亲说着又开始抹眼泪，"这一切都是她爸爸造成的，不顾家，天天在外和野女人鬼混。"

"他们俩好好的为什么要自杀呢？"尹惠子打断了方蕊母亲的话，她不想再听这个人的唠叨，在医院里已听过这个女人对前夫的控诉。

"主要就是网络赌博欠下钱。"孙思诚抬头望着已快到达回雁峰顶的月亮说，"孩子出事的前一天，他给我发了一条短信，内容是活着没意思，我安慰他不要做傻事，他又回了一条信息说是欠钱了，我问欠多少便再也没有回答。"

"究竟欠多少呢？"尹惠子问。

"三百多万，前天在医院我问他的，本来不愿说，我答应帮他还这才告诉我。"孙思诚又叹了一口气说，"我确实有责任，对孩子关心太少了。"

第二天天亮后，孙言的父亲和方蕊的母亲便离开客栈回家了。

孙言和方蕊状态也比以前好很多，两人吃过早饭手拉手到后山转一会儿，回客栈的时候方蕊手中还拿着一束野花，五颜六色，边走边放在鼻子前嗅着。两人下楼吃过午饭回房间后就再也没有出来，尹惠子到楼上转了一圈，在他俩的房门前停下，隐隐约约听到房间里有音乐声。晚饭过后，孙言和方蕊到院子里坐在那棵老榆树下，两人说说笑笑，看起来心情不错。见尹惠子过来两人招呼她坐下。

“尹姐，我想问你一件事？”孙言问。

“什么事呢？尽管问。”尹惠子坐下来，面带微笑。

“您这店里还缺不缺人手呢。我们想留下来帮忙。”孙言接着又补充了一句，“不缺人手呢也请帮忙在这附近找一份工作。”

“欢迎！欢迎！我店里正缺人手呢。只是新开的店工资有点低，以后如效益好会提高工资的。”尹惠子对孙言提的需求感到有些吃惊，又一想这也是好事啊，毕竟两人想开了。

“工资无所谓，只要包吃包住就行。”方蕊在一旁回答。

尹惠子发现方蕊换了一个发型，以前是披肩发，现在扎成了两条辫子，她边说话边拨弄着辫梢。

“你们为什么想留下来呢？”尹惠子不解地问。

“我喜欢衡山这环境，在这里心情舒畅。”孙言说。

“还有就是尹姐人好，我愿意和您待在一起。”方蕊还没等孙言说完便打断了他的话。

“在我这里，今后不能再做傻事了。”尹惠子笑着说，“生命诚可贵，爱情价更高，你们的爱情才刚刚开始呢。”

“我已把所有的游戏软件、赌博软件都删除了。”孙言信誓旦旦地说，“我今后再也不赌博了。”

“我也不再去网吧了。”方蕊笑着说。

答应了两人后，尹惠子安排孙言做客栈宣传等网上营销，主要是他擅长电脑网络。安排方蕊做前台，和李珊一起搭档负责接待客人。

尹惠子有一个设想就是客栈提供导游服务，方蕊长相甜美，是做导游的最佳人选，当店里不忙的时候尹惠子便安排方蕊到旅行社跟其他导游一起上山学带团。方蕊本人也喜欢，后来独立带了两次客人后，性格都开朗了许多。

孙言把回雁客栈投放在网上各大网站，网上订房数量不断攀升，生意越来越红火。

尹惠子发现前来客栈住宿的大多是年轻人，有的男女相伴，有的独自前来。自从孙言和方蕊自杀事件发生后，尹惠子感觉现在年轻人心理疏导存在很大问题，许多年轻人一时想不开寻短见的新闻时有发生。她打算成立“回雁心理咨询工作室”，免费为年轻人提供心理咨询，为此她从网上购买了大量心理咨询方面的书籍开始自学，还报名参加了国家二级心理咨询师资格考试，打算通过考试后便正式挂牌。

经过几个月精心准备。考试时间到了，尹惠子参加了国家二级心理咨询师统一考试，成绩公布后竟然高分通过，尹惠子大喜过望，开始着手筹办“回雁心理咨询工作室”。各项报批手续通过后，便开始准备挂牌运营。孙言看到尹惠子如此辛苦，便对她说：“尹姐，您有什么跑腿的事尽管交给我去办就行，我也想好了，打算在回雁客栈的网页做个心理咨询专栏，扩大知名度，也可以惠及更多的人啊。”尹惠子本不打算大张旗鼓做宣传，住店客人需要就提供一下服务，经孙言这么一说感觉有道理，既然做公益就要认真宣传。她让孙言先做个方案出来，没想到孙言这小子经过几天酝酿还真的拿出了一份高质量的方案，包括挂牌时间、邀请对象、宣传策划等都做得很全面，尹惠子对这个方案很满意。挂牌时间定在元旦，地方文旅局的领导、旅行社的老板及导游、报社、电视台、旅行网负责人等一众人参加了挂牌仪式。尹惠子发表了讲话，介绍了咨询工作室筹备过程以及公益性目的。孙言还以自己和女朋友为例做了发言，介绍了尹惠子的善行善举。文旅局的领导在讲话中认为尹惠子客栈与心理咨询相结合是一次创举也是义举，希望能够做成衡阳文旅界的品牌。仪式最后，文旅局领导和尹惠子共同揭去铜牌上的红绸布，掌声响起，照相机拍个不停。仪式结束后，经过报纸、电台、网络宣传，尹惠子一时间成了当地红人。

揭牌仪式后的一个星期，回雁客栈来了一个二十五六岁的小伙子，办好住宿手续后便一个人上了山，晚上很晚才回来。

小伙子第二天吃过早饭后找到尹惠子，他说自己名叫杨敬，从网上看到尹惠子有关心理咨询的报道，便过来了，他玩过了五岳中的四岳就剩下了南岳衡山了，打算玩过衡山就结束自己的生命。尹惠子很吃惊，忙问原因，小伙子说他来自农村，大学毕业后一直找不到理想的工作，毕业三四年了一直在外混着，有时在工地上打点短工维持生活，也无颜回家，觉得活得没意义便想从衡山的回雁峰跳下自杀。

尹惠子对杨敬进行了心理疏导，稳定了他的情绪。杨敬说自己已身无分文想走也走不了。尹惠子说那就先在客栈里帮忙，以后再想办法。杨敬点头同意。

有了杨敬的加入，客栈里热闹了起来。孙言、方蕊、李珊和杨敬一起说说笑笑，杨敬心情似乎也好了许多。孙言、方蕊整天形影不离，李珊和杨敬就在一起说笑，晚上客栈不忙的时候还会一起出去玩，甚至还去李珊的家里玩。

时间过得很快，天逐渐变冷，来衡山游玩的客人越来越少，回雁客栈也迎来了淡季。最近李珊心情似乎不太好，不愿多说话，一副心事重重的样子。尹惠子发现李珊的不正常举动，悄悄找杨敬了解情况。杨敬说李珊家里收的茶叶、干木耳、菌类、大枣等主要收成卖不掉，没有小贩上山来收，这可是一家人的主要收入啊。家里的爷爷身体不好，常年吃药也要很多钱。尹惠子进一步了解到，附近山里人与李珊家的情况也差不多，都积压大量土特产，没有销路。孙言听说这事后对尹惠子说："试试网上销售如何？从我们客栈网上订房的效果来看应该可行，关键是网店如何搞这就是一个技术问题了，做网店我水平有限。"孙言看到杨敬走过来，突然一拍大腿，"这小子大学不就是学的电子商务吗！就让他弄，准行！"尹惠子征求杨敬意见时，杨敬说："也是啊，我咋没想到呢，我来试试看。"

为了产品看起来上档次，尹惠子让李珊订了漂亮的包装盒，把土特产装进盒子里，看起来确实上档次。为了宣传和销售，尹惠子还在前台大厅设立了土特产专柜，对当地的土特产进行了展示，前来住宿的客人看到这精美的礼品都想带一些回去。

杨敬的网店也顺利做了起来，画面精美，各种土特产在网店进行了展示，联系人为李珊。网店开张后，李珊不时接到求购土特产的电话，仅仅一个星期左右的时间，李珊家的土特产就全部卖完了，李珊的父母忙到客栈向尹惠子致谢。

尹惠子想开辟更多的销售渠道，此时直播带货开始兴起，她想尝试一下直播带货，仅凭客栈内销售和网店销售量还是很有限，把当地群众的土特产通过直播带货的方式或许销售量能更大些。尹惠子把想法说出来后，孙言、方蕊、杨敬、李珊大力支持，孙言和杨敬表示要做好技术支持。说干就干，尹惠子立即开始购买直播设备，李珊和方蕊按尹惠子的要求到各家各户收购积压的山货。

腊月的第一天，女主播尹惠子正式上线，有着丰富外贸经验的她表达能力强，外形好，加之以前回雁客栈已有的宣传基础，直播带货取得了非常好的效果，开播第一天土特产礼盒就卖了几百盒。

山民们的积压土特产销售一空，尹惠子成功了！她感到了前所未有的成就感。春节这天，兴奋的当地群众买了许多鞭炮、烟花到回雁客栈前燃放以感谢尹惠子对他们的帮助。

春风吹到回雁客栈时，南雁北飞，回雁峰开始慢慢变绿。

尹惠子的业务扩大需要人手，现有的五个人忙不过来。孙言、方蕊已明确告诉尹惠子，“五一”假期结束后就要离开客栈了，他们打算回到家乡也开一个像回雁客栈一样的民宿。他们俩对尹惠子非常感谢，感谢她给了他们第二次生命，也感谢给了他们创业经验，他们要开始一种全新的生活，并打算年底结婚。尹惠子说：“到时别忘了通知我喝喜酒哈！”

孙言、方蕊走后，尹惠子在网上发布了一条招工启事，她需要有能力有志向的青年人加盟回雁客栈。

一天傍晚，晚霞映红了回雁峰上方的天空，暖洋洋的风吹得人心情舒畅。店里不太忙，杨敬、李珊在照顾店面，尹惠子一个人坐在院子门前的柿子树下看晚霞，正看得出神，一个熟悉的声音传来：“老板，还需要员工吗？我来应聘。”

尹惠子一回头，呆住了，原来是翁自力。她笑着问，“原来是你啊，不在家伺候方大美女跑我这小店干啥来了？”

“我们已离婚了。”

“哦。”

尹惠子一阵沉默后缓缓抬起头望着翁自力。

“就是因为离婚了才来找我的吗？如是这样的原因下次更不必再来了，我的店太小，也雇不起你这个大老板。”

“不，这次我不走了，我已错过一次机会了，不能再错过了。”

“你妈说不定明天就来把你接走了。”

“我和妈妈已商量好了，她尊重我的决定，不再干涉。”尹惠子轻轻叹了一口气，又开始看天边的晚霞，霞光中一列大雁缓缓向北飞去，雁声阵阵。

《芙蓉》2024 年衡阳专辑

青春恰自来

“这里的山路十八弯，这里的山路九连环……”姜华的耳边仿佛回荡起这一首熟悉的《山路十八弯》。他从大山脚下向山上望去，一条窄窄的山路向上拐了一个弯就消失在绿色之中，仅仅是露了个头，如青白色的蛇头，而蛇身完全隐藏在绿色之中。

太阳已从东边另一座山顶上冒了出来，火辣辣的。山里没有一丝风，很安静，偶尔飞过一只鸟，发出一两声鸣叫，在山谷里传得很远，有“鸟鸣山涧中”的意境。他此刻无心欣赏这些，只想尽快地到达目的地。

姜华将要去的是贵州黔西南州兴义市的一个叫德旺的小学，参加志愿支教活动。

按事先安排，由学校方面安排一个叫姗的布依族姑娘和姜华联络，提前到山下来接他。

由于列车晚点，姜华乘坐的公共汽车晚点了。

当他从换乘的公共汽车上下车时，已是中午了，感到又累又饿，他站在站台边四处张望，一个人影也没看到。

“或许她等不到我，回去了？”姜华心里想。他取出了手机给姗拨打电话，但手机没有信号打不通。他干脆坐在行李箱上，把身上背的一把民谣木吉他放在地上，一仰头把剩下的半瓶纯净水一饮而尽。

“我家住在山里头，走条大路像爬楼，不得好茶和好酒，你不嫌弃你来游，哎呀我的哥啊，你不嫌弃你来游……”

一个姑娘的歌声从山谷里传来，由远及近，姜华四处张望也看不到人。他正在疑惑着，一个红色的身影从“蛇头”处出现了，歌声停了，她微笑着向姜华走过来。

“欢迎您，姜老师，我从您微信空间看过您的照片，没错吧？”她操着一口带着浓重地方口音的普通话。

“没错，请问您是姗老师吧？”

“是啊，我们提前对接好的，还有哪个姑娘知道您会来这里？”说着她咯咯地笑起来，露出一口洁白的牙齿。她的脸黑里透着红，有着山里人的典型特征，双眼皮的大眼睛忽闪忽闪的，笑起来两个酒窝很明显地显示出来。姜华突然想到她与一个出自贵州的电影明星很像，一时又想不起名字，后来才想起来，叫“宁静”。

姗从提着的小布袋里取出一把类似枣子一样的果子给姜华。

“我刚才在山里采的，用泉水洗过了，吃吧，很解渴的，吃完我们上路。”

姜华放一颗在嘴里吃，确实很甜很脆。

“你认识宁静吗？”姜华问。

“哪个宁静？我们这地方没有叫这个名字的。”

“演员宁静，演过电影《红河谷》的。”

“哦，是她啊！大明星，当然听过了。我虽是山里人，外面的世界还是知道一些的。”她说着又笑了，“你一定觉得我什么都不知道吧。”

“你和宁静长得很像。”

“很像？真的吗？我有那么漂亮？记得也有其他人说过。”她笑着说，“好多人都说山里人又矮又丑的。”

“不会吧，刚才我在车上就看到好多美女的。”

“我们出发吧。”

她看到姜华吃完了。

“好！”

姗从小布包里取出一根绳子，姜华不解地问：“这是干吗？”姗说：“帮你背行李箱啊。”

“行李箱能用绳子背？”

“当然。”

“不用，不用，我自己推着走。”

姗再一次咯咯笑起来，说：“你没走过山路吧？高低不平。”

姜华还坚持要自己推。

姗说：“好吧，你试试看。”

姜华把行李箱推到“蛇口”处，姗背上姜华的吉他。当他试图把箱子向盘山路上推时，问题出现了，山路高低不平，箱子附带的小轱辘被凹下去的地方挡住了，姜华试图提着箱子走，但没走几步就已满头大汗。箱子太沉，天气太热，姜华提箱子的手臂发麻，他不得不停下来，望着盘旋而上看不到尽头的山路不知所措。姗把背上的吉他放在姜华的手里笑着说：

“没辙了吧？还是我来吧。”

她熟练地把绳子捆在箱子上蹲下身子好像背一个背包一样把行李箱背起来。姜华吃惊地望着姗，箱子几乎和她一样高，姜华跟在姗的后边，看到几乎是箱子在移动。

姜华跟着走了好久，已是满头大汗，姗不时用挂在脖子上的毛巾擦一下脸上的汗水。

“停下来歇一下吧。”姜华提议。

“好吧。”

姗停下来，背倚着山壁，箱子刚好支在路边一块凸起的山石上。

“我们山里人习惯了这样，所有东西都是背上去的，你看这山路是根本没办法走车的，连摩托车都不能走。”

“你们学校的男教师干吗不来？让你一个女教师来做这体力活儿。”姜华说出了心里的疑问。

“我们学校一共 4 名教师，校长年老多病，另两名小伙子接到镇里的通知去运学生课本了。不是快开学了吗！”

“哦，原来是这样。还有多久能到学校？”

“早着呢，至少还要走 1 个小时。”她指着头顶上绿树丛中一个隐隐约约的红点说：“就是那里，看到了吗？”

“感觉也不太远。”姜华说。

“望山跑死马，看着近，其实远着呢。”姗又笑了，“看来你很少走山路的。”

姜华站起身来又开始走。

当太阳已偏西，躲进大山的背后时，他们终于到了学校。

这所小学位于半山腰向阳平地上，一共两排房子，一律红砖红瓦，在后一排房子最东边的一个房门前姗停下了，把箱子放到地上，解下了绳子，“姜老师，这就是你的宿舍，每天可以看到太阳射进校园的第一缕阳光。”

姗打开了房门和姜华进了房间。这个房间不大，也很简陋，只有一张床、一张小书桌、一个脸盆。

“我们学校只能是这样的条件了，委屈一下吧。食堂是这排最西边的一个房间，我们其他老师都住在这附近，一般都是早上来，晚上回，学生也是，早上来上学顺便带上午餐的干粮，喝一点学校的开水和菜汤，看校的张大爷同时帮着做饭……”

姜华从网上看见这个地方开展“大山之爱”招募志愿者支教活动的宣传，他了解到贵州大山里的孩子最缺的从的就是教师，便记下了联系电话，他想去那里做一年支教，给大山里的孩子传播知识，同时也想体验一下生活。

当太阳的余晖彻底从大山间消失时，在群山的顶上，星星出现了，一睐一睐的，像眨着眼睛。也有萤火虫，一只又一只，杂乱的，带着美丽的光从空中轻轻划过。夏虫也开始在草丛中鸣叫，各种各样的声音，争先恐后的，似乎在表现着一种存在感。

姜华看到两团火光从山下向山上缓慢移动，火光由小变大，一会儿消失一会儿出现，看得出是在山路上移动。

“阿勇和路西他们俩回来了。”姗说，“他们俩背教材一定也累坏了，我去迎接一下。”“我也去吧？”姜华说。

“你不用去了，就在这儿等。”姗望着山中忽明忽暗的火把说，“我一个人去就够了。”

姜华知道自己也帮不了什么忙，说不定还帮倒忙，便说：“好吧，我在这里等你们。”

当他们三人到达学校时，汗水早已把衣服与身体紧紧地贴在一起。

“你是姜华老师吧？欢迎你来我们学校支教！”阿勇和路西两个年轻小伙子见到姜华很高兴。

“明天就开学了，你来刚好缓解了我们的压力。”阿勇说，“你就是宋公明——及时雨啊！”

姜华笑了笑说：“你们今天辛苦了。”

路西说：“你比我们更辛苦，从上海来，走那么远的路。”

姗说：“快吃饭吧，大家都饿坏了。”

路西说：“稍等下，洗一把澡再吃。”他对姜华说，“还要借宿舍用一下。”

姜华说：“没问题。”

阿勇说：“去厨房打一点水来一起洗。”

姗对姜华说：“我们先去厨房等他俩吧。”

姜华说：“好。”便和姗一起向厨房走去。

一盏油灯，一张简易的桌子，一坛米酒。桌子中间摆着一盘黑红色的腊肉，周围摆着三个素菜，分别是青菜、茄子、豆角。五个小碗，倒满了米酒。

“首先欢迎姜老师来我们学校支教，大家干杯！”五个人共同举起了酒碗，一饮而尽。

“你们年轻人真好，浑身有着使不完的劲儿。”张大爷笑着说。在酒精的作用下，他的脸已开始红了。

“今后每天晚上你也终于有了伴儿了。”姗笑着对张大爷说。

“关键是要有个老伴儿。”路西开玩笑说。

众人一齐大笑。

姗悄悄对姜华说，张大爷的老伴已过世多年了。

第二天是开学的日子，天气晴朗，两排教室中间的操场上立着一根旗杆，旗杆上飘扬着一面鲜艳的五星红旗。

姜华第一次看到了来这里上学的孩子，他们有着共同的特征，一个个瘦瘦的、皮肤黑黑的透着红，穿着破旧的衣服。

学校举行了一个升旗仪式，按年级进行排队。校长拖着病体在升旗仪式上讲了话，他隆重介绍了姜华老师，介绍结束后师生们热烈地鼓掌。

全校一共有 108 个学生，校长说 108 个学生就是 108 个好汉，你们是大山人的希望，也是祖国的未来。

108 个学生分布在 6 个年级，其实也就是 6 个班，有的班学生多一些，有的班学生少一些。

姜华负责教 6 个班的英语。这个学校从来没有英语老师，无法开英语课，姜华来了刚好把英语课开起来，另外他还负责全校所有班级的音乐课。

这里的艰苦远远超出了姜华的想象，尽管来之前也想象条件如何糟糕，但真正到这里后还是超出了预期。没有电，手机充电也成了问题，充电电池都要准备好几块，请下山的老师找个有电的地方充满电再带回来一个一个使用。水也非常珍贵，基本上靠下雨储存生活用水。当地人的用水模式——洗过澡的水用来洗衣服，洗过菜的水用来洗碗洗锅。离学校最近的水库到学校也要有好几里的山路，运水十分不便。

姜华爱干净，在家时他是每天睡觉前都要洗一次澡。这里的水太紧张了，学校靠下雨储存的水仅能够做饭洗衣，他不好意思每晚用来洗澡。学校放学后，他试着去担水，但好几里崎岖的山路让他心生畏惧，每次担水都是对他身体承受能力的考验，他每走上几步路就要停下来休息一下，担到学校时已是满头大汗、眼冒金花了。他不得不放弃每晚洗澡的习惯，只好利用星期天带上换洗衣服到水库里痛痛快快地游一次泳。这样一来，夏天每天洗一次澡只能改为一个星期游泳一次，顺便把脏衣服洗干净再带回学校晒干。

为了减少洗头用水，他甚至剃了光头。他努力适应着这里的生活。

在课堂上，面对一双双渴望的眼睛，他全身心地投入，仿佛走进另一个世界，忘记了生活中的诸多不便。

当学校教室后面树上的叶子开始变黄并开始飘落的时候，姜华来到贵州兴义的大山支教已一个月了。

妈妈开始每天晚上都要打一次电话，问长问短，特别是问到了学校的卫生情况，这与她职业敏感性有关。姜华总是说很好，问的次数多了他便有些烦了，让妈妈不要再打电话过来。父亲这一个月只打过一次电话。

女朋友季雪真正让他心烦，来贵州之前姜华和她商量这事时，她就明确表示不同意，甚至以分手来要挟。季雪说姜华是一个理想主义者，不现实。

她怎么也想不明白从复旦大学毕业的姜华为什么不留在上海非要钻到山沟里去。

他与季雪为此争吵了好几次。

季雪是姜华的复旦校友，他们在学校的同一个志愿者服务队相识，曾经一起去过云南的大山里考察过孩子们的教育状况。季雪看到大山里的孩子严重缺教师表示毕业后会来支教，可毕业后她却改变了想法。这让姜华很无语。

姜华一直忘不了大山里那一双双渴望知识的眼睛。

现在他来了，真正来到了贵州的大山里支教。

他征求父母和女朋友的意见，他们都表示不同意。

“你还是现实些吧！”姜华再次收到季雪的微信。

“你要真正爱我，就等我一年，就当作是对爱情的考验。”姜华回了信息。

“我不想和你无意义地争吵，我怕坚持不了。”季雪又回了信息。

“坚持不了就分了吧！”

“分就分！”

…………

随着争吵的次数增多，他们之间的联系也变得越来越少。

放学后，姜华会在学校附近转转或干脆待在宿舍里看看书，他几乎过着与世隔绝的生活。有时书看累了，他也会取下吉他轻轻地弹唱一些校园民谣。

姜华了解到学校里孩子们的家都分布在这周围的大山里，零零落落，他们之间很少串门，因为要走上很远的山路。

孩子们几乎个个都穿着破旧衣服，有的从家里到学校要走很远的山路，有的甚至要翻过大山。他们大多数是留守学生，父母外出打工，只有爷爷奶奶在家。有时早上天不亮就要出发，迟了就会赶不上上课。

在学校旁边，师生共同开垦了一块菜地，与其说是开垦倒不如说是制作，这是一处较为平坦的山坡，师生们从山下挑来熟土，铺开，周围用石块围成一圈形成了一个小菜园，为了防止下雨把泥土冲走，师生们在小菜地里种上青菜、大蒜、大葱等，用学校厕所里的粪便作为肥料。各种菜蔬倒也长势喜人。

每天中午张大爷用菜地里长的菜做一些素菜，烧一大锅菜汤免费提供给孩子们，孩子们吃着干粮也可以吃到一点热菜喝到一碗热汤。

姜华开始不吃这菜地里的菜，他感觉用粪便作为肥料脏，长出来的菜吃着有些恶心，他吃饭时宁可在宿舍里用开水泡方便面。张大爷看出了这一点，经常托下山的老师或老乡从集镇上专门买一些肉和菜来为姜华开小灶。时间长了姜华感到过意不去，便不让再搞特殊化，他慢慢地也开始和他们一起吃饭。

晴天还好，如遇到下雨天还会引发山洪，山路上会出现泥石流，行走山路会非常危险。如夏秋季持续的大暴雨，为学生出行安全考虑，学校通常就会停课。

下雨时，姜华会呆呆地看着窗外的雨点，想起许多往事，也会想到季雪，他也会拿起吉他一个人随意地弹一些歌曲。

晚上他也常找张大爷聊天，他喜欢听张大爷讲以前红军在这里打土豪分田地的故事。

张大爷说，这里以前来过红军，如今山里还有红军当年在墙上刷下的宣传标语。姜华想到村庄里看一下红军当年留下的标语，顺便做一些社会调查，到一些学生家里做做家访。

当姜华把自己的想法同姗讲了后，姗说这是好事，她家外面的墙上就有红军留下的标语——“打土豪分田地”，刚好可以顺便到她家看看，她早就想邀请姜华去家里做客了。

姗指着山腰一处村庄说她的家就在那里，星期天在家里等他。

当姜华星期天来到姗的家所在的村庄时，他不知道具体哪一家是姗的家，但记得那条标语，便寻着那条标语来确定姗的家。

姜华在一座砖木结构的老房子外面停下了。房子的外墙上有着模糊的“打土豪分田地”，其中“土豪”的“土”下半部已模糊不清了。

姗很早就在门前等候了，“你咋找到我家的呢？”她保持着习惯的笑容把姜华让进屋。

姜华说：“这条标语就是您家的标志啊。”

姗说：“真是个聪明人。”

姗的父母很热情，忙里忙外为姜华张罗午饭。

午饭后姗带着姜华开始走访住在这个村庄的几个学生，这些学生家的生活状况让姜华惊讶，这里人们的生活还如此贫穷，有的还住在中华人民共和国成立前建的房子里，贫困的程度超出了想象。

一个叫阿紫的小女孩，有着一双大大的黑眼睛，小脸蛋红得发紫，像这里山上夏天开放的三叶紫。阿紫的家位于村庄的尽头，与其他人家还隔着一段距离，她的家如一只迷途的羔羊，孤独地站在羊群之外。

姜华对阿紫很有印象，她是班上性格活泼的女孩，喜欢唱歌。

当姜华出现在阿紫家时，阿紫的父母感到很意外，阿紫的母亲竟感动地流下了眼泪，这个纯朴的山里女人第一次在家里见到姜华这样尊贵的客人。

阿紫的父亲是个残疾人，腿有点瘸，说是开山修路时被石头砸的。他已经不能干重活了，生活的重担已过早地把他的腰压弯了。

阿紫排行老大，下面还有一个弟弟。

阿紫的家可以用一贫如洗来形容，除了几间破草房外，几乎一无所有，只能维持最基本的生活。谈到阿紫的学习，阿紫父母希望阿紫能多认识几个字，将来能够走出大山到大城市打工，找一个山外的老公过日子。

当姜华离开时，阿紫送出很远，姜华和姗让她回去，阿紫这才停下了。

山谷里吹来了风，已是深秋了，姜华感到有些凉意。

他们又走访了其他一些学生，情况也都大致差不多。物质上的贫困需要用知识来改变，这就是支教的意义所在，姜华想到这些，心情感到有些沉重，有一种责任感压在肩上。

孩子们喜欢姜华，尤其喜欢他的音乐课。

姜华鼓励孩子们要积极向上，在任何时候都不要放弃，他利用自己的音乐特长，把中国古典诗词谱成曲目，教孩子们学唱，用吉他伴奏。

傍晚，来自山谷的风拂过教室，姜华正在教孩子们唱歌，他熟练地弹着吉他，孩子们的歌声清澈、干净、纯粹，犹如天籁之音。

他把袁枚创作的一首诗——《苔》谱成歌曲教给孩子，孩子们特别喜欢唱。

白日不到处，青春恰自来。

苔花如米小，也学牡丹开。

姜华对孩子们说，你们虽然生在大山里，要像苔花一样顽强，要像牡丹一样美丽地开放，展示自己。

一天，姜华正在一个班级上英语课，当讲到与地名有关的内容时，姜华问同学们到过哪些地方，阿紫站起来回答：

“姜老师，我从来没见过高楼，没走出过大山。”

其他的同学有的说最多到过镇上，但大多数都说没离开过大山。

“你们最想到的地方是哪里？”姜华问。

“北京天安门！”同学们异口同声地说。

“有机会我一定会满足你们的愿望。”

“谢谢老师！”

…………

姜华发现阿紫在课间偷偷画北京天安门。

他的眼睛湿润了，一定要满足孩子们的愿望，姜华想。

姗最近看起来心情不太好，以往每天放学时都能听到她的歌声，最近听不到她的歌声了。

姜华问姗最近咋了，心事重重的样子，姗说："妈妈生病了，老怀疑自己是不是得了癌症，还拒绝去医院。"

姜华说："明天是双休日，我去你家看看阿姨，做做她的思想工作。"

当姜华再次走进姗的家里，发现老人像变了一个人，躺在床上面容憔悴。

她见到姜华努力想坐起来，但明显感到吃力，姜华赶紧让她继续躺着。

姜华动员老人赶紧去医院，老人说："年龄也大了，估计是癌症，看也没有用，随它吧。"姜华说："不去医院咋知道什么病呢？说不定什么问题都没有。"

姗在一旁抹着眼泪。

姜华说："干脆明天我和你一起陪阿姨去县里医院诊断一下。"

通过姜华反复劝说，老人最终还是同意了去县里的医院。

通过检查，老人并没有得什么癌症，只是重感冒而已。老人的脸上露出了笑容，姗紧紧和姜华拥抱在了一起。姗的歌声再次在校园内响起。

路西最近也心事重重的，女朋友小雅在和他闹别扭。小雅和路西是同一个村庄的人，两人从小长大，两小无猜。小雅初中毕业后也在德旺小学代了几年课，因收入太低便到苏州打工，而路西后来读了师范学校，毕业后也到家乡的德旺小学教书，他们俩产生了爱情，后来小雅想到外面的世界看一看，路西同意了，他相信他们的爱情会经得起时间和空间的考验。小雅出去了 3 年，路西也就在家等了 3 年，他相信小雅会和他结婚。

在小雅出去的 3 年里，路西利用暑假去苏州看过一次小雅，这也是他第一次走出贵州。苏州的繁华让他眼花缭乱，上有天堂下有苏杭，果真名不虚传。他感到小雅已适应了那里，而他不能待在那里，德旺小学还有一大群孩子在等他。国庆节时，路西向小雅求婚，小雅说只要他放弃教书来苏州和她一起打拼就同意。

路西舍不得学校的孩子，也无法割舍这份爱情，因而陷入深深的苦恼之中。

阿勇从地区师范学校毕业也才两年，本来可以留在镇上的中心小学教书，但他坚持到最艰苦的德旺小学去，他说要认真地锻炼一下自己。

路西曾鼓动阿勇去追姗，阿勇天生腼腆，尽管他内心也喜欢姗，但他从不表露出来。

他们三人下午放学后都一起下山，一路说说笑笑，家离学校也都不太远，天天如此。

最近路西心中烦恼，经常借口有事，放学后独自回家。一天下午放学后，路西来到姜华的宿舍。

“姜老师，你是喜欢大城市还是喜欢我们这大山里的小学校？”

姜华心里一惊，他不知道为什么路西会问他这个问题，但他微笑地望着路西说："这个问题我还没有考虑过，适合自己的生活才会喜欢，要是让我选择，我还真的难以选择，或许待在一个地方久了就会喜欢，我正慢慢喜欢上这里。"

路西向姜华说起和小雅的爱情，他说姜华说得没错。小雅待在苏州时间长了，真的喜欢上了苏州。他自己也不知道咋办，是到苏州还是一直待在这里教书。

姜华说人生不可能什么都能得到，总有一些东西会失去，关键是看自己如何选择。

当校园里树上的叶子落光的时候，寒假也快要到了。姜华接到妈妈的电话，让他放假立马就回家，好好修复与季雪的关系，同时回家一起过个团圆的春节。几个月不见儿子，妈妈太想见儿子了，但姜华心里有着自己的计划，那就是要带着孩子们到北京看一看。

姜华利用课余时间与北京一个"为爱圆梦"的公益组织联系，准备组织贫困山区的孩子去北京参观，圆一下孩子们看天安门的梦想，这个公益组织愿意出所有的费用。

一切似乎都很顺利，"为爱圆梦"的公益组织负责人通过了解，德旺小学的孩子符合他们帮扶的条件。

姜华和他们沟通了具体去北京的人数和日程安排。

姜华和姗商量，首先选取 10 名学生前往北京，其他没有入选的孩子以后再分批组织。

他们俩向校长作了汇报，校长同意了，说这是好事，并让姜华和姗带队，嘱咐一定要注意安全。

姜华和姗又分别与这些孩子的家长进行了沟通，家长们都非常感谢学校能让孩子免费到北京去参观，说这简直是天上掉馅饼的好事。

寒假一到，姜华和姗便按计划组织阿紫等10名孩子前往北京。孩子们像出笼的小鸟一样，一路上快乐地唱着歌。

日程是早已安排好的，他们一行先是乘坐拖拉机到县城，然后再坐大巴到贵阳，从贵阳乘坐飞机到北京，孩子们第一次坐飞机感到很害怕，当飞机在空中平稳了以后才放下心来。

飞机平稳地降落在北京首都国际机场，接机的人早已在出口处等候。孩子们尽管旅途劳累，但他们十分兴奋，高兴得蹦蹦跳跳。

孩子们起了个大早到天安门广场参观了升国旗仪式，看到了梦中无数次想象的天安门。在爬八达岭长城时，这些走惯了山路的孩子们上长城的台阶一点也不费劲，而姜华望着一级一级陡峭的台阶好不容易才爬上去，累得满头大汗。

姗也第一次到北京，第一次爬长城，她和孩子们一样，对这里的一切都感到新鲜。

在参观了北京大学和清华大学后，孩子们对美丽的校园念念不忘，当姜华问孩子们，将来想不想来这里读大学时，孩子们异口同声地说：“想！”

这一切仿佛都是在做梦一样，北京，对孩子们来说完全是另一个世界，通过这次参观，他们看到了大山以外的世界是那么精彩。

把孩子们送回家后，姜华回到了上海过春节，这是他离开家以后第一次回来，爸爸和妈妈亲自赶往机场迎接。

在出口处，姜华见到了爸爸和妈妈，妈妈在一旁偷偷地抹着眼泪。姜华在人群中寻找季雪，但没有看到。

在上飞机前他给季雪发了微信，但季雪没有回复。

姜华坐在车里望着路两边一幢幢摩天大楼向后移动，一种熟悉的感觉扑面而来。

春节期间，一些熟悉的同事和玩得好的同学来看姜华，大家说说笑笑，姜华倒也不太寂寞。

妈妈让姜华主动去找季雪，但他没去，他心里隐隐有些痛。

姜华又回到了德旺小学，到学校的那天正下着小雪。

姗再一次下山去接，姗的衣服上、头发上都有好多雪花，脸被冻得像风雪中的红梅。

“再晚一天到，雪就把山路盖住了，没法上山了。”姗说，“放假这么多天，我妈妈都想你了，今天知道你回来做好了腊肉等你去吃呢。”姜华听后，笑着说：“我还给伯母带了礼物。”

姗故作生气：“怎么没给我带礼物？”姜华笑着说：“给每个老师都准备了。”

当德旺小学里再次传出来孩子们琅琅读书声时，春天也来了，一些光秃秃的树枝上冒出了新鲜的嫩芽。

一天晚上 10 点多钟，姜华在宿舍里看书累了准备睡觉，突然间腹痛难忍，冷汗直淌，他佝偻着身体像一只大虾，他痛苦地感到自己的末日仿佛已经来临了。

姜华想到了远方的父母，还有这些可爱的孩子们。

“我不能离开他们。”他心里默念着。

当姜华忍着剧痛跌跌撞撞敲开张大爷的门时，老人见此情景吓了一跳，忙问他咋了。

姜华痛苦地指了指自己的腹部，此时他已痛得说不出话。

夜里就他们两人住在学校，老人年事已高，已无法背姜华下山。

怎么办？怎么办？

老人急得团团转。

最后老人想到了当地古老的应急通知办法，在学校门前的空地上燃起一堆火，山下的人看见火光就知道山上出事了，会前来相救。

他从厨房里抱出柴草迅速燃起了一堆火。

火光照亮了寒冷的夜空，山下传来了一声狗叫声，接着传来了更多的狗叫声。

一个火把开始向山上移动，又一个火把向山上移动……

连绵不断的火把形成了一条弯曲的红色长龙。

最先赶到的是阿紫的父母，阿紫的父亲，这个身有残疾且有点驼背的男人把火把递给妻子，迅速蹲下身背起姜华蹒跚着就往山下走。

后面上来的人再替换阿紫的父亲，一个个火把照亮了一张张焦急的脸庞，也把天空照得如同白昼。

爱的接力一直持续着。

山下已准备了一辆三轮车，众人把姜华抬到车上后，三轮车在夜色中向县城的方向飞奔……

姜华在手术后慢慢醒来，早春的阳光透过医院的窗户照在姜华的脸上，暖暖的。

医生说姜华得的是急性阑尾炎，幸好送来及时，手术后调养一段时间就没事了，如送来晚了则会有生命危险。

村民们陆续赶到医院看望姜华，有的杀了家里还在下着蛋的老母鸡熬成鸡汤，送给姜华补身子，有的老人把保存了许多年的老山参送了过来，有的送来了家中舍不得吃的鸡蛋……

姜华看着这一张张朴实的充满关切的脸，止不住流下了感激的泪水。

姗除了每天都给姜华发微信，她还利用双休日到医院照顾他。

有一次姗还带来了孩子们送给姜华的礼物，五颜六色的千纸鹤制成的风铃，每一个千纸鹤上都有孩子们写的祝福。

姗把风铃系到病床的上方，轻轻地推开窗户，风吹动着风铃发出轻轻的铃声，清脆、悦耳，如德旺小学孩子们轻轻地歌唱。

《北极光》2022 年第 2 期，2023 年获首届宿迁文学奖短篇小说奖。

父子婚姻

中秋节前，父亲来电话问我中秋节是否回来，他顺便告诉我老家将要拆迁的事。

想到老家将彻底消失，我的心咯噔一下，那可是我的根啊，留下了太多的记忆。本来我不打算回老家的，听说老家拆迁，我要看她最后一眼。

当我乘高铁又转公交到老家时已是夕阳西下，天边火红，太阳像镶了金边从树梢缓缓落下。无数只蜻蜓在天空来回飞舞，也有叫不出名字的飞鸟从蜻蜓中间飞过。

天已微凉，庄稼由绿变黄，丰收的气味飘满了田野。

父母忙着做晚饭，有炊烟从老屋的烟囱飘出来，袅袅的，有着熟悉的味道，和童年时一模一样。我在老屋的前后转了两圈后坐在前屋门前欣赏着秋景。这时一个熟悉的身影从远处走过来。

“五叔！”

我感觉这个人就是他！尽管他头发已经全白，但从走路的姿态我判断就是他。走近一看果然是他，他已满脸皱纹，以前那个英俊潇洒的五叔已消失得无影无踪。

听到我喊他，他一愣，端详着我。

“是小五吗？”我点点头，小五是我的乳名。

“哎呀，长变了，完全长变了。”五叔惊讶地说。

我从屋里拿出一个板凳请他坐下。父亲从屋里出来给五叔递上了一根烟便回屋做事了，五叔从口袋里取出打火机熟练地点着了烟，和我聊起了家常。

天色渐渐黯淡下来，我问他这些年的情况，五叔说起他的过去一副眉飞色舞的样子，脸上的皱纹似乎也舒展了许多。

掌灯时分，母亲喊大家吃饭，五叔要走，我们一起邀他留下，他也不再客气，进屋坐下，父亲拿来酒，叔侄三人边喝边聊。在父亲面前，五叔刚开始似乎有些拘谨，几杯酒下肚便放开了，话也多了起来。

五叔走后，我正在简单洗漱，母亲过来催我赶快上床休息，一天从北京到家舟车劳顿确实很累，便上了床，只是翻来覆去睡不着，总是想到五叔家的一些事。

五叔是个乐观的庄稼人，无论生活如何艰辛，他都乐呵呵的，脸上挂着不曾消失的笑容，似乎永远没有忧愁，天生的乐天派。

小时候我和一群孩子常去他家玩，乐于做他的跟屁虫，他带着我们掏鸟蛋，偷生产队果园里的西瓜、躺在棉花地里听蝉鸣，月光下的夜晚听他讲故事，看流星从天际划过，跟着他，我学会了游泳、捉鱼、唱家乡的土戏……

五叔多才多艺，闻名于乡间。

庄上的第一台录音机的主人是个残疾人，姓沈，排行老二，大家都喊他沈二。沈二小时候患有小儿麻痹症，腿脚不便，不能干重活儿，当时他尚未成婚。或许为了装点门面讨媳妇或许为了谋生，他借钱购买了一台录音机。这在当时绝对是轰动全庄的大事，我们都去他家看，那台录音机像个大砖头，银灰色，圆圆的两个大喇叭如两只巨大的眼睛，顶上是一排按钮。沈二购买了诸如《薛刚反唐》之类的琴书磁带，骑上自行车到远处稍富裕的村庄各家门前唱上一段，讨要点粮食养活一家人。他也赶时髦，购买了当时大陆刚流行的邓丽君磁带，深得年轻人喜欢。为了接地气，他还会录一些当地草根艺人唱的地方小调。

五叔便经常被沈二请去录音。

沈二家的东屋也就是灶房，被他改造成了简易的录音棚，不同的是这个录音棚里多了一些观众。屋子里板凳高矮不齐，是为观众所准备的，一屋子人睁大眼睛盯着那方方正正的神奇小机器。沈二俨然成了一名导演兼录音师，拖着残疾的腿忙里忙外，交代正式录音时的注意事项。当一切就绪时他说了声："开始"，啪的一声按下按钮，为保证录音效果除了演唱者之外其他人都不能出声。五叔看起来似乎有些紧张，不停地咳嗽，不停地摆摆手："等等！"

沈二忙了好一阵，一切终于就绪，当再一声"开始"后，我那"歌手"五叔一本正经地开始演唱：

一呀一更里一更有月牙

月牙就没出来

我手托香腮深夜坐梳妆台

…………

这是一首流行于苏北地区的民间小调《小五更》。

五叔正全神贯注地唱着，一名外号叫“二队长”的中年男人板凳腿突然断了，人和板凳一起轰地倒下了，发出很大的声响。

众人大惊，沈二立马叫停，开始重新录。

当地流行一种叫拉魂腔的地方土戏，多以悲伤的曲调，抒发一种离愁别恨的感情，如《小寡妇上坟》等，五叔爱唱，并且唱得字正腔圆，引得一群小姑娘、小媳妇围着他团团转。五叔似乎成了明星，我和一群小伙伴还有一些小姑娘、小媳妇俨然成了他的忠实粉丝。在这群粉丝中间就有我后来的五婶。

至今我都不知道在一群追星族中五叔是咋看上五婶的，五婶其貌不扬，中等个头，皮肤黝黑，属于大众化的类型，更为重要的是两家当时处于严重的矛盾对立状态。

生产队有三大家族，分别为张姓、田姓、沈姓，五婶姓张而五叔姓田。或许长期受宗族主义影响，三大姓人家相互钩心斗角，但奇怪的是历史上也有联姻，形成了错综复杂的亲戚关系，也形成了不同姓氏之间存在着辈分的长与晚。

论辈分来讲，五婶长五叔两个辈分，属五叔的奶奶辈的，按常理来说，无论如何也不可能结合在一起，因为三大姓家族人员之间平时很少讲话，甚至处于敌对状态，更何况有严格的辈分之分，但结果却偏偏又结合在了一起。

五婶便是“二队长”的大女儿。

“二队长”的来源是这样的，五婶的大伯在建国初期是生产队的队长，豪放粗犷，干起工作来雷厉风行，但粗中无细，而弟弟也就是五婶的父亲则善于精打细算，兄弟俩相互补充，"二队长"俨然成了军师，不断为哥哥出谋划策，兄弟俩把生产队的工作干得井井有条。

至于五婶和五叔偷偷摸摸地恋爱，可以想象"二队长"得知消息时的震怒，据现场目击者说，"二队长"听到消息时本来就非常黑的脸上变得更加黑，他吃惊地张大了嘴巴，接着摔碎了桌子上的一只吃饭的大蓝碗，大喊道："把大丫头（五婶的小名）给我叫来！"当时桌子下一只正在睡觉的大花猫吓得大叫一声落荒而逃。

五婶知道坏了事，战战兢兢来到"二队长"面前，还没站稳，"二队长"一个巴掌扇过来，五婶被打翻在地，嘴角出了血，但她很坚强，用手擦去嘴角的血迹，慢慢爬了起来，一昂头，扬长而去，气得"二队长"在后面大骂不止。

五婶依然暗地里偷偷和五叔约会。

一个秋天的月夜，夜色微凉，我亲眼看见五叔鬼鬼祟祟地一个人走向庄子后面的玉米地，不一会儿，五婶也悄悄地东张西望地走入了玉米地……

"二队长"曾经在人前夸下海口，我的闺女宁可放在粪坑里造肥也不嫁姓田的！自从五婶成了五叔事实上的老婆后，"二队长"再也不提闺女之事，仿佛被人抓了短。

我至今也不明白他们是如何联络的，要知道那个年代不像现在有手机，一个大队才有一部办公手摇电话机。五婶可是被全家严密监视的对象，她晚上被严禁外出，不知他们是如何联络上并且有机会跑出去约会的。

后来他们俩直接玩失踪了。他们躲到在邻乡中学教书的我一个堂兄弟的宿舍里，过起了浪漫的二人世界。

由于宿舍被占用，我那位堂兄弟只好骑破自行车回家住，顺便打探一下五叔、五婶两家人的动静。

五婶失踪后，“二队长”暴跳如雷，他知道问题出在哪儿，就与做侄儿的现任生产队长商议了一下，直接带领兄弟子侄数十人直奔五叔家。

一出好戏即将上演。

当一干人马团团围住五叔家时，大爹（五叔的父亲）正在切山芋叶喂猪，他淡定地做着手中的事，头也没抬，似乎早就料到会有这一出。

“二队长”用手指着大爹的鼻子要他立马交人。

“我不知道她在哪，交什么人？！”大爹再也没有往日的

神气，这个春耕时喊着悠扬的号子声如男高音帕瓦罗蒂的老人此刻发出的声音似乎只有他自己能听得到。

这一下可捅了马蜂窝，张姓叔侄一齐责问，手指几乎指到了他的鼻子上，可怜的大爹只好蹲在地上一声不吭。

嘈杂声同样引起了田家人的注意，于是田家人也很快集合起来，涌向了大爹家，两大姓两班人马开始对峙，剑拔弩张，开始是相互争吵，接着开始对骂，最后演变成有人抄起了家伙，眼见一场打斗即将开始，突然听见一声大吼：“住手”！

双方的人一愣，停止了争吵并循声望去，只见一名公安民警出现在众人面前，白色的大盖帽衬托着一种威严。大家一看

是公社的公安夏助理，都认识他。两边的人乖乖地站着不敢出声，等着夏助理训话，当时的农民对这个全公社唯一在编的公安助理非常敬畏。

“两家父母留下，其余人立即回家！”

一大群人立马全跑了，两家父母呆呆地站在原地不知所措。

“现在是新社会了，恋爱自由，做父母的竟然干涉子女的婚姻自由，成何体统！”

“二队长”只是低着头，不敢言语。

“回家去，不准再为难孩子，否则把你们抓起来！”夏助理严肃地对着“二队长”说。

事情发展到这种地步，“二队长”只好答应，满脸通红低着头回家了。

至于谁在关键时刻用大队部唯一的电话打通了公社助理的电话，至今无人知晓，也无人去考证。也许是这个公安助理骑着自行车到各个大队巡查赶上了。

教书的本家兄弟第一时间把刚发生的这件大事告诉了五叔五婶。他俩很兴奋，认为事情终于有了结果。

但事情远远没有想象中那么简单，五叔回来后正常参加生产队里的劳动，而五婶回到家后却不受待见，父母也整天没个好脸色。

1982 年秋天分田到户，尚未过门的五婶来到五叔家帮忙耕种，直接不回家了。

“二队长”经历了上一次事件后再也不敢轻举妄动。他让二女儿去五叔家带五婶回去，五婶坚决不回。就这样五叔五婶就一直在一起，两家也一直没有举行婚礼。

“二队长”一直不承认这门亲事，直到年老以后才慢慢认可，这是后话。

庄上录音机越来越多，五叔也买了一台。沈二也不再请五叔录音。1984 年冬天身有残疾的沈二也讨到了一个媳妇。

五叔是打谷场上的一名打谷好手，一家人把收割好的麦子撒在场上之后，五叔便套上牛，拉上石磙开始打谷。

五叔又开始唱歌了，距离打麦场上很远就能听到他的歌声，自从与五婶相爱受阻的几年里很少听到他的歌声。

姐在南园摘石榴

哪一个讨债鬼隔墙砸砖头

刚刚巧巧砸在了小奴家的头哟

要吃石榴你拿了两个去

…………

这是 20 世纪 80 年代当地流行的一首歌《摘石榴》，每天中午 12 点收音机的“每周一歌”准时播放，播完后五叔便开始唱。他一会儿变男声，一会儿变女声，翻场的五婶在旁边咯咯地笑。麦场旁边的黄瓜藤上开着金黄色的小花，引来许多小蜜蜂光顾，有的花已脱落长出了嫩绿的黄瓜，西红柿由青变红，像一个个笑脸，坠弯了枝条。

五婶和五叔总是一起出出进进，在哪都互相跟着，看得出非常恩爱，成为村里一道亮丽的风景线。

五叔有一双可爱的儿女，儿子叫亚南，女儿叫婷婷。两个孩子都很争气，成绩也一直很好，当然这与五叔重视教育分不开。后来亚南和婷婷通过高考双双被本科院校录取，成为全家人的骄傲。

分田到户后，五叔农闲时到城里收废品，后来已成了有名的“破烂儿王”，据说还成为致富典型上了电视。

亚南通过公务员考试回到老家的县城上班，婷婷继续读研究生。

亚南工作后的第二年谈了女朋友，这对于五叔来说也是喜事一桩，但是后面的事就有点复杂了，颇有戏剧性。

那一年我回到老家，五叔提起亚南谈对象的事，颇为恼火。

亚南的女朋友是他的中学同学，也姓田，论辈分还比亚南长一辈分。

五叔坚决制止。

亚南对五叔说：“你当年和妈妈不也是如此吗？姥姥家不也是卖了辈分？”

五叔哑口无言。

我劝五叔：“儿大不由爷啊，顺其自然吧，再说了您当年不也是这样吗？”

五叔吃惊地望着我，“你也这样认为？”

我哈哈大笑：“只许州官放火不许百姓点灯，这是哪家的道理？”

他沉默了一会儿，抬起头来。

“辈分也就罢了，可这女孩还没正式工作，亚南可是干部身份啊！”

我吃了一惊。

没想到五叔的思想还停留在过去，这与当年大胆恋爱的五叔简直判若两人。

“那女孩做什么的？”

“听说是养猪的。”五叔显得有些不好意思。

我不厚道地笑了，又立马感到笑得不妥，便收敛起笑容。

我说：“三百六十行，行行出状元，你不也是靠收破烂儿成为‘破烂儿王’的吗？”

“女孩子养猪总是不好听的。”

“那女孩养了多少头猪？”

“听说有上千头。”

我又吃了一惊，这女孩不简单呢。

五叔说：“亚南这小子不听话，你好好劝劝他。”

我笑了：“你还是好好劝劝自己吧，亚南和你当年一样，不错！”

五叔不置可否。

我返京后给亚南打了一个电话了解相关情况。

亚南说：“我爸这人思想落伍了，以前坚决反对我们相恋，现在好多了。哥，不瞒你说，我们已领了结婚证了，由不得他了。”

后来我又接到五叔的电话，他偷偷看过女孩的养猪场，规模大得惊人。他说这女孩不简单呢。

唉，这个五叔！

五叔最终同意了这门亲事。

田姓人有时在五叔面前提及此事，五叔还感到有点不好意思，毕竟是因自家的事而卖了辈分，似乎岳父张姓一家也在背后笑话他。

时间长了，这一切感觉似乎都是多余的。

离开老家时，五叔来送我。他说，今后要常回来看看，没有房子了，看看土地也好。

我久久地注视着这一片残破的村庄，不久将全部消失，“二队长”去世了，沈二也因癌症去世了，朝夕相见的乡亲们也逐渐消失在了城里的各个角落，远方众多高楼正在拔地而起。

《连云港文学》2024 年第 1 期

有人在跳霹雳舞

李先军第一次见到孙建国是在一个名为罗马都市小区的在建工地上。

那是一个春天的午饭后，李先军穿着草绿色的迷彩服去工地送黄沙，虽然从部队退伍好多年了，他依然爱穿没有肩章的迷彩服。在经过一栋披着绿色防护网大楼时，他看到楼前的空地上有一群戴着红色安全帽的人围在一起，红色的安全帽在午后的阳光下如同一团团红色的火焰。

“好！”人群中爆发出一片掌声。

李先军卸下黄沙拿到了接收单，本来打算直接离开这个工地回去装沙去下一个工地。经过刚才路过的那栋楼前发现刚才的人群还没散去并响起一遍又一遍叫好声，他忍不住想看个究竟。

他把运输车停在路边，走向人群。

一个戴着红色安全帽的大约50多岁的男子正在人群中间的空地上跳舞。

李先军知道那人跳的是霹雳舞。

太空步、擦玻璃、拉绳子……

李先军的记忆一下子被拉回到20世纪八九十年代，当时他正上高中，全国上下掀起一股霹雳舞热，年轻人跳起来感觉很酷的样子。也就在那个时候他喜欢上了霹雳舞并慢慢跟别人学会了一些动作。他高中毕业后当兵到了军营，在连队举办的联欢会上他跳了一段霹雳舞，赢得了满堂彩，战友们对他也另眼相看。

犹如一阵风刮过，霹雳舞仿佛消失了，没人再去跳。当李先军再次看到有人在跳霹雳舞时，感觉时光一下子倒退了几十年，他依然是校园里学习霹雳舞的学生、军营里表演霹雳舞的战士。

那个舞者跳得很投入，随着手机放的舞曲跳着，那舞曲李先军非常熟悉，也是几十年前霹雳舞风靡时常放的荷东猛士的士高舞曲。

一套拉绳子的动作刚结束，又是一套手臂传导动作。这时李先军已挤到人群的最里面，刚好面对着那个舞者。

舞者似乎用右手挑逗了一下李先军，接着又是一个漂亮的传导动作，从右手传导到左手。

李先军看到舞者的指尖刚好到他面前，或许是受舞曲和舞者的感染，他伸出左手中指的指尖与舞者的中指相接触，接着一个漂亮的传导，一个流动的波浪从两人的指尖通过臂膀流过。

两人精彩的配合赢得周围围观工人的一片喝彩。

李先军第二次见到这个舞者是在这次跳舞的一个星期后，正在一个工地送货的李先军接到罗马都市小区项目经理打来的电话，无论如何今天都要送货到工地，否则明天一早工人上班就没材料干活了。

已到下班的时候，李先军才赶到工地，等车上的材料卸下来了以后李先军开车路过上次看见跳舞的地方，见到又一群人围在那地方。

“啊？他不会又在跳霹雳舞吧！”

李先军心里想着，在路边停下了车。

一阵阵掌声从人群中传来，与掌声相伴的是歌声。

李先军走进人群一看，果不其然，又是上次那个舞者，只是他不是在跳霹雳舞，而是在唱歌。

咱当兵的人有啥不一样？只因为我们都穿着朴实的军装。

…………

只见那人以一只啤酒瓶作为话筒道具大声唱着，火红的安全帽下，他满脸是汗，他的身板挺直，如出操的军人。

搞笑的是他身后的两名工人，怀中各抱着一把铁锹踢着正步，俨然铁锹成了钢枪的道具。有一名工人敲着几个脸盆组成一个造型，显然这是架子鼓的道具了，还有一个工人怀中抱着一把笤帚做弹琴的动作，这显然是吉他或贝斯了。

天哪，这群工人简直玩疯了！

上次的舞者也发现了李先军。

“老弟，来一首！”

李先军笑着摆摆手。

《咱当兵的人》唱完后，那人又来了一首《打靶归来》。

日落西山红霞飞，战士打靶把营归，胸前的红花映彩霞……

舞者唱得铿锵有力，再次赢得一片掌声。

“现在我宣布今天的演出到此结束。”《打靶归来》唱完后他冲大伙儿摆摆手。

围观的工人也就四下散开了。

“老弟，今晚整两盅如何？”

舞者追上了已经上了车的李先军。

“好啊，好啊！”

李先军答应了。

“我们老哥俩是要好好整两盅了。”

两人约好了时间地点。李先军说把车送回场子立马就去。

“你一定是当过兵的人。”

“你也一定是当过兵的人。”

“你咋知道？”

“凭感觉，当兵人的第六感觉。”

“我也是。”

“我是陆军。”

“我也是陆军。”

“我叫李先军。”

“我叫孙建国。”

两人在小饭馆里举起酒杯一饮而尽，边喝边聊。

孙建国说自己是坦克兵，李先军说自己是步兵。

李先军就这样认识了孙建国，并且后来慢慢成了好朋友。

几个月后在另一个工地上李先军再一次见到了孙建国，两人站在路边抽了一支烟。

“现在工地不好干了，尤其像我这样的瓦工，砌墙的，包工头都找年轻的工人，我这50多岁奔60岁的人好多工地都不要了。”

“没有工地要就到我场子上帮我送货。”李先军笑着说，“只要你不怕累。这活儿可比砌墙累多了。”

“我是农村人，什么苦没吃过？感谢老弟能接纳我，将来没活儿做可真的跟着你干了。”

李先军以为自己说的不过是一句玩笑话，没想到孙建国却当了真。

后来孙建国真的找到了李先军要跟他干。

“老弟，我可是真的来你的场子上打工了，年龄大了工地上活儿不好找了。”

“欢迎！欢迎！”

“将来有做得不周到之处你直接说啊，我们当兵的人都喜欢直来直去。”

场子上有一个旧音响，是一群跳广场舞的大妈临时存放的，她们吃过晚饭便准时来李先军的料场取音响，料场不远处是一个小公园，大妈们把小公园里的一个小广场作为舞场，晚上跳舞结束再把音响存放在李先军的料场里。

孙建国来了之后，这个旧音响也就成了他的宝贝。干活间隙休息时便打开音响跳上一段霹雳舞。料场上一时便热闹起来，荷东猛士的士高舞曲震天响，节奏感强劲，孙建国的精湛霹雳舞舞技赢得工人们一遍又一遍的掌声。

有的年轻的工人没见过如此精彩的舞蹈，便要跟孙建国学习，孙建国也很乐意做师傅。

每天中午下班或下午下班后，孙建国的一段霹雳舞也就成了固定节目。

李先军经常叫孙建国跟他跑车，主要是到工地上卸货。孙建国性格开朗，每次送货路上说说笑笑，感觉心情很愉快。

有一次市军分区搞装修，承包商让李先军送材料。李先军和孙建国送材料到军分区大门口时，哨兵不让车进。孙建国迅速下了车，小步跑向哨兵，立正，敬了一个标准的军礼，哨兵也回了一个军礼。李先军则赶紧与传达室值班人进行沟通，沟通好了后，电动门缓缓打开，哨兵放行。

“你一看就是一个真正当过兵的人，知道敬军礼！”

“习惯了，习惯了。”孙建国嘿嘿笑了两声。

此后，每次送材料到军分区，孙建国总是先下车向大门口执勤哨兵敬礼，其实军分区后来为了方便他们送材料专门发放了出入证，哨兵和传达室的人对孙建国两人也都非常熟悉，甚至都没有必要下车沟通了。

时间就这样一天天过去了，孙建国到李先军料场也有 3 个月了。最近几天，李先军发现孙建国有些异样，不像以前那样在车上有说有笑，而是沉默寡言，眉头紧锁，有时还会轻轻叹气。

李先军也不好问，凭感觉他知道孙建国一定遇到难事了。

“老孙，今晚下班后咱俩喝几杯如何？”

“好吧！”孙建国回答得似乎有些勉强。

在一家名为“王四家常菜馆”的小饭馆，老板上来打招呼，其实老板也是退伍军人，城镇兵，放弃安置，自主创业，开了一个以自己名字命名的小饭馆，小饭馆装修得像个军营，军绿色为主基调，甚至包间都冠以“空军厅”“陆军厅”“海军厅”等名字。很多市区退转业军人都爱来这里，根据在部队的兵种订房间，有一种重温部队生活的感觉。

两人坐下要了几个菜，上了一瓶酒，开始边喝边聊。

孙建国说家里出了麻烦事。

李先军也不问，对方如想让他知道一定会讲出来。

“我老婆要和我离婚了。”

“什么原因？”

李先军忍不住问了一句。

“老婆认为我这么多年没有尽到责任，把家中积攒的钱全部在外面挥霍了，甚至认为我在外边有女人了。”

“哈哈！”

李先国一听，乐了。

“老孙，你老实告诉我，外边真的有没有女人？”

“李总，别人不了解我，难道你还不了解我？”

“你能唱歌又会跳霹雳舞，可是中老年妇女们的偶像啊！”

“唉，别说了，老婆已起诉离婚了。”

“啊？不会吧！”

“咱当兵的人，直来直去，哪能说谎？再说了，咱也不是会说谎的人啊！”

孙建国端起一杯酒与李先军碰了一下，两人一饮而尽。

“我给你讲一个故事吧。我以前当兵时上级安排我们侦察班执行一项特殊任务，当时我是侦察班班长。”

孙建国慢慢讲述着，仿佛在回忆着当年血与火的峥嵘岁月。

“我们侦察班8个人都很清楚执行这次任务随时都可能牺牲。我提议全班签一个生死约定，如在执行任务中牺牲，那么活下来的战友就要承担起赡养牺牲战友父母的责任。大家一致认可。”

“后来情况咋样？”

“牺牲了6人，只剩下我和另一位战友。”

“我猜你一定是把赚来的钱用来赡养牺牲战友的父母，才引起嫂子不满的？”

“我们当初有约定，这份生死约定是全班8个人的秘密，不得对外人说，包括家人，因而没有让老婆知道。”

“哦，我明白了。”

“这30多年来，我和另一位活下来的战友一直坚持把个人的收入分为8份，其中6份寄给牺牲战友们的父母。今年那位战友也生了重病，任务就落到我一个人的身上了。上个月孙子上初中要交择校费3万元，儿媳说这钱要爷爷奶奶出，我拿不出钱来，所以老婆就急了。她知道我一直在外做活儿就没见往家里拿多少钱。”

“这就是你的不对了。据我了解，嫂子可是一个通情达理的人，她知道真相后一定会理解你的。”

“只是当年的生死约定……”

“这事我来处理。”

几天后，李先军到一个工地项目部结算后顺道去了孙建国家，当时孙建国正在李先军的场子上干活儿。

“我也曾经许多次问孙建国这些年赚的钱哪儿去了，他就是不说，问急了还冲我发火。当年儿子结婚他也没拿出多少钱，房子翻新也没拿出多少钱，这次孙子上学的择校费也拿不出来，况且还是儿媳妇提出来的，不给就实在说不过去了。”孙建国媳妇对李先军抹着眼泪说，“我怀疑他外边有人。”

“你觉得老孙是这样的人？”李先军问。

“我看也不像。”老孙媳妇摇摇头。

“我们军人讲究一诺千金，许下的诺言就一定要实现，老孙有典型的军人特质，他严格遵守当年的诺言，即使遭受委屈也不改变。”

李先军慢慢地向孙建国的老婆讲述了那个生死契约的故事。

孙建国的老婆听完后已泪流满面。

“那我错怪他了，我错怪他了。”她喃喃地说，“谢谢你，李总！谢谢你告诉我这一切。”

当天晚上，孙建国回到家后感觉气氛有些不对。因为孙子择校费的事，这些天媳妇一直在和他冷战，不喊他吃饭，不给他洗衣服。

孙建国发现自己扔在地上的脏衣服不见了，而是已洗好挂在晾衣架上了。餐桌上已摆满了饭菜，甚至还放了几瓶他最爱喝的青岛啤酒。孙建国到客厅坐到沙发上点上一支烟，思考这究竟是咋回事。

“还坐着干啥？要我把饭送你手上吗？”媳妇在厨房里冲着孙建国喊。

孙建国来到餐桌边坐下，老婆也坐了过来，打开了啤酒，为孙建国倒了一杯，又为自己倒了一杯，端起了酒杯。

“来！咱俩干一杯！”

孙建国端起了酒杯。

“今天这风刮错了方向吧？感觉一直是西北风，却刮成了西南风。”

“其实一直都是西南风，只不过有的人不坦诚，风向才会变。”

“老李和你说了？”

“说什么了？”

孙建国微微一笑，端起酒杯与媳妇碰了一下，一饮而尽。媳妇没有动杯，只是看着他。

“如不是老李告诉你真相，我今天没这待遇。”孙建国顿了一下，又为自己倒满了，“不过让你理解了就好，我还一直担心这个。”

“结婚几十年，我是什么样的人难道你还不了解？我不是一个胡搅蛮缠的人。”

“你支持我一直做下去吗？”

媳妇点了点头。

“想当年我嫁你时图你什么？除了你是个志愿兵外你家有什么？”

孙建国微微一笑，回想刚结婚时确实家徒四壁，父母多病，妹妹还小。农村刚实行包产到户，家里家外就靠媳妇一个人在操劳，直到自己从部队转业。这些年他也感觉亏欠媳妇太多，媳妇跟着自己受苦受累。他没有告诉自己收入去向的原因，除了遵守诺言外还担心妻子不理解，每次妻子问工资时他都说与朋友吃饭喝酒消费掉了。

随着年龄增大，孙建国总想回到当年战斗的地方看看，带着妻子一起祭奠一下牺牲的6位战友，到那个时候再告诉妻子真相。只是让他没想到的是，计划赶不上变化，妻子既然已知道了真相，她理解了就好。

房地产行业变得越来越不景气。李先军明显感觉到业务量在下降，好多楼盘建着建着就停了下来。

李先军的料场不再忙碌，为了节省开支，李先军辞掉了一批工人，现在场子上包括孙建国在内只剩下两三个工人，即便这样，依然没有多少活儿干。孙建国倒没闲着，没事便打开音箱，跳上一段霹雳舞。料场上音乐声震天响，即使没有人喝彩，老孙跳得依然很起劲。李先军则常常一个人坐在简易的办公室里抽着烟望着老孙跳舞的身影发呆。

一连好多天也没有一单生意，李先军整天愁眉不展，不知道下一步该咋办。

“晚上去王四那喝几杯？我请客。”跳完舞后满头是汗的孙建国走进李先军的办公室。

“哪些人？”李先军给孙建国递上了一根烟。

“就咱俩。”孙建国用手抹了一把额头上的汗水。

李先军点点头。

王四家常菜馆里的食客似乎少了很多，整个卡座区域只有3个人在一桌吃饭。

李先军和孙建国找了一张靠墙的桌子坐下了，点了四个菜，上了一瓶白酒。

“兄弟，我就实话直说了吧。”菜上来后，孙建国为两人杯子里倒满了酒，“现在生意不好做，我知道你已经好几天没接一单生意了，我看在眼里，场子上也不需要人，只是你碍于面子不好赶我走。”

“这段时间行情确实不好，有我吃的就有你吃的，我还能坚持。”李先军掏出烟扔给孙建国一支，自己点着了烟。

“我打算明天就走，这场子上有你和你媳妇足够了，也节省一点开支。”孙建国端起酒杯与李先军碰了一下杯，然后一饮而尽。

李先军眉头紧锁，并没有喝下这杯酒，只是一个劲儿地抽烟。

“你不在我这儿干还能上哪儿干呢？快60岁的人了，工作也不好找啊。”一支烟抽完了，李先军端起了酒杯。

“这你就不要担心了，你知道我儿子大兵是做油漆的，这几年一直包室内装修的涂料活儿做，早就要我去给他打打下手了。我以前也做过这行，只是后来不做了。”

“据我了解，房地产不行了，装修行业也受到影响。”

“现在还好吧，儿子说现在还接了两三家活儿，需要人手。”

李先军点点头。

两人从王四家常菜馆出来的时候夜已经很深了，两人喝得都有点高，走路摇摇晃晃的。远处有广场舞舞曲的声音，随着风时隐时现。

“我现在真想跳上一段霹雳舞。”孙建国说。

“音响被那班老大妈拿走了，现在正跳广场舞呢。”李先军笑着说，“我也想陪你跳一段。”

“这样吧，咱们去市民广场，那里人多，我手机下载了几支荷东猛士的士高曲子。”

市民广场在市政府前，离王四家常菜馆也不远，两人骑着电瓶车一会儿就到了。此时市民广场上有好几拨人跳广场舞，还有小朋友学轮滑、玩电动玩具车，人很多，各种声音交织在一起。

两人找到一处人少的地方，孙建国掏出手机，放了一支曲子，把音量调到最大。

李先军把上衣脱了，开始了“抹玻璃”、“拉绳子”……孙建国也上了场，尽管手机放的舞曲被广场上其他的声音所覆盖，有些听不清，两人还是尽情地跳着，不一会儿他俩的周围便围了好多人。

天幕挂满了星星，空气中流淌着欢乐的味道，直到夜深了，两人才尽兴而归。

孙建国走后，李先军常常一个人坐在料场发呆，他那辆军绿色的卡车也无精打采地停在一大堆黄沙旁边。一连好多天也没有生意，他现在主要工作就是讨账，工地开工不多，房子卖不出去，开发商资金无法回笼，也就无法及时付款给承建商，与之关联承建商就无法及时支付供货商。李先军现在有生意也不敢轻易接了，占用资金太多，风险太大，除非不赊账，而不赊账根本就没生意。

“不能这样玩了。”李先军思考了很久得出了一个结论。

李先军关闭料场的那天下午，给孙建国打了一个电话，约他到王四家常菜馆喝酒。

打第一遍没人接，李先军心想莫非没听到？过了一会儿依然没回，他又打了一次依然没接，李先军有点纳闷了，半小时过去了，依然没有回电话，他又打了一次依然没人接。

“咋回事呢？”李先军想这老哥莫非有事了？

第二天一早，李先军就来到孙建国家，敲了好大一会儿门也没人开门，对门的邻居却打开了门。

“谁啊？这么敲影不影响别人啊？”

李先军抱歉地笑了笑问：“请问这家人去哪了？”

“老阿姨领着痴老头儿一大早就去锻炼了，可能还没回来吧！”

那个穿着宽大睡衣，留着一头大波浪长发的少妇一边说着，一边咣当一声关上了门。

“痴老头？”李先军有些纳闷，他又抬头看了看门牌号，心里想没错啊，上次就是来的这里，难道搬家了？

李先军来到楼下正准备走，这时他看到一个熟悉的身影向这边走来，旁边一个老妇人牵着他的手。

“这不就是孙建国吗？”李先军看着走近的男子，“老孙！”他喊了一声。

那个男子愣了一下，抬起头望了一眼李先军，“这位同志你喊我？认错人了吧？”

“哦，李总！”旁边的老妇人露出了笑容，对旁边男子说：“连李总你都不认识了？你还在他的场子里打过工的。”

那男子还是摇了摇头，用双手抱住头做思考状。“是不是为林甸老家免费铺路的李总？”

“唉！扯哪儿去了？是送黄沙水泥的李总。”孙建国媳妇无奈地摇了摇头，“李总，孙建国这头脑彻底不行了。哦，到家里坐。”

三人上了楼，进了家门后，孙建国媳妇请李先军坐下，孙建国坐在旁边。

“请喝水！”孙建国媳妇为李先军倒了一杯水，接着又往茶几上的一只杯子里装满水，递给孙建国。

“老孙这到底是咋回事？离开我那才半年。”李先军握着孙建国的手问孙建国媳妇。

“我也不知道咋回事，就是记忆力慢慢不行了，后来连熟悉的人也不认识了。”

“到医院看过了，说是什么阿尔茨海默症，就在我们延安看的。”

“离开我的场子后不是打算跟儿子做内墙粉刷吗？”

“没有啊。他回来之前儿子就已没有活儿做了。”

“原来这家伙在骗我。”

李先军看着孙建国摇了摇头。

“到西安大医院看了吗？”

“他总说自己能吃能喝的，没病，不愿去。”

在他们俩聊天儿的时候，孙建国一直低着头，一句话也不说。

“老哥，明天带你去西安大医院去不去？”

“不去！”孙建国摇了摇头。

“不去的话，将来你霹雳舞都不能跳了。”

“霹雳舞？！”

“是啊，我们以前一起跳过的。”

孙建国抬起头望着李先军，眼里似乎有了一点光。

“我好像有点印象，在工地。”

李先军用手机放了一首的士高舞曲，动感节奏感很强的舞曲充满了整个屋子。

孙建国面带笑容，李先军感到孙建国的手有些微微抖动。

“过一个波浪！”

李先军拉着孙建国站了起来，他像以前一样从右指尖来了一个波浪传递到左手指尖，本来应该是孙建国接上去做同样的动作，只是孙建国一动不动。

孙建国依然面带笑容。

曲子放完，孙建国坐了下去。

"你叫李、李什么？"

"李先军，都是当兵的人。"

"哦，有点面熟。"

"明天带你去西安去不去？"

孙建国出乎意料地点了点头。

早上太阳刚冒出来，李先军便开车来到孙建国所在的小区。小区里的空气很清新，可以听到远处传来一声声鸟鸣。孙建国夫妇和儿子大兵坐上李先军的越野车直奔省城西安而去。

高速路穿过山谷，山间的薄雾一点一点地慢慢退去，整个山谷间霞光万丈。

孙建国坐在后一排，闭着眼睛，似乎睡着了。

过了好大一会儿，孙建国缓缓地睁开了眼。"我刚才又做了个梦，跟真的一样，我好像在战场，手里拿着枪，连长也在，只有我们两个人在一个山洞里，外面的月光很亮，白天一样。我突然想抽支烟。我没有烟，问连长要，连长给了我一支大重九，我摸了摸口袋，没有打火机，连长也没有，连长说下边的一个山洞里有。我对连长说，我去拿一下，连长同意了，要我小心，我慢慢出了洞口，弯下身子前进，快到那个洞口时，发现了两个人，从他们戴的帽子我就知道是敌人，对方也发现了我，举枪便射击，我一个战术动作滚进了山洞，拿到了打火机。我很紧张，我一紧张便醒了，原来只是一个梦。"孙建国说着，似乎很疲惫，又闭上了眼睛。

到了省城一家著名的脑系科医院后，抽了血，做了CT、B超、脑电图。孙建国说："我哪里有病啊？都是你们疑神疑鬼的。"

在诊室门前排队的时候，孙建国面色苍白，闭上眼睛坐在椅子上一声不吭，李先军和孙建国媳妇坐在孙建国的两侧。

大兵眼盯着大屏幕，上面显示着排队的情况。终于排到了，他上前扶着父亲站了起来，李先军也走过来，在进诊室时被门口的护士拦住了。

"只能进仨人。"

孙建国媳妇说："你们仨进去，我在外等着。"

接诊的医生大约50来岁，戴着一副眼镜，微笑着，显得很亲和。

"咋了？哪里不舒服？"那个医生一边问一边翻看着大兵递上的一沓以前的检查报告。

孙建国还是一句话也不说。

大兵说："他整天躺床上不想见人，也不爱说话。另外记忆力也变差了，好多熟悉的人也不认识了。"

"他以前爱说话吗？"医生问。

"我父亲性格外向，特别爱说，见到熟人说个不停。"大兵思考了一下，接着说，"我父亲以前当过兵，他经常回忆过去。"

医生点了点头。

"发现不正常之前有没有受到过刺激呢？"医生直盯孙建国。

“听他说以前执行任务时一个班 8 个人就剩下他和另外一位战友。”李先军在旁边补充道。

“不会是战场应急综合征。”医生微笑着说，“如果是战场应急综合征应该是烦躁不安，而他的症状恰恰相反。先检查一下吧。”

接着电脑键盘上传来啪啪的敲打声。

好不容易检查完又在等结果，结果出来后再找到那个医生时，离下班只剩下十来分钟了。

三人赶紧进入诊室，此时诊室里还有一个中年女人，那个女人脸上带着不正常的笑容。她也不看医生，只是望着孙建国笑着。

医生正和大概是那女人的丈夫说话，那男人不住地点头。不一会儿医生又敲击了一通键盘，说药开好了，又作了一番交代便完事了。

医生接过孙建国的检查报告，仔细地看了一番。接着把报告放在桌子上说：“他的症状就是抑郁症的表现，另外年龄大了，也有老年痴呆的表现。”

“如何治疗呢？”李先军问。“目前还没有特效药物，仅仅依靠药物治疗效果也不会明显。主要靠心理治疗，当然也要配合一定的药物。要多带他出去转转，多健身增强体质。要多和他说话，多听听音乐，再用一点抗抑郁的药。”医生边开药边说。

“他以前爱跳舞。”李先军说。

“跳舞？跳什么舞？”医生说着停止了敲键盘，有点惊讶地望着孙建国。

“霹雳舞。”

“霹雳舞？！”

李光军点点头。

“我上学那时也跳过，蛮时尚的。现在他还跳不跳？”医生问。

“自从有了这病就再也没有跳了。”

“要继续引导他跳，比如放舞曲刺激他。”

“对了，昨天放的士高他还有感觉的。”

李先军在一旁补充。

药开好了，医生接着把各种报告诊疗卡递给了李光军便站起了身。

“最好让他有事做，不能总闷在家里。两个月后来复诊。”当李先军他们走到门口时那医生又补充了一句。

省城之行就这样结束了。

回到家后，媳妇每天都搀扶着孙建国到小区里转转，引着他说话。

起先孙建国不作回应，后来慢慢也跟着说几句，到了吃药的时间就回家吃药。

李先军经常前来探望。

一天，有几个战友前来看望孙建国，刚好李先军也在，他们陪着孙建国在小区里散步，小区里有一个八角凉亭，他们到亭子里坐下来闲聊。

说到生活的无奈，这一群老战友感慨万端。

“像我们这样的年纪打工没有人要，种地又没有田可种，自己做生意没本钱也没那头脑。”

“接孙子啊。”

“关键是孙子也大了不用接了。”

“你那儿子工作好，还用你赚钱？享福吧。”

“关键是感觉自己还没老到那地步，还能做点事。”

“现在再有战事还能不能扛起枪？”

“能！”老战友们几乎异口同声。

“李老板，你做过生意见的世面也多，能不能为我们这班老兄弟指条路子？”

“路子倒是有一个，不知大家愿意不愿意。”李先军说。

“你就直说吧，大家都是当兵的人，说话不用拐弯。”

“上次带老孙到省城看病后我就在思考，既然医生说做事有利于他康复，我们何不找点事做呢？”

“快说吧！”

“我建议成立一个家政公司，做家政服务，搬家保洁等，名字我都想好了。”

“什么名字？”

“老兵家政服务公司。”

“这个好。现在这类需求不少，我们凭自己的力气吃饭。”

“关键还要投入啊。”

“投入也不多，主要就是一辆卡车投入大，我们可以买二手的也不值几个钱。”

“我以前送货的时候就有一辆，现在料场也不开了，这车算市场最低价，也不用大伙儿出钱，到时赚到钱再算账给我就行了。”

“还要雇司机，也要支出。”

“不用雇。我就会开车，你忘了我在部队里就是汽车兵？”

“是啊，我倒忘了。”

“我们共同投入，收益大家平分如何？”

“好！”

甚至连孙建国都露出了笑容。

于是几个人简单分了工，租房的租房，跑营业执照的跑营业执照。几天后“老兵家政服务公司”正式开张。放了一挂很长的鞭炮后，公司的牌子挂上了，老兵们把孙建国搀扶到房子里，孙建国乐呵呵的，气色似乎也好了许多。

报纸、电台对公司的成立进行了广泛的宣传。

可是定多少价格合适呢？没人干过这活儿，其中有个老兵自告奋勇地说去打听一下，他有个亲戚是干这行的。打听后这个老兵还到其他家政公司进行调查了解，基本上摸准了家政服务的市场行情。

老兵们一致推荐李先军做公司法人代表，李先军也没过多推辞。他召集全体合伙人开一个会，制定了公司的服务价格表、公司的财务管理制度，还对人员进行了明确分工。

老兵家政服务公司接的第一单活儿是一家搬家生意，从城市中心的一栋高层住宅楼搬到郊区的一栋别墅中。家主是一个生意人，平时在外地做生意，只有节假日才回来。他约定本周日搬家，说找人看过了，那天是黄道吉日，诸事可行。

周日那天天刚亮，老兵们就到了那户人家的楼下。军绿色的卡车威风凛凛地停在那，像随时准备上战场的勇士一样。孙建国的分工是留下来照看从楼上搬下来的东西，防止被人拿走或被小孩子弄坏了。

一车装满了拉走了，去了四个人搬东西，另外四个人继续从楼上往下搬，一直拉了四车，现在楼上只剩下一架钢琴。家主说钢琴很贵，值 10 多万，搬的时候要千万小心。他们从来没有搬过钢琴，几个老兵犯了难，后来还是那个打听价格的老兵打电话询问他那做家政的亲戚才知道了如何搬运，是用毛毯或薄被子包着，防止磕碰。几人都说要回去拿被子，最后离这最近的人回家取了被子。

被子取回来后几人包住了钢琴，小心移动，到电梯里又是问题，只有把钢琴立起来才能放进去，但钢琴立起来又怕弄坏了，咋办？最后几个人决定从楼梯慢慢抬下去，这可是十七层的楼梯啊。一个老兵说："这点困难算什么？还能比打仗难吗？布满地雷的原始森林都能穿过去，这算啥？抬吧！"于是四人一组换着抬，他们唱着军歌，精神抖擞，经过两个多小时奋战，终于把钢琴抬到了楼下。老兵们像刚刚洗了澡，浑身湿透了。这一切家主都看在眼里。

最后结账，原本谈好了三千元，家主多给了六百元，说当过兵的人就是不一样。

老兵家政服务公司的生意在慢慢变好，李先军提议购买一台音响放在门市，平时放一放霹雳舞舞曲有利于孙建国的康复，大家一致同意。

舞曲放过一段时间后，孙建国竟然跟着曲子摆动了起来，李先军在门市的时候也会跳上一段，慢慢地孙建国跟在他的身后跳。

孙建国话慢慢多了起来，能认出不少人了。两个月后，李先军带孙建国去省城复查，复查的医生都感到奇怪，没见过阿尔茨海默症恢复这么好的。

一年后孙建国的病奇迹般地好了。

这辆军绿色的老兵家政服务车一直穿梭在城市的大街小巷，成了这座城市一道流动的风景线。

《楚苑》2025 年第 1 期

父子接力

父亲过世好多年了，我时常会想起他，想起他与民主村那些沉甸甸的往事。我的肩上仿佛有一种无形的压力，这种压力来自父亲也来自我自己。

我们父子都与一个叫民主村的小村庄扯上了关系。

在上大学之前，我都没有离开一个叫淮江的苏北小县城，县城不大，我上学的时候只有一条主街，也叫人民路横穿县城，当时有人形容我们淮江县城小：人民路上撒一泡尿都能穿过县城。

民主村是淮江县北部最偏远的一个村。

我的父亲当时是一名扶贫干部，他所在的单位是淮江县财政局，当时县直单位都要结对帮扶一个贫困村，而淮江县财政局结对帮扶的村就是民主村，财政局领导让父亲专门负责民主村的扶贫事宜。

20 年前，我随父亲去了一次民主村，县城里长大的我对农村的一切都感到新鲜。

那年中考过后，暑假期间我百无聊赖，每天就和几个要好的同学在县城里转悠，父亲担心自己长时间在村里很少回来对我失于管教，怕我会学坏。

父亲从民主村回来看我整天无所事事的样子便对我说："跟我到村里看看。"

我说："好啊。"

许多年后，我才悟出父亲是想让我体验一下农村的生活。

民主村不大，淮水河边的一个小村，站在淮水河的河堤上就能把整个村庄看得清清楚楚，甚至吼一嗓子全村都能听到。

民主村给我的印象就两个字，一个字：小。另一个字：穷。

村里人都住着矮小的房子，有砖瓦房也有草房，格局几乎相同，村民大多灰头土脸，着装的颜色款式也相对单一，以黑、蓝为主。

民主村位于淮江县最偏远的北部，与淮东县以一条淮水河相隔。听当地人说话的口音总感觉怪怪的，好像舌头短了一截，与我平时接触的人讲话口音不太一样。父亲说，这里人说话与淮水河对面的淮东人口音一样，历史上民主村曾经隶属于淮东县。

村支书庄恒东大叔，头发发白，感觉有六七十岁，他儿子看起来和那时刚中考完的我差不多大，我感到很奇怪，问父亲，父亲说庄叔才 40 多岁呢，显老，操劳多，人就容易老。

庄叔的儿子叫庄业，活泼开朗，天生的自来熟，一顿中饭吃过，我就和庄业熟悉起来。

庄业主动带我在村子里四处去玩。捉知了，捉小鱼，玩得不亦乐乎。突然一条大白狗冷不防向我扑来，我一时吓得不知所措，心想这下完了，挨一口是一定的了。庄业见状，却向着狗迎了上去，一下子就把狗扑倒在地，他也和狗倒在了一起。

我却安然无恙。

狗显然也吓了一跳。没想到还有人主动扑向它，赶紧从庄业身下挣脱出来，狂吠着夹着尾巴逃走了。

庄业站起身来，拍了拍身上的泥土，冲我笑了笑，露出了发黄的牙齿。

我问："你胆子咋这么大？不怕狗咬你？"

庄业得意地说："我不怕，狗怕我，哈哈，而且人也怕我，在学校里同学们都怕我，他们称我为老大。"

我问："老大是什么样子？"

他又笑了："港台片看过吗？一群人围着穿风衣戴墨镜的那个人，听他使唤。"

我笑着说："老大，今后我来这里还要你好好照顾着，怕被人欺负啊。"

"那当然，咱们谁对谁啊。"他笑着说。

到家后看到父亲和庄叔也出去了。坐了一会儿，感到无聊，庄业问我看电视吗，我想闲着也是闲着便点了点头。

电视信号不好，图像晃来晃去，庄业到院子里把绑着天线的竹竿转了又转，试图能找到好的信号，但电视图像依旧不清晰。

我说关了吧，庄业摇了摇头，无奈地把电视关了。

"到我房间里玩吧。"庄业说，"我房间有一些书不知你喜欢不喜欢看？"

庄业家的房子结构和村里其他人家的房子结构相似，三间主屋，两间偏屋，偏屋用于做饭，三间主屋中间的一间用于会客和用餐，东西两间分别作为卧室。西边的房间是庄业的卧室，东边的房间是他父母的卧室。

进入庄业的房间，房间却不似我想象中那么凌乱。

一张小木床、一张小书桌，甚至还用报纸做了吊顶，最显眼的是房门对面的一个小书橱，竟然摆满了书。

我感到吃惊，他的房间里还有这么多书？！更让我吃惊的是，书橱里除了常见的中国四大名著外，还有不少外国小说，而一些外国小说的名字我从来都没有听说过，如马尔克斯的《百年孤独》、福克纳的《喧哗与骚动》、塞林格的《麦田里的守望者》……

我的目光从书架上移开，像看外星人一样望着庄业，怎么也不明白我从来没有看过的这些外国小说为什么放在他的书橱里。

“这些书你都看过？”我疑惑地问他。

“当然。”他似乎有些自豪地说。

“你哪来的这些外国小说？”

“一些是我爸托人给我买的，还有就是我的小兄弟‘进贡’给我的，他们知道我喜欢看外国小说。”

他从书橱里抽出了《百年孤独》，建议我读一下，说一定会非常过瘾。

这是我第一次见到《百年孤独》，这时我父亲和庄叔从外面回来了，他们边走边说，进屋还在说着，好像说是帮扶一个困难户的事。

大约下午 4 点，父亲喊我说准备坐车回家，庄叔便喊上庄业一人骑一辆自行车驮我们去街上的站点。县城的公共汽车一天也就只有两个车次经过这里，返回城最迟的一趟车是下午 5 点，从庄叔家骑车到站点也要半个小时，路不好，全是坑坑洼洼的土路，自行车骑得慢。

庄叔驮着我爸，庄业驮着我，走了一会儿，庄叔停下了，庄业也跟着停下。

庄叔指着一个小女孩对我爸说，她就是庄玲。我一看这个小女孩大约十来岁，大大的眼睛，长长的睫毛，白净的皮肤，是个漂亮的小女孩。让我意外的是这个小女孩裤子的膝盖处竟然有一块补丁，特别显眼，犹如一块刺眼的伤疤。

我已好多年没有见到还有人穿着带补丁的衣服。

庄叔指着我爸对小女孩说："快叫田叔！"

小女孩似乎有些不好意思，腼腆地叫了一声"田叔"，露出了黄黄的有些发黑的牙齿，我发现这个村的人的牙齿大多是这个颜色，包括庄叔和庄业。

在公共汽车上，我问父亲为什么这个地方的人牙齿都是黄的。

爸爸说是水质的原因，这地方水含氟高。说着便把头靠在靠背上闭上了眼睛，皱起了眉头。

后来我知道父亲把改善民主村的水质作为他扶贫工作的一项重要内容。

他多方奔波，积极争取资金，一年后，民主村建立了一座小型自来水厂，这也是村里的第一座自来水厂。

有一天父亲从村里回来后，脸上也一直挂着笑容，这是从来没有过的，以往每次从村里回来后脸总是阴沉着，我一般都不敢和他说话。吃饭时，他笑着对我和妈妈说，民主村人终于吃上自来水了，民主村下一代人再也没有黄牙了。父亲说通水那天，各家各户水龙头里流出了清冽甘甜的自来水，全村的男女老幼可高兴啦！

当我再次见到庄玲时则是我读高二那年寒假，地点不是在民主村而是在我家里。

母亲悄悄对我说："庄玲整个寒假就在我们家度过了，包括春节。"

我问为什么。

母亲说庄玲家是爸爸的帮扶对象户，庄玲爸爸得癌症去世了，妈妈也改嫁了，家中只有年迈的爷爷奶奶带着她和弟弟生活，好可怜的孩子。

过了一会儿母亲又问我，她想认庄玲做干女儿，问我是否同意？

我瞪大了眼睛。

"爸爸同意吗？"我问。

"他同意。"母亲说，"刚好你也没有兄妹，就算多一个妹妹而已。"

我点点头。

说实在话，我对庄玲不排斥，内心也喜欢她，当然也有同情的成分。

庄玲喊我“哥”，我也干脆地答应。

她刚来我家时表现出不安和紧张，处处小心翼翼，好像林黛玉刚进了贾府。为了让她放松，我经常带她到街上去玩，有时我做完作业后还给她讲一些自己编的小故事。

庄玲慢慢地不再紧张了，甚至在春节后还缠着我玩。

快开学时，我母亲给庄玲买了一身新衣服、一个新书包以及一些本子文具，并对她说等暑假时再来玩。

民主村的自来水项目完工后，父亲又开始着手他在民主村的第二个扶贫计划——建窑厂。

父亲回家的次数越来越少，甚至好多天都看不到他的身影，每次见到他明显感觉到他很疲惫，甚至话也很少说，有一次偶然在饭桌上听到他和我母亲的一段对话。

“你肝不好，不能这么玩命地干了，你看看你的脸色多么难看！”

“唉，时间拖不起啊，民主村的老百姓那么穷，必须尽快让他们富起来，村里的姑娘们大都外嫁而很少有外村的姑娘愿意嫁进来，村里的光棍是越来越多啊。”

“你要有个三长两短我和孩子可咋办啊！”妈妈说着竟然流下了眼泪。

“项目在县里已立项了，征地、拆迁安置、跑资金、施工等等，事儿太多了，庄恒东已经累得倒下了，我只有使劲，项目才能尽快投产，民主村老百姓也才能快点富起来。”

庄恒东大叔在县医院住院时我和父亲去看了他一次，这是我第二次见到他也是最后一次见到他，当时他已经被疾病折磨得不成样子，我简直没有认出他。

他见到我父亲的第一句话就是窑厂的进度，爸爸说："你安心养病吧，其他的就不要多想了。"他还拉着我的手问了我的成绩，说我将来一定比庄业有出息。

临别，庄恒东大叔紧紧握住我父亲的手，流着泪说："村里的窑厂就交给你了，希望在我离开这个世界前能看到窑厂产出砖来。"

爸爸说："不要多想，你的病会好的，村里好多事还等着你去处理呢。"

庄叔说："我的病我自己清楚。"

不久，庄叔便去世了，他终究没有看到民主村窑厂生产出来的第一块砖。

我父亲倒是看到了民主村窑厂生产出来的第一块砖，这几乎是用尽了他全部心血，也导致他的肝病复发住了院。

那段时间，我明显地感觉到母亲憔悴了很多，每天默默地坐在父亲的病床前看着闭着眼睛一言不发的父亲，暗自垂泪。

父亲不久也去世了，去世前处于昏迷状态的他还一直念叨着"民主""窑厂"。

父亲的追悼会上，妈妈悲痛欲绝，我却没有流下一滴泪水，不是我不悲伤，而是我觉得父亲从来就不会离我而去，他是那么好的一个人。

民主村许多男女老幼都来到县殡仪馆自发地送我父亲最后

一程，他们眼中含着泪水，是那么的悲伤。

庄玲在她妈妈的带领下也来了，她扶着我母亲的肩膀，眼睛哭得红红的。这个可怜的孩子在失去自己的亲爸爸后又再次失去了自己的干爸爸。

告别仪式结束后，村里的一些老人拉着我的手说："你父亲是多么好的一个人啊，为村里建了自来水厂、窑厂，现在村里人渐渐富了，他却走了。"

父亲和庄叔安葬在同一座陵园。

没想到我竟然和庄业成了同班同学。

庄业也没有想到，用他自己的话说，他没有想到自己能够考上高中，而且上了全县唯一的重点中学——淮江中学。

后来庄业有一次和我聊天，他说他所在的初中当年中专、中师加上重点中学一共才考上十来个人，他甚至没有报考中专和中师，考上中专和中师意味就能跳出农门，他感觉考不上也就没报，直接报了县中，没想到考上了，大概属于超常发挥吧。

我更没想到庄业居然和我一个班，只不过他住校，我走读，我们依然是好朋友。庄业依然保持着快活的模样，对一切都看得很淡，包括学习。他有一句经常挂在嘴边的名言也是当年好多人的座右铭：走自己的路，让别人去说吧。他不爱学习，醒来后满脸都是口水，惹得全班同学哈哈大笑，他也不觉得不好意思，只是笑笑，接着用衣袖擦去口水。

庄业天生具有领导能力，到高中后不久，又有一批小"兄弟”跟在他身后，他的书包里总会装着几本外国文学书。

在淮江县城，不同学校的学生之间经常拉帮结派闹事，到高二时庄业已在学生“混混”中树立了威名，成了无人敢惹的主儿，到高三上学期因打架差点被学校开除，学校领导考虑还有几个月就毕业了便放了他一马。

庄业知道我喜欢文学，每次来我家玩总是和我谈外国文学尤其是拉美文学，好多作品我都没听过，听得我一愣一愣的，我很难把眼前这个大谈拉美文学的人与差点被学校开除的“混混”联系起来。

正如所料，高考过后我上了大学，庄业名落孙山。

此后我与庄业联系越来越少，以至于音讯渐无。

再次见到庄业已是我参加工作 13 年后的事了，有些事情往往就很巧合，我被所在单位派到我父亲生前帮扶的村——民主村，而民主村的现任书记则是庄业。

父亲当时是淮江县财政局驻民主村的一名扶贫干部，只不过我的工作单位不是淮江县财政局而是淮江县税务局。

我和庄业仿佛都继承了父辈的衣钵。

“老同学，好多年没见到了啊。”在村部，庄业紧紧地握住我的手不肯松开，他上下打量着我，说我胖了。

我同时也打量了他，他也胖了，但眉宇神态还是当年的样子，只是变得成熟而老练。

庄业说，他这个党支部书记也是去年才当的，他以前一直做生意，主要是搞建筑，说白了就是小包工头。

我说，这年头做工程可都发了，为什么要回来呢？

庄业哈哈一笑，露出了那不变的一口黄牙。

“情怀，我可是有情怀的人啊。”他说，“这民主村好比是马孔多，我就是布恩迪亚，我注定要在民主村终老的。”

这小子看来文学情结还在，还没有忘掉《百年孤独》。

我说：“我有好多年没看书了，要不是你提到这马孔多我倒真忘了还有这本书。”

庄业笑着说：“你小子就不要装了，村里订着报纸呢，我在副刊上常看到你发表的文章。”他接着说，“先到我家看看，吃过午饭后带你到村里转转。”

庄业的家已不是当年的砖瓦房了，而是一栋三层小楼，在一排矮小的瓦房中间显得鹤立鸡群。

“今天可要把你妹妹喊来一起吃饭了，不知她开会结束后能不能赶上？”

“我妹妹？”

“庄玲啊。”

“哦，原来是她，你要不说我倒忘了这个干妹妹了。”

庄业说：“庄玲毕业后就回来了，现在是村委会主任，和我搭班子的。”

他掏出手机打通了庄玲的电话，我清清楚楚听到庄业在电话中说：“你哥来村里了，还不赶快回来见见！”

我可以想象电话那头的庄玲应该和我一样惊讶。

自从我父亲去世后，庄玲来我家的次数也越来越少了，我母亲倒是很喜欢庄玲这个干闺女。虽说是“干”的，但庄玲在我家一口一个“妈”喊得我母亲乐开了花。母亲曾经对我说她这辈子最大的遗憾就是没能给我生个妹妹，政策不允许嘛，我倒没觉得没有兄妹有怎样的孤单。但这是母亲的心病，直到爸爸给她带来了干女儿庄玲，她这种女儿情结才有所转变。

每当暑假和寒假快到来时，母亲便会开始唠叨：“庄玲快回来了。”

庄玲在大学毕业前每年暑假和寒假也确实来我家过些日子，我明显地能感觉到母亲特别高兴。

大学毕业后，我就没怎么看到庄玲来我家，因为有了手机这一现代通信工具，母亲想她的时候就和她打电话。我结婚后又生了女儿，这样一来母亲也有了事做，每天照顾宝贝孙女也就没有太多时间了。

庄玲还是在午饭前赶到了，她一见面就喊我“哥”，喊得我倍感亲切，感到心里暖暖的。她首先检讨自己，好长时间没有“回家”看妈妈了，是做女儿的失职，表示最近一定回去看看妈。

吃饭时，我们边吃边聊村里的情况。庄业说：“田叔争取的砖瓦厂早已停产了，主要是国家不允许生产实心黏土砖，村里主要经济来源也就断了。现在村里的年轻人基本上都外出打工，由于没有实体经济，村里在镇里的考核排名一直处于落后状态。”

庄玲笑着说：“镇党委看到你有能力所以动员你出来做这个党支部书记，你是先富起来的一部分人，先富起来的人要带动大家共同富裕嘛，这也是国家的政策。”

庄业说：“你就不要拿我开涮了吧。想让大伙儿日子过得好，快点富起来倒是真的，这也是我们父辈的愿望，也是全体村民的愿望。”

饭后，庄业和庄玲开车带我到老砖瓦厂看了看。离得很远，我便看到一个高大的烟囱，孤独地站在那，烟囱上“民主砖瓦厂”几个大字已经斑驳，可以看到岁月流逝的痕迹。老砖瓦厂已破败不堪，倒成了鸟儿的天堂，成群的鸟在窑上飞起落下，叽叽喳喳。这时冷不防跑过来一只大白狗冲我汪汪直叫。

“这是20年前的那只狗吗？”我笑着问。

“你还没忘记那条狗？那只可是搞突然袭击的狗。”庄业笑着说，“那只狗恐怕早到了阴曹地府了。”

庄玲走上前吆喝了那只狗，那只狗竟然不叫唤了，冲着她不停地摇着尾巴，一副熟悉的样子。

“它和你熟悉吗？”我疑惑地问庄玲。

“当然了，就是咱家的狗。”

我感到很奇怪，为什么这狗会跑到这个地方来呢？

“她爷爷在这儿看场子，否则砖厂不知要被破坏成啥样子了。”庄业说，“我们去看看吧。”

在砖瓦厂的一个角有一排低矮的工棚，一个白发苍苍的老人正坐在门前的椅子上晒太阳。

庄玲走上前喊：“爷爷。”

老人从椅子上起来，庄玲向爷爷介绍了我，我上前与老人握手并重新让老人坐到椅子上，简单地聊了一会儿，我们告别老人就回了。

在回来的路上我问庄业，这么大的砖瓦厂打算咋办？庄业叹了一口气说："不知道咋办呢，扒了还田又太可惜了，毕竟投了那么多的物力和人力、财力，甚至有人为此献出了生命，包括你家田叔和我爸……"庄业停顿了一下，"这个厂当年可是全村富起来的希望啊。"

至此，民主砖瓦厂的影子一直停留在我脑海中，仿佛是一个魔咒，不断地转来转去，让我吃不好睡不好。

如何处理民主砖瓦厂呢？继续生产显然不可能，国家政策不允许，转型？但如何转型呢？我陷入了痛苦的思考中。

既然是生产建筑材料，我就从建筑材料入手。

周日，我一个人开着车在县城的各个建筑工地转悠，了解现在的建筑墙体填充材料。为了安全，各个工地都不让外人随便进入。我想了一下有个同学在县住建局做科长，便电话联系他帮忙找个工地。他开始以为我想偷偷摸摸干工程，后来听我这么一说，乐了，说这不叫事，给了我一个手机号，说找这个人就成，他是一个工地的总包。

我按同学提供的号码打过去，那人说他正在工地，我连忙赶过去，那人已在工地大门等候，我取了安全帽随他进入了工地。

高高的如巨人般的塔吊转动着长长的手臂把建筑材料提到相应的位置，工程车在工地上来回穿梭，马达的轰鸣声响彻整个工地。

在一堆白色的大块砖前，那老总停下了，他说："现在砌墙的砖就长这样，别看这么大但是很轻的，你可以试试重量。"

我搬起一块果真不重，轻飘飘的感觉。

“这个结实吗？”我疑惑地问。

“现在的楼房靠的是框架来支撑，砖只是填充不起到力的支撑。这种砖也叫加气砖是一种新型建筑材料，具有质量轻、保温、隔热、防火性能好等特点，过去烧的那种红砖没人用了，也不允许用。”

“生产这种砖成本高吗？”

“这我就不清楚了，你可以向别人打听一下。”

从工地回来后，我考虑能不能把民主砖瓦厂改造成这种加气砖加工厂呢？当我把我的想法告诉庄业时，明显地能感到他很激动。他说：“对啊，我咋就没想到呢！这倒是一个好办法，可以把砖瓦厂盘活，现在就着手做吧！”

我开始在网上查找加气砖的原料和制造工艺，对于原料我发现县经济开发区就有符合要求的工业废料。我在税务部门工作，主管县经济开发区这一片企业，对部分企业做过调研，知道企业生产的产品及工业废料。

第二天，我到村里与庄业及庄玲见了面，商讨加气砖生产事宜。我们简单分了工，庄业负责设备购置以及厂房改造；庄玲大学期间学的就是材料学，因而她就负责技术；我主要负责争取资金和各种审批手续。

为了进一步了解加气砖的整个生产流程，我再一次联系了县住建局那个科长老同学，请他帮忙联系一家生产加气砖的企业，让我们参观一下。

第二天他便回了电话，说联系好了，邻县的一家企业，随时可以去参观。事不宜迟，我和庄业、庄玲立即开车前往。

到了厂里一看，我们傻了眼。远非我们想象的那样简单，大型机械流水化作业，感觉不是一点半点资金就能搞定的。更要命的是原来的窑根本起不了作用，生产方式完全不同，只是场地和电、水可以继续使用。

参观完后，我们三人心里都犯了嘀咕，干还是不干？现在最核心的难点就是资金问题，他们俩看着我，等我拿主意。

在与这家企业负责人交流时，他说生产设备有大有小，小的有几十万，大的有几百万，根据生产能力来选择，比如年产两万吨的只要 30 万元就差不多了。

我想 30 万元倒不算多，感觉可以搞，庄业和庄玲也认为可以搞。回到村里，我建议庄业召开一个支委会讨论下，征询一下大家的意见。

我列席了支委会。没想到，几个支委对这个项目争论很大，一派坚持搞，另一派则反对。反对的原因是怕搞砸了让村里翻不了身。5 个支委有 3 个建议搞，2 个不同意。庄业让我这个帮扶干部也说说，我首先表明我的态度，建议搞。至于原因，我说："以前办砖瓦厂是为了增加集体收入，解决富余劳动力，让大伙儿富起来，现在我们搞这个加气砖加工厂目的依然没有变，我们有现成的场地，现在就缺少资金，资金我们可以想办法。"

经过表决，少数服从多数，支委会同意项目开始上马。

那些天，我经常一个人在砖瓦厂转悠着，像一只流浪狗。时间长了，庄玲家的大白狗也和我熟悉了起来，不再冲我叫唤，甚至摇着尾巴跟在我身后。

我的眼前仿佛出现了一座新的厂房，厂房里机器轰鸣，成品加气砖源源不断运往各个建筑工地。

这旧窑拆下的废砖放哪？建厂资金又在哪里？晚上我又失眠了。母亲对我说：“我咋从你身上看到了你爸的影子？干工作可不能再玩命啊。”

我向县局领导汇报了我的想法，领导很支持，至于资金，领导表示一定给予支持。

立项审批、办理营业执照、税务登记、消防安全等一系列手续都要协调、办理，我从一个部门到另一个部门，从一个窗口到另一个窗口，一个月下来，体重从 160 斤减到了 130 斤，真的起到了减肥效果。

妻子开玩笑说省得买减肥药了。

通过了解，经济开发区的那几家企业，处理生产废料也要付费的，加气砖如能帮他们处理生产废料，他们是要付费的，这样一来，等于又有了一部分资金来源。

我和庄业专门到那几家企业协商处理废料事宜，由于工作的关系，我和这些企业的老板和财务负责人都熟悉。他们很乐意交给我们处理。经过协商同意先预付给部分费用，这是看在我的面子上。

为了购买机器设备，我和庄业在网上查找了许多厂家，并在一起进行了比较，初步确定了 3 家企业生产的设备，打算亲自前去实地考察。

我和庄业、庄玲考察了距离稍近的山东一家企业，另两家路程较远，由庄业和村会计前往考察，我要跑各种手续，实在没有时间继续去考察。

村里又专门召开了支委会听取考察情况汇报，我继续列席了支委会。对于确定哪家产品时又出现了意见不一。3 家企业年产 2 万吨的机器的报价分别为 28 万元、30 万元和 32 万元。5 个支委有 2 人选 28 万元，有 2 人选 30 万元，有 1 人选 32 万元。争得不可开交，我一直沉默，列席就是列席，不好随便说什么。

庄业再次望向我，让我说说看法，我笑了笑。

“你们说得都有道理，选便宜的考虑的是资金不充裕，选价格高的考虑的是质量问题，至于选中间价格一定是折中了。但我的意见是根据资金争取情况再决定，尽量选择质量好的。”

大家都笑了，说我等于没说。

经过研究，县局决定给予结对帮单位民主村帮扶专项资金 10 万元，另外几个需要处理废料的企业经过协调争取也预付了 10 万元，还有不少资金缺口。

我再一次来到窑厂，望着高高的烟囱发呆，窑厂拆除，废砖咋办？能否变废为宝呢？庄业打电话问我在哪儿，我说在窑厂，他立马赶了过来。

“窑厂如何拆？拆下来的砖如何处理？”庄业坐在我旁边像是问我又像是自言自语。

我说：“你和我想到一起了。”

我们就这样默默地坐着。

远处有一大片乌云飘过来，接着响起了雷声。

天要下雨了。

“我记得前些日子和朋友吃饭时，好像听说有一个人想投资办猪厂。”庄业说。

“与这窑厂有关系吗？”我问。

“当然有关系了，他建猪圈能不要砖吗？”庄业显得很兴奋，仿佛在森林中迷了路终于找到了出路。

“对啊，但建猪圈这砖行吗？”我疑惑地问他。他说：“这有什么不行的？明天我就去找他！”

第二天我正在县财政局办理那笔扶贫资金拨付手续，接到了庄业的电话，他兴奋地对我说：“事成了，事成了！那老板答应了用我们的废砖，现在就可以用。”

又一件棘手的事摆在了面前，拆窑问题，如请人拆除就要支出一大笔费用。庄业说，就动员村里的青壮年劳力拆除。

拆窑那天，村里在家的青壮年劳动力几乎全来了，无偿帮助拆除，曾听父亲说当年建窑的时候村里也是这样，所有参加劳动的人全都不计报酬地参加劳动。

他们说这是为自己劳动。

有几个年长的老人谈着建窑厂时的艰难往事还流了泪：“这么大的厂咋说拆就拆了呢？”为了保护好拆下来的砖，大家每拆一块砖都小心翼翼。庄业在拆之前就对大家说了，碎砖人家老板不要的。

几天过后，除了那根标志性的烟囱孤独地站在那，窑厂全拆完了，砖也运走了。

烟囱必须爆破处理。

当轰的一声烟囱爆破，断成了三截倒了下来后，四周一片寂静，窑厂时代真正结束了。

废砖卖了2万元，距购32万元的设备还差10万元的缺口。

“缺口咋办？”我和庄业说，“要不干脆咱俩一人借5万吧。”

庄业笑着说：“好吧，你可要与媳妇商量好啊。”

我说：“没事，我家媳妇最听我话。”

当我与媳妇说这事时，媳妇说只要不把咱这窝卖了就行。

支委会通过研究，决定购买32万元的设备。

设备定下来的那天，庄玲也被安排去学习生产技术，这个学材料的大学生将要兼任厂里的技术厂长呢。

庄业说：“我干过工程，圈子里干工程的老板多的是，销路交给我好了。”

试生产的那天，村里的男女老幼都来到了新厂，他们要一睹新厂出产品的盛况。

厂里机器轰鸣，庄玲忙里忙外，为了这一天她已忙了好多天，昨天甚至一夜都没有睡觉。

庄业在厂房里紧张地来来回回地走着，县里镇里领导对这次试生产非常重视，这毕竟是全县老厂转型升级的一次重要尝试。

“砖出来了！”人群中爆发出一阵欢呼声。

当正式生产的那天，我取了一块新生产的砖来到了安葬父亲的陵园，我把砖摆在碑前的祭台上，对父亲说：“民主村新的砖厂成立了，我在继续着你的事业，相信我一定会让民主村的人富起来。”

当我离开的时候，抬头看了看不远处的庄恒东叔叔的墓。我惊讶得张大了嘴巴。

碑前的祭台同样放了一块加气砖，庄业正在墓前祭拜。

我没有和他打招呼。

他似乎也看到了我。

整个陵园就我们两人。

《三角洲·骆马湖》2023年第1期

辞职

刚参加工作不久的李方远还没从兴奋劲儿中缓过来，又似乎适应不了当前的工作。每天登记着不同密级的一份又一份国家发改委以及省委、省政府等上级部门发文，再根据要求进行分发，有时还要把纸质文件亲自送给各位主任、处长阅读后再收回，来回楼上楼下跑，每天重复着，一天下来常常感到疲惫不堪。有时他下班后会在办公室待一会儿，泡上一杯绿茶，呆呆地望着窗外或望着桌子上的一盆吊兰，脑子里漫无目的想着什么。吊兰由于长时间没有打理，一些藤蔓拖到了桌面上，藤蔓上的一些小吊兰的头高高抬起，似乎也在静静地望着他。

与往常一样，又一个忙碌的日子结束了。下班后，李方远又一个人待在办公室，若有所思地望着那一盆吊兰。这时妈妈来了电话，说爸爸出差回来了让他下班后早点回家吃饭。他站起身来把茶水一饮而尽，把抽屉里一本李国文的长篇小说《冬天里的春天》取出来放在包里，这本书也是父亲推荐他看的书，他上班时带到单位想抽空看一下，哪知上班根本就没有时间看书，他还是决定带回家晚上睡觉前看一看。

李方远的父母正好坐在客厅沙发上看电视剧《潜伏》，父亲手里端着一杯清茶，夫妻俩边看边聊。父亲见李方远进门示意他坐在身边。

“上班的感觉咋样？”

“还行吧。”他还不想让父亲失望，不想实话实说。

父亲显得有点疲倦，他放下杯子，把头靠在椅背上，微微闭上眼睛。他作为某海军基地司令员，去年“八一”前夕刚晋升为少将军衔，几乎每天都在忙碌中度过，各种会议演习训练事务繁多，他的头发有一半花白。这些年来工作繁忙，也没有过多的精力过问儿子的学习，好在李方远还比较争气，通过高考考上了北京一所著名985高校文学院汉语言文学专业，这个学科还是全国不多的A+学科，后来又读了本校的研究生，更让他欣慰的是研究生毕业当年就通过公务员招考考入了东方省发改委，要知道东方省发改委当年也就招收了三四个人，而报名的却有好几百人，真正是百里挑一，这一路走来，也真是顺风顺水。不过在父亲的内心深处他还是希望儿子像自己一样做个军人，保家卫国。其实李方远自己也想成为军人，毕竟自小受家庭熏陶，爷爷是老新四军，父亲是军人，填写高考志愿时本来父亲也想让他考军校，报考海军指挥学院，想让儿子成为自己的校友，遗憾的是李方远没有通过军事院校的体检而作罢，最后报了汉语言文学专业。父亲也是一名文学爱好者，喜欢读书写作，工作之余也发表了一些短篇小说，甚至还上了《解放军文艺》这样军中最具知名度的文学刊物。报考汉语言学专业也是父亲主张填报的。

“哦，对了，记得上次我推荐你读李国文的长篇小说《冬天里的春天》，看得咋样了？”父亲微微睁开眼，望着李方远。

“我还没来得及看，单位的事太多了，我今天也带回来了，打算晚上开始看。”

其实李方远大概翻了下这本小说，搞文学研究的他对这部小说也大概了解，只是他对西方文学更感兴趣一些，比如卡夫卡、陀思妥耶夫斯基等人的作品，在他读本科和研究生时全读完了。

“好吧，年轻人多看一些书没有坏处，况且你就是学这个专业出身，专业不能丢。”

“准备吃饭吧！”

母亲起身去了厨房。

吃饭时，妈妈问李方远是不是和女朋友方静闹别扭了，最近总是不开心的样子。

李方远说不是，妈妈也就没有再问。

第二天上班，李方远发生了工作失误，这低级的失误让他懊恼不已。

事情是这样的，有一份国家发改委的转发文件本该转发至部门负责人，李方远在电脑上操作时不小心转发给了机关全体人员。中午大家在机关食堂吃饭时，有个普通科员和坐在旁边的同事议论起这份文件的内容，刚好局办公室主任也坐在附近吃饭听到了他们的议论。主任也感到奇怪，明明是各部门负责人以上级别的领导才能知道的文件内容，他们咋知道呢？便打电话问李方远。李方远一听吓一跳，赶紧回到办公室打开电脑查看发送轨迹，这一看不要紧，脸上的汗一下子就下来了，是自己转发错了。于是实事求是地打电话给主任说是自己发错了。主任说抓紧处理，把文件收回，只发到负责人以上领导，对于已阅过该文件的其他人员，交代他们不要把文件内容外传。最后主任对李方远说，年轻人刚参加工作一定要小心加细心，细节决定成败！“细节决定成败”几乎成了主任的口头禅，开会时说，平时与下属谈话也说，也许这就是办公室的职业习惯。

李方远感到主任虽然没有严厉批评他，但这比严厉批评还让他难受。

从此以后，李方远对转发的文稿都核对3次以上才转发，防止再出现失误。

远在M国的女友方静在电话中说，最近她在M国一家CE文化机构兼职汉语教师，入职时机构对她的家庭成员情况和社会关系进行了登记，她把李方远也登记了上去，列为主要社会关系。机构负责人怀特先生是个中国通，他对中国文学很感兴趣，说希望有机会认识一下她男朋友。

大约一个月后，怀特真的就来到了中国，其实在怀特来之前，方静就告诉了李方远。

怀特约李方远见了面。

那是在一个周末，见面的地点是一个公园边上的咖啡馆。李方远听方静说怀特先生汉语水平较高，没想到的是怀特的汉语说得如此流利，用汉语交流完全没有障碍。

怀特说很高兴认识李方远，他说他对中国文学乃至中国文化很感兴趣，尤其是对《易经》感兴趣简直到了痴迷的程度。

他说中国人真伟大，五千年文化源远流长。他的专业化程度让李方远吃惊，文化史上好多东西在读研期间他也没能彻底搞明白，而怀特先生竟然也十分了解。

怀特邀请李方远到M国的CE文化机构任职，说任职后所得到的收入是在中国的N倍，更重要的是李方远的女朋友也在M国，刚好可以团聚，以后就在M国发展，能在M国定居是好多中国人的梦想。

李方远说考虑一下再说。怀特说此次来中国的主要目的是想在中国建立CE文化机构的分支机构，为M国和中国文化交流作出贡献，如果顺利的话，分支机构很快就会设立，如李方远去M国没有考虑成熟的话可以先在中国的分支机构担任顾问，也会有一笔丰厚的收入，当然了，担任顾问的事不要对外宣传，他说中国的政策不容许公务员兼职取酬。看来这位怀特先生对中国政策真的很了解。

李方远轻轻摇了摇头，说："为中国和M国文化交流做点事可以，至于报酬就不必了。"怀特说："我们国家讲究利益至上，付出劳动就应该得到报酬。"

当从太平洋吹来的冷风把这个中国南方大都市大街两边梧桐树叶吹得漫天飞舞时，怀特先生又来到了中国，在见到李方远后他显得特别高兴，他说中国有关方面批准了他们的分支机构，最近准备举行一个成立仪式，邀请有关方面的人参加，当然邀请对象也包括李方远。

分支机构成立仪式简单而隆重，分支机构负责人是一位名叫琼斯的美丽姑娘，她脸上一直保持着微笑，金黄色的长发像瀑布一样披下肩来。

琼斯有时会像小学生一样向李方远请教问题，她的汉语水平不高，更多时候是夹杂着英语。最初问的是一些文化问题，后来范围逐渐扩大，甚至包含政治、经济、军事等。李方远有时也纳闷，这个女人对世界咋这么充满好奇呢?

当琼斯把一沓钱交到李方远手中时，李方远很惊讶，问为什么，琼斯说这是顾问费。李方远笑了，说也没做什么事啊，琼斯说：这是应得的，你帮助了很多。李方远拒绝了，他隐隐觉得那包钱似乎是一团火在燃烧。

琼斯很惊讶说："为什么，哪有给钱不要的道理，况且这是酬劳。"李方远笑着摇了摇头。

方静来电话说她在M国的学业进展很顺利，甚至有一篇和导师共同完成的论文在世界著名的《自然》杂志发表，这意味着好好发展下去，毕业后留在M国的机会也会大大增加。每次通话中，方静总会提到CE文化机构，说怀特对她很好，又加薪了。

琼斯的汉语水平显然提升了不少，夹杂的英语越来越少。她甚至经常一个人行走在大街小巷车站码头，有时还和买菜的大爷大妈聊天，每天似乎都很忙碌。

更让李方远惊讶的是琼斯也似乎变成了中国通，不只是文化方面，而且对中国的方方面面都有深入了解。

琼斯向李方远咨询的问题在不断深入，甚至问了一些没有对社会公布的经济数据。每当问这些时，李方远总是说不清楚。琼斯说："你收发的文件上都有啊！"李方远笑了笑说：

“我们有我们的工作纪律啊。”

琼斯说只是随便聊聊的，不要太认真。

不知不觉李方远在省税务局工作也快有一年了，除了刚工作时那次失误外，后来基本上没再失误过。办公室领导对他的工作还比较满意，工作满一年时按时转正，并且把他发展为入党积极分子。

李方远心里还是莫名其妙地失落，感到心里空落落的，具体什么原因他自己也说不清楚。

一天晚上李方远回到家，躺在床上，看到床头柜上的那本《耶稣的童年》还没读完。他苦笑了一下，一年了一本书还没读完，他感到几乎把大学所学专业内容全忘了。

方静还和以前一样，每两天和李方远通一次话，平时没事发一发微信，但不再提让他到 M 国发展团聚的事了，似乎对他的工作内容感兴趣了，甚至也和琼斯一样问一些尚未公布的经济数据。

李方远不喜欢喝酒，甚至是有些讨厌，在一些场合诸如领导参加的饭局，他迫不得已会喝一些。现在他变了，对酒不再讨厌，酒量似乎越来越大，在和同学朋友聚会时也常常会喝高。

李方远相信人人都有情绪低谷期，比如现在的自己就应是低谷期吧，他常常这样自我安慰。

琼斯有时周末的晚上也会请李方远吃饭，刚开始时李方远几乎不喝酒，但现在变了，李方远主动要和琼斯喝酒。琼斯酒量也很大，中国的白酒半斤喝下去没有感觉一样谈笑自如，而李方远半斤喝下去说话已不利索了。

一天中午，李方远因一份文件转发迟了挨了分管副主任一顿批评。李方远想这也不是什么特别重要的文件啊，不至于这么严重吧，迟一点发也似乎没关系啊。这让李方远心情很坏，他想喝酒，想发泄一下，他想到了琼斯。

一瓶白酒见底后，李方远已不知东西南北了，而琼斯似乎没什么感觉，微笑地看着他。走出酒店时李方远几乎站立不稳。琼斯一把扶住，他们坐在一辆出租车的后排，琼斯抱住了李方远的头，吻他的额头，吻他的鼻子，吻他的嘴唇。李方远没有拒绝，或许他真的醉了。

李方远已有一年没有见到方静了，虽然也正常微信、相互视频。但李方远隐隐觉得有一种距离感开始出现，他也说不清楚，明明还和以前一样通话、视频、发微信，更可怕的是这种距离感犹如冰面的裂痕还在不断扩大。

对于琼斯这个外国姑娘，李方远却有不一样的感觉，热情、奔放、敢说敢做，他们也有了更多话题，甚至李方远有些不知道的东西她也知道，这让他暗暗吃惊。有一天在讨论中国一些地区的 GDP 数据时，她对一些地方数据的真实性表示怀疑，并给出确切的依据，比如用电、用水等数据。李方远问这些数据是从哪里来的，他知道有些数据是不公开的，何况是对外国人，琼斯扬起高高的眉毛：“难道不通过你我就得不到数据了吗？”接着脸上露出了一贯的微笑，这让李方远很纳闷。

位于南方的这个城市很少下雪，而这个冬天刚到，便奇迹般下起了雪。鹅毛般的雪花在天空中飘舞着，像一个个美丽的精灵，落在路面、树枝上、楼房的顶部、行人的头发上……不多久，整个城市便已银装素裹，俨然是一个童话的世界。

终于又到了一个周末的下午。快要下班时，李方远接到琼斯打来电话，说想晚上一起见个面，喝酒，他同意了，觉得好久没和她在一块儿了，没有特殊情况他都不会拒绝她的邀请。

约定的酒吧里顾客不多，他们找了一个僻静的角落坐下，边喝酒边聊天。琼斯说有一件事请李方远帮忙，李方远笑了笑说："就不知道能不能帮上这个忙了。"

琼斯说："你可以办到，就是刚过去的一年，中国的一组经济数据，具体包括……"李方远吓了一跳，他知道这组数据是涉密数据，不能对外公开，他也是中午才收到这份文件。他眼睛直直地望着琼斯，笑了。说没有，琼斯也笑了，说骗人。她说她知道中国的国务院会把这份文件发至省直机构负责人，李方远还是摇了摇头，端起酒杯一饮而尽。

"我可以给让你满意的费用。"琼斯微笑地望着李方远。

李方远还是摇了摇头。此刻窗外的雪还在飘飘洒洒地下，地面上已经白了，不再是落到地面上立即就不见了。

"你不给我，我也会得到的。"琼斯微笑着，端起酒杯一饮而尽。

李方远怔怔地望着琼斯，像望着一个外星人。

方静突然回国了。

事先也没和李方远打招呼，刚下班时李方远接到方静电话说已在他家里了。李方远说开什么玩笑？方静说不相信你回来不就知道了？

李方远回到家看到方静果然在，坐在沙发上看电视，妈妈在厨房里张罗着晚饭。李方远问妈妈，他爸爸晚上是否回来吃饭？妈妈说已打过电话，回来。

吃晚饭时，方静对李方远的爸爸似乎特别关注，对部队的事很感兴趣，叔叔长叔叔短的一会儿问中国国产航母建得怎样了，一会儿问他的基地有多少人多少战舰、什么型号等等，看起来很专业。李方远爸爸吃惊地望着方静，笑着说："你什么时候变成军事迷了？"

为不让她难堪，李方远爸爸只是说航母正在建，至于进展如何他也不清楚，基地上战舰和人员都变化着呢，不好确定。

晚饭后，李方远开车送方静回家的路上，方静说能不能帮她一个忙，李方远说什么忙，她说想要李方远爸爸所在基地的军事部署图。李方远吓了一跳。

"你不是在说梦话吧？这可是国家的军事机密啊，我知道这绝不能外传，况且也根本不知道。"李方远下意识地摸了摸坐在副驾驶座上的方静的头，看她是不是发烧了。

"我知道你不知道，你可以向你爸爸要啊！"方静拿开李方远的手。

"咋可能呢？我就不明白了，你要这个干吗？"

"写论文需要啊。"

"瞎说！你以为我不懂你学什么专业？与这个八竿子也打不着啊，你咋变成这样了？"李方远有点生气了。

在李方远的一再追问下，方静才说是怀特要的，怀特说如果搞到，将会给她一大笔钱。

“啊？！”

李方远一下子想到了好多东西，有些东西似乎有所联系，他想串联却依然是碎片化，他想回家后好好思考这个问题。

他感到方静真的变了，已不是在国内高校读书时的那个方静。

几天以后，李方远在接收省政府文件时发现转发人已不是陈小明，而换了一个新同志，他想陈小明莫不是换了新岗位，或者已被提拔了。

又过了几天，在一次业务培训班上，李方远的一个好朋友在公安局办公室工作，他悄悄地告诉李方远说，陈小明涉嫌泄露国家机密，被国家安全局的人带走了。

李方远无论如何也不会把陈小明与“泄密”这个词联系在一起。

琼斯也消失了，因为李方远再也打不通她的电话，据说在陈小明出事时，琼斯也被带走了。

李方远心里五味杂陈，他感到莫名的烦躁，他与琼斯熟悉，也知道自己没有向琼斯泄露过什么国家机密，但在琼斯被抓这件事上他还是感到不舒服。

方静是间谍!

李方远情绪几乎崩溃了，他不相信这消息是真的，难道他爱的人是一个背叛国家的间谍？他虽隐隐感到方静近来不太正常，但当国安局的人找到李方远并对他通报方静的情况时，他还是不敢相信。

国安局的人又询问了李方远与琼斯、怀特以及方静的交往过程。国安局的人说M国这家CE文化机构以文化交流为掩护，实际上干着间谍的勾当，专门窃取中国的有关情报。国安局的人说怀特他们早就盯上李方远了，因为李方远的工作性质，还有他的爸爸都具有利用价值，但他们没有从李方远身上得到任何有价值的情报。国安局的人对李方远说："还好你是一个有原则性的人，没有被他们拖下水。"

李方远情绪一直低落，总感觉有一种无形的力压着他，几乎透不过气来，他又想到了离开。

气候已进入隆冬，下了好多天的雪停了，太阳暖暖的，春天快要来了。

周末，李方远的爸爸难得正常在家，他对李方远说："儿子，出去转转如何？"李方远点点头。

李方远好多年没有和爸爸单独出去玩了，记忆中还是小时候，每到春天，山花烂漫之时，爸爸穿着军装，带着他到城外的山上玩，那是李方远记忆中最深刻也是最难忘的事。

李方远坐在副驾驶座上，爸爸开着车，车沿着城外盘山公路一直向上开，蔚蓝的天空像被水洗过一般，与山顶连在一起，山上背阳的一面积雪还没完全融化，在蓝天的映衬下，发出耀眼的光芒。

车在半山腰公路边停下，有一条岔路从盘山公路岔开，单独向山上延伸，路延伸不长便可看庄严肃穆的大门，大门内有一座高大的纪念碑，上有6个大字"死难烈士万岁"，在盘山公路上就可以看到这块高大的纪念碑，看来这是一座烈士陵园，李方远的爸爸向烈士陵园大门走去，李方远默默地跟在后面。看门的是一位身穿军大衣、没有佩戴肩章的老人，可能是一位退役老军人，他看到李方远爸爸进入大门，啪的地来了一个立正姿势并敬了一个军礼，“李司令员好！”看来他认识李方远爸爸，李方远爸爸冲他笑笑，与他握了一下手，便带着李方远向陵园深处走去。

院内高大的松柏常年保持着翠绿的颜色，一座座烈士墓一排排地向山上排列着。李方远爸爸对李方远说：“这些烈士都是为了解放和保卫这座城市而牺牲的军人，这里面也包括我党牺牲的地下工作者和保密战线的同志。”

他向李方远介绍了一些机要保密战线烈士的光辉事迹，他说这些烈士为了国家牺牲了自己宝贵的生命，他们是国家至上！

“国家至上！”李方远的脑海里一直盘旋着这4个字，他和爸爸在一处台阶上坐下，望着山脚下这座高楼林立的城市，他们身后长眠的烈士们也一直看着这座城市的不断发展，烈士也该好好安息了，但城市乃至国家依然需要人保护，除了军人外，还需要我们这些保密战线的同志啊。李方远想着，突然感到自己的工作很重要，自己的肩上有着沉甸甸的使命。

星期一，李方远正常上班，他坐在椅子上，与往常一样打开电脑，他办公桌右上角放上一面小小的国旗，那是周日刚买的。国旗颜色鲜艳，像一团燃烧的火焰。

他拉开抽屉，把自己早已写好的辞职报告揉成一团扔进了垃圾桶里。

《北极光》2024年第3期

白月光

月亮升起来了，月光把整个村庄照得像白昼一样。

虽然是夏夜，但入了夜还是让人感到一丝冷意。夜风吹动树梢，轻轻摆动，在张立全的眼里，仿佛就像是魔鬼在舞蹈。

池塘里的蛙声在风中时隐时现，或高或低，如交响乐。张立全对蛙声似乎很厌烦，他不停地在家门口的打麦场上走来走去。

这是十几年来他再次回到老家，家乡已经变得很陌生。以前熟悉的人死的死，离开的离开，新生的一代也不认识，在家乡他似乎是一个外乡人。

此时的打麦场除了张立全之外再没有第二个人，月光照在他身上，地上也留下了他长长的影子。随着他的走动，影子也在不停地动。

因为拆迁，母亲让他回来一下，否则他也没有回来的打算。

村庄就要拆迁了，张立全不知自己将去何方。

他想起 30 年前，当时他还是一个孩子，村里的孩子特别多，整天叽叽喳喳的，如冬天傍晚停在屋檐上、树枝上的麻雀一样多。好多个夏夜，各家门前的打麦场上，大人们坐在凉席上聊天，孩子们在周围跑来跑去。后来和他差不多大的孩子渐渐长大，如候鸟一样飞向远方，只有到夏收或春节才会回到家里。再后来张立全也变成了其中一只候鸟，初中毕业后在家待了 3 年便和同伴一起南下广东打工。他刚出去的几年似乎有恋家情结，每年都要回来几次。

后来他回家的次数渐渐减少，以至于几年也不回家一次。家乡对他的吸引力越来越弱，更准确地说，他是适应了广东这个地方，特别是春节时，南方温暖舒适，而家乡则是冰天雪地，他虽然生在北方却天生就怕冷。作为一个“70 后”，他小时候没少受苦，大集体时代家中劳力少孩子多，年底生产队结算时家里总是透支，印象中能吃顿饱饭都是一种奢望。好不容易熬到分地到户，总算能够敞开肚皮吃饭了，但也仅是能吃饱饭而已。

每到春节从广东回来过年的乡亲都会说广东如何。张立全会想象着广东的样子：有着数不清的高楼和工厂，他对广东充满向往。刚过完 18 岁生日的那个春节，张立全便跟着老乡田小雷前往广东。到广东后张立全先在佛山工业园区的一家电子厂上班，在张立全的眼里佛山就是一个大都市，大街上有着数不尽的高楼，他从高楼下走过都不敢过于靠近，总是担心楼会倒下来砸到自己，他也不敢看楼顶，头晕，仿佛一座大山压下来。

这家名叫远大的电子有限公司有 1000 多名工人，每天下班时工人黑压压的一片，张立全从来没看到这么多人在一起上班。他在工厂里干的是搬运工，组装电子元件的大多是女工，她们穿着工作服车间里紧张地忙碌着，每人面前一盏台灯，整个车间亮得像白昼。

张立全和田小雷在不同车间，但是住在同一宿舍，每间宿舍 8 个人，四张高低床，张立全和田小雷住一张床的上下铺，另外 6 个人分别来自河南和山东，这样一来这间宿舍就住着 3 个省地的工人。

张立全和田小雷后住进来，几天后就和其他工友非常熟悉了。男人之间似乎没有谈话壁垒，晚上熄灯后便是卧谈会，女人则是永恒的话题。哪个车间又来了一个美女，哪个老乡又谈了一个女朋友……

周六晚上老乡们会相约到公司附近的小饭馆喝酒，当然也少不了张立全，张立全酒量不大，喝几杯脸就红了，感觉头昏脑涨，不想喝。但老乡们不干，只有硬着头皮喝下去，直喝到吐了才肯罢休。这个聚餐通常是轮着请，吃饭是最放松的时候，再也不用说拗口的普通话，乡里乡音，听起来特亲切舒服。家乡的人和事总是让他们牵挂，这家的老人去世了，那家刚娶了媳妇，另一家刚生了一个胖小子……

有的老乡回家相亲成功，回来后免不了主动请客，这不在轮流坐庄排序之内。

张立全有时在卧谈会结束后，在漆黑的夜里会睡不着，索性睁着眼睛，想着他喜欢过的一个个女孩。

几乎在每一个学习阶段，他都有一个喜欢的对象，幼儿园时他喜欢一个邻近生产队的女孩，那个女孩白白胖胖的，老师喜欢叫她回答问题，比如参加宣传队等好的机会也总是找到她。张立全总喜欢看着她，渴望和她同桌，这种感觉一直持续到小学二年级，这个小女孩不读书了，原因是她的父母不让她读了，认为女孩不需要读多少书，总会嫁人的，便让她回家带弟弟妹妹。张立全甚至记不清这个小女孩的名字。

后来张立全又喜欢班上一个叫夏晓玲的女孩，这个女孩高高的，像家门口的白杨树，他常常望着她的背影发呆，直到五年级考上初中后，夏晓玲没有考上而他却考上了初中，渐渐地夏晓玲便从他的世界里消失了。

初中时张立全到乡里中学读书，在这里他见到了让他一生都无法忘记的美女同学，名字叫王小霞，她是个外乡人，她的爸爸在乡政府上班，好像是个什么助理。在张立全心里，王小霞就是个仙女一样的存在，白白的脸庞，大大的眼睛，亭亭玉立的身材，他见到她眼睛都不会离开，他时常想上帝咋会创造出这样的美女，希望她一直在自己的视线中，他每次见到王小霞都有一种心跳的感觉。

王小霞比张立全低一级，他知道她的教室所在，每次经过都会情不自禁地向窗户内瞟一眼，希望看到她，有时与王小霞走路时相遇，张立全都会停下来，静静地看着王小霞走过，呆呆地望着她的背影，直到消失。

中考时，成绩不好的张立全自然是名落孙山，回家种田。他把对王小霞的暗恋只能偷偷地埋在心里。后来他和老乡们一起喝酒，喝高后谈到女人时会毫无顾忌地说这一辈子只喜欢过三个女人，老乡问这3人中最喜欢哪位，他会脱口而出——王小霞，又问他咋不去追啊。张立全总会摇摇头，说自己配不上她。张立全说王小霞后来中专毕业分配到了乡政府，和一个财政所的副所长结婚了。

1993 年，这一年张立全 20 岁，同宿舍的几个工友结婚的结婚，有女朋友的有女朋友，就连田小雷都有了心仪的女孩，而张立全依然是孑然一身。

田小雷心仪的女孩，名叫王小云，河南驻马店人，王小云和田小雷是同一个车间，王小云个子不高，1 米 55 左右，小巧玲珑型的。据说两人认识还有点戏剧性，田小雷一次在车间里用拖车拉好几个大纸箱，纸箱里都是用一小袋一小袋塑料袋装起来的电子元件，由于码得太高，经过王小云身旁时纸箱突然倒了，有一个纸箱刚好砸到了王小云的身上，王小云哎哟一声大叫，田小雷连忙道歉说对不起。王小云望了一眼田小雷，红了脸，笑了笑没说什么。田小雷心里一动，一时竟有别样的感觉。接下来的日子田小雷只要见了王小云都会主动打招呼。有时在食堂吃饭，田小雷只要看到王小云就会跑过去坐到王小云旁边。

当田小雷告诉张立全说自己喜欢上了一个河南女孩时，张立全并没有表现出很惊讶的样子，他凭直觉已经感觉到了。这一段时间田小雷好像疏远了自己，田小雷有时一个人躺在床上发呆，张立全也不好过问。

有一天田小雷问张立全是否认识王小云？张立全说不认识，田小雷说明天在食堂吃饭时会给他介绍一下。

第二天中午吃饭时，田小雷介绍王小云给张立全认识，在张立全看来王小云就是一个很普通的女孩子，甚至时间长了都没有什么印象。

晚上“卧谈会”时，张立全发现田小雷经常不在，常常到很晚才回到宿舍。大概和王小云约会了，张立全想。

张立全发现田小雷最近显得很不开心，经常一个人待在宿舍抽闷烟。

“我发现王小云和一个男人在一起。”有一天下班后田小雷抽着烟气愤地对张立全说。

“在一起也不一定说明问题，说不定是老乡在一起聊天。”张立全安慰他说。

“我发现王小云对我的态度变了。”

“你再找她好好谈谈。”

“我想‘修理’一下那个男的。”在一次老乡聚会后回来的路上田小雷对张立全说。

“那男的是王小云的老乡，我已调查清楚了，他在追王小云，并且王小云已动了心，现在王小云对我已采取了躲避态度。”

夜色里，田小雷的烟头一闪一闪的，照亮着田小雷充满仇恨的脸。

“你能帮助我吗？”

张立全知道田小雷的意思，是帮他打架，他想都没想就答应了。

多年以后，张立全回想起那个晚上的月亮似乎很诡异，明明是农历八月十六日，可月亮好像是缺了一个角，好像被利刃切下一样。

张立全约了田小雷还有另外一个老乡，当赶到公司外面约定的小树林时，对方早已在那儿等候，对方好像有五六个人。

“老子早就在这儿等了，还以为你不敢来呢！”对方人群中一个人粗声粗气地说。

“老子约的难道会做缩头乌龟？说吧，这事怎么解决！”

“王小云是我们河南女人，当然要找我们河南男人了！你一个苏北人有多远滚多远！”

“放屁！我偏要追王小云看你能咋地？”

“还敢骂人？”

对方有的持棍，有的握着砍刀，砍刀在月光下发出耀眼的光芒。

张立全一方没想到对方会来这么多人，而且准备那么充分，他们三人也没带家伙。此时张立全头脑中闪过一个念头——跑！当他看到田小雷和老乡站在原地丝毫没有逃的意思便只好打消了这个念头，虽然这也只是瞬间的念头。

“绝不能当孬种！”张立全想。

当对方扑过来时，张立全三人迅速在地上寻找合适的防御武器，哪怕一块碎砖头也好，但地上除了杂草什么也没有。

张立全一方开始显然是吃了亏，有的挨了一棍，有的手臂上挨了一刀，但近身之后武器的优势就不那么明显了，双方交织在了一起。对方虽然人数和武器占优势，但个个身材矮小，力气上并不占明显优势，到后来甚至处于劣势，有的人手中的棍子都被张立全一方的人夺了下来。

田小雷人高马大，几个回合下来，他一个人便把对方两个人打趴下了，对方一个持砍刀的乘田小雷不注意突然从身后砍向他的脖子。

田小雷哎哟一声赶紧用手按住了伤口，慢慢蹲了下来，鲜红的血从他的指缝里流出，在月光下成了黑色。

“出人命了，快停下！”张立全大喊。

对方一看真的伤了人，立马作鸟兽散。

张立全一把抱住田小雷，语中带着哭腔：“小雷，小雷……”

他感到田小雷身体软软的，很沉重。

“我感到不行了，浑身没有一点力气。”田小雷用微弱的声音说。

“你没事的，快，快去打电话叫救护车！”张立全对他的老乡大喊。

那个老乡迅速去找公共电话。1993 年的时候手机还没有出现，只有少数富豪手中有像砖头一样大的大哥大手提电话。当老乡好不容易找到公用电话时，时间已过去了很久。

当救护车把田小雷拉到医院时，田小雷因失血过多而宣告不治。他被对方伤到了要害，大动脉被砍断。

张立全因这次打架斗殴也被法院判了好几年。在狱中他一直是沉默着，他几乎不想同任何人说话，也不想与任何人有联系，包括自己的父母和兄弟。

当张立全恢复自由再次站在阳光下时已经是新千年了，这些年外面的世界发生了翻天覆地的变化，他站在监狱的门口呆呆地望着这熟悉而又陌生的世界，想迈开脚却似乎又迈不开。

他来到当年上班的地方，远大电子有限公司已消失得无影无踪，取而代之的是大华机械制造有限公司，以前的低矮的厂房被高大的厂房所替代。下班了，蚂蚁一样的工人从车间里涌出来，他们都很年轻，那么阳光和朝气蓬勃，正如当年的自己。

父亲因脑出血已经去世，姐姐也已出嫁，嫁到了外县。弟弟已成家，目前夫妻俩在苏州一家服装厂打工。现在家中只剩下体弱多病的老母亲。家中的地已承包给别人耕种，在承包之前弟弟来信征求他的意见，弟弟说地里的一年纯收入还不及他一个月的工资，他不想因种地来回奔波，扣工资不划算。张立全想他在狱中也不能去种，只好同意，800元一亩承包出去。

张立全现在一个人漫无目的地走在佛山的大街上，他不想回到老家，也无颜回到老家，别人都是衣锦还乡，他当然不能落魄还乡，本来坐牢就已经让人瞧不起了。

人总是要吃饭的，总不能一直饿着肚子，也不能去偷去抢，对于今后的生活他不知怎么办。他拉不下脸去当乞丐，觉得实在丢不起这人，虽然目前整个佛山市没有一个人认识他。

他漫无目的在大街上走着，一个打扮时髦的年轻女士向他身边走来，她不时仰起头喝着一罐王老吉，火红的颜色在阳光下很刺眼。当走到张立全面前时，她使劲地摇了摇，又仰起头……

咣当一声，刚才女士喝完的王老吉易拉罐刚好扔在张立全的脚边，伴随着高跟鞋着地有节奏远去的声音。

张立全被吓了一跳，“狗眼看人低！”他心里暗暗骂道，飞起一脚把易拉罐踢得老远，他认为刚才那个女人是故意扔给他的，张立全背了个大蛇皮口袋，里面装着换洗衣服，在外人看起来就像装着垃圾。

刚好另一个也背着蛇皮口袋大约60来岁的老人经过，他的头发很长，几乎结成了一块块饼子，长长的胡须盖住了半边脸，另外半边脸是枯黄的，没有一点血色。他迅速拾起易拉罐装进了口袋，眼睛望着地面，慢慢地向前走。

张立全此时身无分文，走累了就坐在街道边香樟树下的石头凳子上休息一会儿，接着继续向前晃，他拐进一个小巷子，又走了一会儿，一些自建的破旧小房子逐渐增多，各家门口的垃圾桶发出一股难闻的味道，成群结队的苍蝇上下飞舞，这俨然是一个城中村。

在一处用院墙围起来的院子里，分类堆积了大量烂铜废铁、废纸、饮料瓶等，凭直觉这是一个废品收购点，这时张立全发现了一个熟悉的身影——刚才捡他踢飞的易拉罐的那个老人。

出于好奇，他走进了那个院子，他们正在交易，老人从口袋里倒出了废报纸、饮料瓶等一大堆废品，当然包括那个王老吉易拉罐，此刻也静静地躺在收购点的地上，在一堆废品中，红得耀眼。经过分类，收购点老板给了那个老人五六个1元硬币。

张立全走到院子里来时他们看了他一眼，继续忙着交易。交易完后，老人拿着空口袋夹在腋窝下慢慢地走了，甚至都没再看张立全一眼。

“你卖废品？”嘴里叼着一根烟的老板眯着眼打量着张立全。

“不是，我是随便看看的。”

“哦！”老板的烟依然叼在嘴里。

其实当张立全看到刚才老板给老人几个硬币时就已有了念头，去捡垃圾卖，至少可以填饱这饥肠辘辘的肚子。

他问了几样废品收购价格便离开了，饥饿已经迫使他把眼睛望向脚下有没有可以换钱的废品。

“一个王老吉易拉罐能卖1角钱，5个易拉罐可以卖5角钱，就可以换一个烙饼。”他想着计算着，捡易拉罐似乎很容易，终于可以安慰一下自己前胸贴后背的肚子了，想想都是一件幸福的事，他甚至脸上都露出了微笑。

虽然平时随处可见到废饮料瓶，但真正找起来却不是那么容易，他不得不眼睛盯着行走的路人，每当看到一个人手中拿着一瓶饮料在喝的时候，他甚至悄悄地跟在人家身后，只等着那人喝完了把饮料瓶扔到地上，他便迅速捡起来放到蛇皮口袋里。2个多小时下来，他好不容易捡到了20多个废饮料瓶，此时他已饿得头晕眼花，两条腿像是注了铅，再也走不动了，他咬着牙再次来到了刚才的废品收购点。

当换回的2块多钱拿在手里的时候，他的手在微微发抖，可能是饿的，也可能是兴奋激动的……

张立全站在一个卖饼摊前，伸出脏兮兮的手递上这2块多钱，卖饼的是一位大约50岁的阿姨，她有点嫌弃似的皱了皱眉接过了钱，掀起饼箱子上的薄被拿出4个小团饼放在张立全的手中。张立全接过饼转过身，拿出一个饼往嘴边送，但他送到嘴边时又停下了，他不想让这个卖饼的阿姨看到他的吃相，他赶紧走到旁边一条小巷，里面空无一人，他迫不及待地开始享用他的劳动果实。4个饼不一会儿就全被他吃进了肚子里，他似乎还没有吃饱，蹲在地上，身上慢慢有了一些力气。太阳慢慢落下，躲在了城市的高楼之后，天色也渐渐暗了下来，南方的秋天依然是那么炎热，他索性脱了上衣，光着上身。路灯亮了起来，下班的人们匆匆赶回家，他不知道晚上该往何处去……

夜深了，行人和车辆渐渐稀少，张立全依然在街上毫无目的地转着，见到废饮料瓶他会捡起来放到袋子里，在他的眼里这就是食物。晃了一天他感到十分疲惫，有了一丝睡意，但不知要到哪睡。睡到大厦楼下他似乎又不想，在他眼里只有乞丐才这么干，他还不把自己当乞丐看。

他看到不远处有一座城市立交桥，桥上来往车辆依然不少，车灯和桥上的路灯交会成一道美丽的彩虹。

“何不到桥下睡呢？”他心里想。当他走到桥下时，发现桥最高处下方有一条道路，而在道路的两边则是空地，那停着好多汽车，在桥的末端下方似乎可以睡下，他走过去发现有一些景观植物，不太浓密，刚好躺里面睡觉。他走过去，进入植物丛中，光线也暗了好多，刚好睡觉，他庆幸找到了这一处绝佳的休息之地。突然他的脚下好像被什么东西绊了一下，吓了他一跳，他仔细一看，原来是个人躺在这里睡觉，看来也是无家可归的人了。那个人骂了一句：“瞎眼了！”接着又呼呼睡去。张立全也没有和他理论，他觉得也没有和这种人理论的必要，他不断自我安慰，这个人躺在这儿不就是个乞丐吗？而他是瞧不起乞丐的。

张立全走到旁边一处植物中的平地，放下蛇皮口袋，从口袋里掏出几张旧报纸铺在地上，把口袋放在一头当作枕头。他终于可以躺下了，浑身酸痛像是散了架。他刚闭上眼睛，旁边的那个人却打起了鼾声，忽高忽低，高声如雷，低声竟无声息，似乎窒息，突然又一高声能达到八度一般，高高低低毫无节奏感。张立全实在太累了，他也不想再另找地方了，索性就这听着兄弟的鼾声。

就这样不知过了多久，张立全竟然睡着了，他自己不知道如何睡着的，当他醒来时，太阳已升得老高，大街上熙熙攘攘，旁边的那位打鼾的兄弟已不见踪影。新的一天又开始了。

他坐在地上，望着远处街道上来来往往的行人，感到很迷茫。当肚子里空空的提示他要吃东西时，他感到了饥饿，他不得不背起口袋走出去重复昨天所做的事。

见到垃圾桶，他也像其他捡垃圾的人一样，在桶里翻找可以卖的东西。他的胡须长了也不想刮，头发长了也不剪，事实上他也没有多余的钱去处理这些。

时间长了，他与以前瞧不起的捡垃圾的人也经常坐在一起闲聊，同是天涯沦落人，相逢何必曾相识，难道就一直这样下去？他有时躺在冰冷的水泥地上也会不由自主地想，可还能干什么呢？像自己这样有前科的谁会要呢？再说了自己什么也不会，30 多岁的人除了一身蛮力一无所有。

时间一晃，两个月过去了，有一天和一个捡垃圾的人一起闲聊，那人40来岁，从山东来，姓李，被人骗到广东搞传销，好不容易逃出来，身无分文只好靠捡垃圾来糊口。张立全第一次看到他就感到这个人与其他捡垃圾的人不同，不是那么颓废。有一天张立全去卖废品刚好这个人也在卖废品，闲聊了几句算是认识了，此后张立全见到他点个头打个招呼，渐渐地也就熟悉起来。张立全喊这个人李大哥，李大哥喊张立全为张老弟，如两人身上除吃饭外还有些节余，也会买几瓶2元一瓶的廉价啤酒，再买上几块钱冷菜，找一个安静的桥下或大树下，举起啤酒对饮，面红耳热之际，也不免感慨人生，但两人对未来的打算是一致的，不能再这样混下去了。

一天傍晚，张立全到常去的那个废品收购点卖一天捡到的废品，见到了老朋友李大哥，李大哥见到张立全笑了笑说等他老半天了。张立全笑了笑说："几天没见了，等会儿去喝几瓶？"

"当然了，刚好有个事要商量的，今天我请客。"李大哥说。

处理完成废品后，他们一起走出废品收购点。

"今晚我们去下馆子，也奢侈一回。"李大哥说。

"看来李大哥遇到喜事了。"张立全说。

他们来到一处靠近工地旁边的小菜馆坐下，这家小菜馆的生意主要靠工地上的工人，有不少戴着安全帽的工人陆续进来，有的已经落了座。

李大哥点了几个炒菜，要了几瓶啤酒。

酒菜上好后，张立全为两人倒满了啤酒，李大哥说昨天他捡废品路过这个工地，听到有人喊他的名字，他吓了一跳，在这个陌生的城市里已经有几年没听到别人喊他的本名了。当他转过头一看了原来是他老家一个村里的老乡，小学时还是同学。老乡说他就在这个工地上打工，做钢筋工，40块一天，一个月下来出全勤也能挣1000多。老乡问他现在做什么？他说无事可做，不好意思说在捡废品。李大哥问工地还要人吗？老乡说是缺人，不过没技术，工钱要少些，李大哥问大约能开多少？老乡说学徒工25~30一天，包吃住。李大哥请他问下老板是否可以进去做？老乡让他第二天也就是今天等回话。今天一早他就等在工地门口，见到了老乡，老乡说老板同意了，30块钱一天包吃住。

张立全说："这是天大的好事啊，真为你感到高兴。"举起酒杯说祝贺一下，两人一饮而尽。

张立全说："等你上班后再给我看看，如有可能把我也介绍进去。"

李大哥说好的。

此后几天，张立全再也没有见到李大哥，他有一些寂寞和孤独。有时他会到李大哥的工地路边默默地向里张望一会儿，然后又慢慢走了，他希望再次见到李大哥。

奇迹真的就出现了。一天晚上当张立全躺到他的老住处——立交桥下时，一个熟悉的身影出现了，是李大哥。

李大哥说他和工头混熟了，工头同意他介绍张立全来做工。

张立全一听激动地握住了李大哥的手，连声说谢谢。他感到眼睛湿辣辣的，黑暗中两行热泪流了下来，意味着他可以暂时告别这流浪的生活了。

工地是一个喧嚣的世界，水泥搅拌车、塔吊起降声等声音交织在一起。张立全所在的钢筋工棚位于两栋楼之间一个相对比较开阔的地带，因是学徒，老板要求从基础学起，绑扎钢筋，也就是把加工好的箍筋绑扎到主筋上，技术含量不高。张立全很珍惜这份来之不易的工作，至少不用为吃住而发愁。

李大哥到工地时间长一些，老板已经让他参加立钢筋笼了，俨然上升到一个技术层面。张立全和李大哥吃住在一块儿，搭建的简易工棚宿舍比住立交桥下好得太多。下午下班吃完饭后回到宿舍，有时会打打牌，或各自躺床上吹牛聊天，对张立全来说久别的“卧谈会”再次重现。

到工地已经有一个月，终于等到了发工资，第一个月张立全出了全勤，领到了900元工资。他拿着这厚厚一沓钱激动得手都有点发抖了。这时他想到了远在苏北老家的老母亲，想给她寄一些，这么多年来也没有尽一点孝心，但他又立即打消了这个念头，还是多攒几个月钱多寄一些或自己回去一趟吧。

晚上同宿舍的小王又在炫耀在哪见过的漂亮女人，张立全捏了捏口袋里硬硬的人民币，决定第二天到小王说的地方耍一下。

这是一个尚未拆迁的城中村，名叫李庄，是佛山著名的休闲之地。以前捡废品时经过这里，不过那时他没有心思关注女人，这一次来张立全特意买了一身新衣服，理了短发，看起来一下子年轻了10岁。

当从高楼大厦间的一条小巷向里走不远就进入了另一个世界，一条小路两边是低矮的砖瓦房，有不少打扮妖艳的女人站在房间门口，见有男人过来便去搭讪。

张立全也不搭理，继续向前走，当走到尽头时，他已大约知道有多少间洗头房了，并已知道哪个女人姿色好一些。他又折回头走到一间洗头房前停下了，他刚才发现这间洗头房前站着一个年轻的女人，大约二十四五岁，身体浑圆，看起来很丰满。这个女人是唯一没有主动向张立全搭讪的。

“帅哥，进来吧。”

当张立全把头伸进门里张望时，里面传出了一个女人的声音。

张立全真正进到屋里时，他感到心跳加速了。

“请问是洗脚还是按摩？”

脚有什么好洗的，还是按摩吧，张立全心里想着便问：

“按摩多少钱？”

“1小时30元”

这相当于他一天的工钱。既然来了就按摩吧，他想。

当那个女人从张立全背后按他的头部时，张立全明显感觉到女人软软的身子在他后背上擦来擦去，他感到很舒服。当那个女人让张立全换个姿势，躺在按摩床上按正面时，张立全感到很放松，便一下子抱住了那个女人，一只手情不自禁地伸向她的胸……

那个女人一下子推开张立全的手说：“不能这样，老实点。”张立全只好作罢，让这个女人继续按完 1 小时，付钱后张立全感觉有点上当的感觉。

出了这家洗头房，张立全有点懊恼地往回走，他有点心疼那 30 块钱。当又有洗头房女人喊他时，他瞄了一眼，感觉长得还可以，干脆一不做二不休地进了另一家店。

夜色已经很深了，张立全回到宿舍后，工友们都已睡着了，他躺下后怎么也睡不着，就这样迷迷糊糊一直到天亮。他发誓不再去那种地方。

又过了一星期，张立全还是控制不住又去了一次，他觉得自己是个男人了。

他似乎上瘾了，几乎每一个星期都要去，完事后又后悔，心里感觉空落落的。

那一条街道的洗头房他几乎都光顾过了，只是第一次给他按摩的那个女人，他一直没有忘记，他有一种征服欲。他又一次去了那个店，那个女人对他已没有印象了。

正如第一次一样，那个女人只做一般按摩，张立全问她为什么不像其他人那样多赚一些钱。女人说别人是别人她是她。

此后几个星期，张立全又去了这个女人的店里，他们也渐渐熟悉了，他知道了这个女人有个特殊的名字叫小满，说是在小满这一天生的，父母便给她取了这样的名字，至于为何从事这一行业，小满说是个人爱好，自己赚的钱自己花有何不好？

张立全认为小满没有对他说真心话，但也没有再追问。

当口袋里的钱用得差不多时，张立全感觉到他的工资几乎全用在女人的身上了。当真正身无分文时，他不得不变得老实起来。他在等下次发工资，当工资到手后，他晚上再次直奔李庄而去。

有一次他在小满的店里，看到小满脸上青一块紫一块的，便问原因，小满起先不说，后来被问紧了，便说："你是我什么人啊？为什么要告诉你呢？"

按摩结束后，张立全买了一个切好的西瓜走到店里，与小满边吃边聊，最后小满告诉了他脸上伤的原因，说是被这本地的一个地痞打了，至于为什么被打就是因为没有满足他的无理要求。

张立全产生出保护小满的冲动。

"难道我真的喜欢上小满了？"张立全躺在宿舍的床上想，有几天不见她就禁不住地想要去找她。

现在的小满和张立全几乎是无话不谈了。

张立全也知道小满以前有个男朋友，小满非常喜欢他，小满说她可以为男朋友付出一切甚至包括生命，她的身体只能男友一个人拥有。但男友最后有了新女友后无情地把她抛弃了，她为了报复前男友就选择做这一行了，但绝不卖身。

有一次小满为张立全按摩后，张立全离开之前紧紧地抱了一下小满，小满没有拒绝。

工地快要结束了，工地的老板没有新的工地，好多工友都在联系下一个工地，李大哥干了这么久，手里也有了一点积蓄，想回老家了，他想在老家找点事做，不想出来了。张立全不知道自己怎么办，他也请工友找到新工地时把他也带上，工友们也答应了，但他们一个个离开后也没有回音，问了都说工地上不缺人。

不知什么原因，最近张立全总感觉下身奇痒，晚上下班后洗澡，他仔细察看，竟然有许多针眼粒大的小肉疙瘩。

“莫非是皮肤病？”他决定请假去医院看一下。

“你和许多女性有过性关系？”皮肤科的一位中年医生在检查过后问张立全。

张立全表示认可，问这是什么病。

“尖锐湿疣。”

“好治吗？”

“容易复发，不过也能治愈，年轻人要洁身自好啊。”

治疗是用液氮冷冻，当零下 100 多度液氮喷在患处时，张立全痛苦得生不如死。

他不敢向任何人说这事，他怕别人瞧不起他。

工地结束这天，他接到老家母亲打来的电话，说老家要拆迁了，实行集中居住，两种方式供选择，一种是货币补偿，另一种是房屋安置。所谓货币补偿就是补给钱让自己买房，但补的钱是远远不够买房的，房屋安置就是不补钱直接安置新房，但同样要出一笔钱补差价。

张立全摸一摸口袋，身上的钱除去治病也已所剩无几，他没有钱补差价意味着他将真正无家可归了。

当张立全拎着行李最后一次出现在李庄时已是初夏，本应是佛山炎热的季节，但此刻似乎很反常，张立全感到特别的冷，如液氮冷冻他的下体的感觉。他站在小满的店外不远处，看到房间内橘红色的灯亮着。他没有推开那扇门，也没有勇气推开。自从查出病后，张立全便没再来过这里，手机上显示有小满的信息，他也没回，小满打他电话他也没接，他想让自己从这个世界消失。

狂风吹起路边落下的梧桐树叶，哗哗响，有泥沙扬起，遮住了他的眼，他看不清这世界……

乌鸦

浅夏被一个梦惊醒了。

初冬微冷的傍晚，落日的余晖尚未散尽，树梢上还挂着一抹亮丽的红色。

一只只黑色的乌鸦从远方飞来，它们或在天空像苍鹰一样盘旋或三五成群地蹲在树枝上或沉默望着在天空相互发出呱呱的声音。这些乌鸦越来越多，以至于遮住了天空，它们身上的黑和天色的黑融为了一体。

突然一群乌鸦径直地飞向了浅夏，她吓得“啊”的一声睁大了眼睛，原来只是一个梦。

梦中的冷消失了，取代的是空气中涌动的热浪。

宿舍里的空调好像制不了冷，那一丝凉气早被热浪吞噬得无影无踪。

浅夏没有了一丝睡意，她干脆坐起来，望了望其他 5 位室友，她们睡得正香，有的还发出轻微的鼾声。

窗外昏黄的路灯沉默地站在校园中，像一个个校园卫士。这是浅夏在这个美丽校园的第一个夜晚。

她是早上到的学校，夜里坐了整整一夜的火车，为了省钱她没舍得乘高铁而选择乘坐快被淘汰的绿皮火车。

咣当、咣当的声音让她一夜几乎没有合眼，当然了，其中也有兴奋的因素，到学校后她早已经头昏脑涨了。

她拉着行李箱办好注册等手续后，来到自己的宿舍，疲惫地躺在床上，闭上了眼睛。

宿舍一共 6 张床位，其他的舍友还没有到，她是第一个到的，宿舍刚被打扫过，床有些陈旧但被子等都是新的。

她似乎进入了睡眠状态，迷迷糊糊中感觉有人进来，又有人出去。等到浅夏清醒过来的时候已经是傍晚了，宿舍里有一个女孩坐在床上，见到浅夏醒来冲她笑了笑。卫生间里传来了哗哗的水声，有人正在洗澡。

其余的几张床上也都有了动过的痕迹，说明几张床的主人都已来过。

浅夏取出了这学期的课表，上面标注着各种时间节点，有开学时间、期末考试时间、放假时间等。

“你选课了吗？”坐在床上的那个女孩问浅夏。

“没有呢。你呢？”浅夏回道。

“我也没有。我们一起去教七三楼机房选课吧。”

“好。”

她们俩相跟着下了楼，向校园地图中标注的教室走去。

浅夏知道这个女孩叫冬雪，那个女孩子也知道了浅夏的名字。

在专业课的选择上她们俩选的课差不多。

第二天下午一点半是浅夏开始研究生生涯的第一节课，也是一门必修课，叫文学创作与批评。也许是因为兴奋和激动，她怎么也无法静下心来。教室不大，教八楼里的一间普通教室，可以容纳40多人，也都坐满了。从点名来看，上课的不只本专业的学生，还有其他诸如现当代文学、比较文学与世界文学、语言学等专业的学生。

讲课的是一位长发及肩的H教授，她在读本科的时候就经常在课堂上听老师提起过这个人，说他在圈子内很有名气，不但经常在全国重要的文学批评理论刊物上发表文章，而且是个很有名的诗人。浅夏也读过他的文章，内心挺崇拜他。可以这么说，她就是冲着H教授的名气来读的研究生。

H教授在PPT上列了一学期的讲课提纲，第一课内容是讲文学的现代性，浅夏带了笔记本，只记了个标题。H教授讲话幽默风趣，旁征博引，引人入胜，讲到精彩处直接读起了文本，一副陶醉的状态。

浅夏看到有不少同学用手机拍PPT上的讲课内容，自己索性也开始跟着用手机拍，省得记笔记。

不知不觉三节课结束了，还没到5点，太阳还很高，离吃饭时间还早，她想在这美丽的校园里随便转转。

虽说已是9月的第一天，但北京依然如夏天的样子，空气中流动着滚滚热浪，夏蝉在校园里高大的槐树、梧桐树、柳树、银杏树上拼命地嘶鸣，叫得人心烦意乱。

她在校园里走了一会儿，身上穿的印着校名的文化衫就被汗水湿透了。

浅夏想找个地方凉快凉快，刚好看到一幢高大建筑，在校内数最高的建筑，在众多的五层教学楼中有鹤立鸡群之感，并且造型也与众不同，有点像金字塔，下方大而向上越来越小，显得非常厚重，走近一看是图书馆。

图书馆里有空调，很凉爽，在闸口处，浅夏掏出校园卡刷了卡进去。刚开学，里面借书看书的学生还不是很多，她看了下楼层分布，五楼是文学类，便乘电梯到了五楼。她在书架间随意地走着。这里的图书真多！她不禁暗暗吃惊，以前学校的图书馆与这里简直没法比。她从书架上取下一本书，走到阅览区一个临窗的桌子边坐下，她随便翻了翻便抬眼望向窗外。校园里学生们三三两两悠闲地走着，有的在拍照，有的在和家长告别，她想到了自己的父母。

浅夏是一个人独自来学校报到的。父母都在广东打工，不可能也没有时间来送她报到。对此她已习惯了。她来自河南农村，父母常年在外打工，自小就和父母聚少离多，见到父母只有在农忙时节和过年。近年来农村土地开始流转给大户集中耕种，她家的地也全部流转了，父母农忙时也不用回来了，只有春节时他们才回家。

浅夏与父母交流很少，也没有什么话好说，虽说现在手机联系也很方便，还可以视频，她总觉得与父母间还有一层隔阂，至于原因，她也说不清。以前上大学时父母每次来电话无非就是问生活费还有没有，如没有就会用手机转账，仅此而已。她不知道其他像她这样从留守儿童长大的孩子是不是也这样。她从来不跟同学交流这些，感觉也没必要。

校园里梧桐树上的叶子在摆动，起风了，天色也开始暗下来，可能要下雨了吧浅夏心里想。她想赶紧到食堂里去吃饭，她没带雨伞，万一雨下起来了就不方便去吃饭了。想到这儿她赶紧站起身，把书放到书架上，出了图书馆。

天气似乎凉爽了许多，浅夏到了距离图书馆最近的六食堂。虽说5点刚过，食堂里各个窗口都已排起了长队。中午她就没怎么吃饭，只喝了一袋牛奶，吃了几片饼干，现在确实有点饿了。她看到同学们餐盘上打的那些红烧猪蹄、土豆烧牛肉等肉食就有点恶心，她会想到小时候家里养的猪、牛、鸡等家畜家禽，觉得非常脏。父母打扫猪圈、牛圈、鸡圈里的粪便时，她会捂着鼻子远远地跑开。她感到自己有洁癖，虽然身在农村，但她不像农村许多女孩一样，整天脏兮兮的。她穿的衣服尽管不是新衣服，但也洗得干干净净，有时候母亲忙，没空为她洗，她就自己洗。

浅夏找到面食类窗口，排起了队，窗口上方有食物类别及价格，看到上面有炸酱面，她早就听说北京的炸酱面非常有名，便要了一碗北京的炸酱面。她自小喜欢吃面食。河南老家一般早晚吃稀饭、饼或面条、中午吃米饭，这个习惯她一直保留着。

这所大学研究生的宿舍是6人间，浅夏考研时决定报考这所学校时就打听了学校的住宿条件，她很在意这个，她也了解到有的普通高校研究生是4人间。经过权衡后，她还是决定报考这所高校，原因无非有两个方面：一方面自己从小就向往北京，想将来到北京上大学。尽管她成绩不错，但不是尖子生，高考的成绩不够上北京的高校。她只好上了省属的一所师范院校中文系；另一方面，现在这所高校是985全国重点高校，所报的专业排名在全国也是靠前的，在住宿条件与学校之间，她最终选择了学校。

当浅夏到宿舍时，其他5人都已在宿舍了，尽管已在这里住了一个晚上，但除了冬雪外。她和其余人还不熟悉，只是见面点了一下头算是打招呼，她们之间甚至不知道对方的姓名。

宿舍里空调效果不太好，有些闷热。她想把衣服换下来洗一下，穿了一天就有一股汗味，但卫生间已有一个女生在里面洗衣服。浅夏就走到门口过道上，漫不经心地看着女生楼下来来往往的同学。

一阵大风刮过，天空落下了雨点，楼下的女生们开始纷纷向楼上跑。雨下得越来越大，又一阵风刮来，雨点直接打到浅夏的身上，她感到浑身一哆嗦，连衣裙已被雨水打湿了。她赶紧回到宿舍，刚好洗衣服的女生也洗好了衣服从卫生间出来。

那个女生见到浅夏笑了笑，说了句“你好”，浅夏也回了句“你好”，她对这个女生有些印象，那是在研究生复试时，她俩的面试紧挨着的，在候考时她们俩闲聊了几句，浅夏知道她来自江苏。没想到她们俩都顺利通过了复试并且被分在同一间宿舍。

浅夏从自己的旅行包里取出干衣服到卫生间把身上的湿衣服换下，准备洗的时候发现没有买肥皂或洗衣粉。她发现刚才洗衣服女同学的肥皂还在那，便想拿过来用，但一想还是和她说一声吧，于是出了卫生间和那位女生说了一下。女生笑了笑说只管用好了，小事一桩。她一刹那感到和这个女生有一种莫名的亲近感。

洗完衣服晾好后，她坐到床上，此时宿舍里已开始热闹了。她们已开始聊天说笑了。见到浅夏出来，众女生赶紧让她自我介绍，说她们都已自报家门了。

浅夏说我也没听到啊，有个女生笑着说："你快说吧，我们再来一次就行了。"

通过介绍，浅夏知道了她们6人分别来自6个省市，有保研来的，有本校土著本硕连读的，也有参加全国统考进来的，不过参加统考进来的只有她和冬雪还有借给浅夏肥皂的那个女孩。

女生们聊着永远感兴趣的话题——美食和化妆品。她们各自说着各自家乡的以及读本科时所在地的特色小吃，浅夏也参与了讨论，她爱吃家乡的胡辣汤，每逢周末的时候她会出去吃上一碗。冬雪则介绍了她苏北家乡的羊肉汤，她说家乡虽不是草原，羊也都是从外地运来的，但做出来的羊肉汤就是好吃。

当聊到化妆品时，浅夏和冬雪没有参与讨论。浅夏基本上没买过化妆品，除了夏天买过一点防晒霜。浅夏隐隐感到6人中只有自己和冬雪是来自农村的，尽管大家都没明说，从参与讨论的情况来看就明白了。

天已经完全黑了，雨也下小了，但还能让人感到有雨丝的存在。

浅夏接到了一个电话，是母亲打来的。她来到过道上接电话，母亲来电话还是永恒不变的主题，问生活费够不够，不过这次又加了一句，对这所大学感觉咋样？

对于生活费，浅夏自从师范学院毕业参加工作后就没有再要父母提供的生活费了。大学毕业那年，她参加了家乡所在县教育局的招聘教师考试，成了一个乡镇中学的语文教师。开学时分配教初一年级，通常刚分配的新教师都是从初一开始教。她正常备课、上课，由于是农村中学，学生不多，家庭条件好一些的学生都到城里上学去了。她只教一个班的语文，这个班只有 30 多个学生，一周只有 6 节课，一节晚自习，考核指标也不多，教学压力不大。

这所学校年龄稍长的教师城里都有房子，早出晚归，甚至把课上完了就坐车回去了。浅夏的家离得远，不方便回去，只能住在学校提供的宿舍里。

上完课后没有事她就看看书，至于世界名著之类的书在上大学时就读得差不多了，她对拉美文学比较感兴趣，特别是对马尔克斯的魔幻现实主义作品比较感兴趣，如《百年孤独》《霍乱时期的爱情》等，也都读了好多遍，有时她也写一点东西，甚至写过反映大学生活的一个短篇小说，不过一直放在电脑里没有去发表，她对自己的作品还没有太大的信心，还是先等等吧，她心里想，等修改到满意了再发出去。

教书是浅夏小时候比较向往的职业，直到现在都没有改变过。但在那所乡镇中学教了书两个月后，她竟然有一种枯燥的感觉，刚开学时的新鲜感消失得无影无踪。日复一日，她似乎看到了今后 10 年乃至 20 年的生活，学校里的老教师的工作生活就是自己将来工作生活的轨迹。

她不想一辈子待在这所乡镇中学，她想有更好的发展，唯一的途径只有考研。其实在大学时她也想过，她们班有三分之一的同学都在准备考研，经过反复权衡她还是放弃了。她想尽早工作，减轻家庭负担。现在工作了，她又有了考研的念头，她想摆脱这工作环境，同时工作了有了稳定的收入，将来考上了用积攒下来的工资就可以交学费，也不用再向父母伸手要了。

浅夏迅速进入了考研的状态，并在10月份的最后一天在网上报了名。她想无论怎样第一年先考个试试，她报的是北京一所高校现当代文学专业的H教授的研究生，这所高校的中文专业在全国排名靠前，她想把目标定得高一些。报名后，没有课时她就躲在宿舍看书，看培训网站的课件。12月份最后一个双休日研究生考试如期进行。在春节后初试成绩出来时，她没有过线，主要是英语成绩有点偏低，专业课考得倒还可以。

她一点都不难过，成绩在她预料之中。

浅夏重新拿起了书本，开始复习。为了有针对性地复习，她报考了省城郑州的一家全国有名的研究生培训辅导班，尽管要交1万多的学费，她犹豫了很久还是咬咬牙交了。她利用双休日和暑假前往郑州参加集中培训，尽管辛苦，她也丝毫不觉得疲惫，一种内在的动力在推着她前行。她只是想尽快上岸，尽管很难。她从网上了解这一年全国报考研究生总人数达290万人，而录取人数只有90万左右。

又一年春节后，在春节的鞭炮声尚未完全消散时，研究生初试成绩公布了，浅夏不敢查分数，这一年多的考研她放弃了太多的东西，如放弃了双休日进城逛街、放弃了和同学们聚餐、放弃了恋爱，甚至放弃了暑假辅导弟弟做作业。弟弟已经上小学六年级了，在这个家中她和弟弟最亲，父母常年在外地打工，平时奶奶在家带弟弟，弟弟从小就缠着浅夏，她看着弟弟长大。当浅夏到县城上高中时，弟弟还上着幼儿园。那时她盼望着能早点回家，她就可以带着弟弟玩了，整个高中阶段学校每个月只休息一天，浅夏回家几乎成为奢望。时间过得真快啊，没想到一晃好多年就过去了，现在弟弟也长大了，小家伙也 12 岁了，而自己也 24 岁了。

浅夏陪弟弟做作业时心神不宁，有好几个同学打电话来问考得如何，她借口在忙着还没来得及查。最终她下定决心打开了查询页面，无论考得如何终归是要面对的，当她输入身份证号及考试号点击查询那一刹那，她闭上了眼睛。

“388 分。”弟弟看着电脑屏幕说。那一刻有两颗泪珠从浅夏眼中流下，她知道初试通过了。

“姐姐，你怎么哭了？没考上？”弟弟疑惑地仰起小脸问。

“不是的，姐姐是高兴。”浅夏擦去泪水。

弟弟高兴得跳起来，让浅夏赶紧给爸爸妈妈打电话报告喜讯。

阳春三月，当河边的柳树吐出嫩绿的芽的时候，浅夏去北京参加复试，没想到复试也是出奇的顺利。她收到来自北京那所著名高校的录取通知书时已是夏天，田野里的麦子已收割完毕，玉米已长到齐腰高了。一同寄来的还有校园卡和银行卡，银行卡是用于转学费用的。学费，她的工资积蓄已够了，每年交 8000 元的学费不算多。

就这样，浅夏怀着激动的心情来到了这所著名的学府。

浅夏和冬雪在宿舍里的床挨着床，又都来自农村，自然有了许多共同的话题。第二天她们俩便相约着去上《中国文化史》这门课。这门课是大课，是在阶梯教室上的，有一二百人来听课。通过点名，浅夏和冬雪知道上这门课包括古典文献学、现当代文学、语言学等研究生专业的学生，甚至还有不少外国留学生。上课的 L 教授是长江学者、全国知名教授。第一节课内容为《周易》，讲的内容较为难懂，至于卦辞就更加难懂，下面的同学听着听着就玩起了手机，浅夏和冬雪也是。这时浅夏总感觉旁边有一个男生在瞄她，她看了那个男孩一眼，浓眉大眼型的，便不再管他，心想看就看吧，也不能看掉什么。

第二次上《中国文化史》时，当浅夏和冬雪坐下后，还没到上课时间，浅夏掏出手机玩了一会儿，同学们陆续走进阶梯教室。上课时浅夏瞟了一下旁边，天哪，上次那个男生又坐在了旁边，还冲她笑了笑。

下课后，那个男生主动和浅夏搭话。出于礼貌，浅夏还是回答了他的话，她知道了这个男生叫秋水，上海人，学创意写作的。说心里话，浅夏至少不讨厌他，他长得像明星古巨基，而古巨基则是她中学时代的偶像。

上完课回宿舍的路上，冬雪对浅夏笑着说："那个男生看上你了。"浅夏说怎么可能呢？宿舍里另外四个女生也陆续回来了，"卧谈会"又开始了。其中一个来自广州的女生开头，谈了她喜欢的古典音乐，如巴赫、舒伯特、贝多芬等人的曲子，但应者寥寥，只有一位来自成都的女生还能谈一点贝多芬的《命运交响曲》。大家对这个话题兴趣点不高，于是立马又转到北京的小吃上来，气氛又活跃起来，看来到北京后都尝了北京的美食了。

此后，每次上专业课浅夏都能看到旁边坐着秋水。当秋水向浅夏要手机号码时，浅夏犹豫了一下，最终还是给了他，并且加了微信。

双休时，浅夏收到了秋水邀请她出去玩的微信，浅夏委婉地拒绝了。她还不想过早地恋爱，她要先好好地适应一下这里的生活。

天气开始转凉，校园里银杏树上的叶子开始变黄，一大片一大片的，在蓝天的映衬下非常的美。好多同学在银杏树下摆出各种姿势拍照。

开学一个月过去了，转眼就到了国庆假期，浅夏本不打算回家的，她考虑到回家的成本，坐普通火车要六七百元，坐高铁要近千元，同时她也想利用 7 天假期在学校好好看看书。前一天晚上“卧谈会”上宿舍 6 个女生，除了她和冬雪外，其余 4 人都明确表示要回家。

在放假前两天，浅夏给奶奶打了电话问了弟弟的情况，奶奶说弟弟最近几天发烧了，吃药输液总退不了烧，但他还是坚持上学。

听到这个消息，浅夏决定假期还是回去一趟，看看亲爱的弟弟，毕竟他生病了，让她非常牵挂。

当见到弟弟时，浅夏不敢相信自己的眼睛，这才分开一个月，弟弟面色发黄并且无精打采。烧还是没有退下去。

弟弟对浅夏说全身无力好难受。

浅夏决定带弟弟到县医院看看，通过化验，医生说白细胞明显超出正常范围，有患白血病的可能。浅夏一听立刻蒙了，怔怔地发呆，医生建议到大医院再检查下。

看着弟弟被疾病折磨的痛苦，浅夏眼里流出了泪水，她转过身，不想让弟弟看到，但弟弟还是看到了。他问浅夏病得严重吗？浅夏慌忙说没事，马上就会好的。

浅夏让弟弟在医院大厅等着，说去一下卫生间。其实她是去给爸爸打电话告诉弟弟的病情，让他抓紧回来。她不想让弟弟知道，如果真是白血病是多么可怕。

第二天，她带弟弟到了郑州的一所三甲大医院检查，在等待化验结果时，浅夏的父母也到了，他们从广东坐高铁连夜往回赶的。

当浅夏一家拿着一系列检查报告再次见到血液科门诊医生时，医生仔细看了一下各种检查报告，说根据已检查的结果初步诊断是白血病，说并非不治之症，建议做骨穿检查最终确诊。

这如同一声霹雳，浅夏的妈妈当时就哭了。浅夏的爸爸很镇定，问医生如何治疗，医生说目前国内治疗白血病最好的两个地方一个是苏州的一所医院还有就是北京的几所大医院。

浅夏建议到北京来治疗，她在北京上学，有空时可以帮助照顾一下，她父母也同意了。就这样一家人来到了北京，在一家治疗白血病非常出名的三甲医院排了几天队，弟弟才住上院。

国庆节后浅夏又回到了学校，她像变了一个人，不再活泼开朗，变得十分忧郁。冬雪见了吓一跳，说："这才几天简直像变了一个人。"浅夏流着眼泪告诉了家里的不幸，并让冬雪不要外传。

为了确诊，医院为浅夏的弟弟做了骨髓穿刺手术，小家伙表现得很坚强，一声不吭，做完后回到病房，浅夏看到弟弟的样子心痛得直掉眼泪。

当医生看了穿刺报告后，确诊是一种急性髓系白血病 M2，说有治愈的希望，要先做化疗，有条件的话再做骨髓移植，总体费用也比较高，要大几十万甚至上百万，要浅夏父母做好思想准备。至于配型，所幸和浅夏是姐弟，用浅夏的骨髓配型成功率很高。浅夏感到很欣慰，自己还能为弟弟提供帮助。

浅夏的弟弟开始进行化疗，呕吐、头昏等不良症状随之而来，他坚强地忍受着，看到父母难过的样子，甚至安慰起父母来。

当浅夏的检查报告出来时，与弟弟配型达到十个点，属于高分率的配型，医生说用浅夏的骨髓移植成功率非常高，完全有彻底治愈的可能。这个结果让浅夏一家人非常高兴，但高昂的费用也让他们一家发愁。

浅夏的父母这些年在外打工也就积攒 30 多万元，只能够交移植费用，但后期还需要大笔费用，除了医保报销一部分，还有很大缺口。

在浅夏弟弟骨髓移植前期准备的同时，浅夏的父母也开始向每一家亲戚借款。为了节省开支，他们就租住在一个地下室里。

时间过得很快，又一个月过去了，北京开始转冷。校园里的银杏叶开始飘落，铺满了地面，金黄金黄的，人走上去沙沙作响。

浅夏因为弟弟消瘦了一大圈，但她每天都坚持上课，每次上课时秋水依然坐在浅夏旁边，他们已非常熟悉了，但浅夏只是把秋水当朋友看——尽管秋水有明确的暗示。

一天下午，浅夏上完四节课后，天已快黑了。她想去医院看看弟弟，她每天都要到医院一次。当她走出主教学楼时，看见了一个奇特的景观，天空中有无数只乌鸦在空中飞翔，乌啼阵阵，她感觉整个北京市乃至整个中国的乌鸦都集中到这里了。

她走到主楼前的广场上，望着天上飞翔的乌鸦，这些乌鸦是那样轻盈、那样自由，她把自己想象成一只空中飞翔的乌鸦，尽管乌鸦在中国被认为不吉祥的鸟儿，但在浅夏心目中就是一种鸟而已，她就这样呆呆地望着。

“你好，乌鸦。”突然身后传来一个熟悉的声音。

浅夏被吓了一跳，转身一看，原来是秋水。

“你怎么在这？”

“我早就发现你站这看乌鸦了。”

“是吗？”

“我知道你家的事了。其实我很早就感觉你不对劲儿了，问你你又不说，后来问冬雪才知道。你千万别怪冬雪。”

浅夏沉默不语。

“我一直想为你分担，但又不知怎么办。”

秋水把浅夏揽入怀中，浅夏没有抗拒。

黑暗继续吞噬着光明，乌鸦纷纷从天空飞到校园里的树上，树枝上站满了乌鸦，如结满了果实。

“我喜欢乌鸦。”

“我也是。”

“乌鸦对爱情保持着忠贞，始终保持着一夫一妻制。”

“我愿做一只乌鸦。”浅夏说。

“那我就做一只公乌鸦，你就做一只母乌鸦吧！”秋水说。

浅夏沉默不语。

起风了，浅夏感觉有点冷，秋水把自己的外套披在浅夏的身上。

“我要去一下医院。”

“那我陪你去吧！”

“不用了，再说我家人见了也不太好。”

“那我送你到医院门口吧。”

浅夏没有再说什么，他们一起向校门走去，浅夏叫了一辆网约车，一会儿车来了，他们上了车向医院驶去。

“你知道我们学校为什么有那么多乌鸦而北京其他区域却没有这么多的原因吗？”秋水问。

“不知道的。”浅夏回答。

“你没感觉到我们学校周边的地名比较奇特吗？铁狮子坟、太平庄、小西天……”

“还真是的。”浅夏说。

“我理解为我们学校周边过去是古坟场，乌鸦喜欢在坟场活动，按照弗洛伊德的集体无意识理论，现在即使没有坟场了，乌鸦们还是一代代无意识地留在了此地。”秋水说。

“这应该是有意识啊，很有针对性啊。”浅夏说。

他们还在争论的时候，车已到了医院门口。

浅夏说她下去了，感谢秋水送她。下车后她向秋水摆摆手表示再见，秋水也摇下车窗向浅夏摆了摆手。

望着浅夏进入医院的大门，秋水摇上了车窗。

骨髓移植手术很成功，浅夏需要在医院里观察一段时间，冬雪和秋水一起买了鲜花和水果来医院看她。

浅夏还很虚弱，但心情很好，与他们俩开心地聊着，浅夏的父母微笑地看着他们。

医院的缴费通知又来了，浅夏的父母脸上笼罩着一丝愁云。积蓄早已用完，现在已开始向亲戚们借款来维持医院的费用。据医生讲，还需要一大笔费用，而亲戚们几乎被借了个遍。

浅夏也想不出好办法来为父母分担，但她又十分想出一份力，为此她陷入痛苦之中。

秋水见了浅夏愁眉不展的样子，他知道还是为弟弟的病发愁，移植成功了，就剩下费用的事。他委婉地问过一次，她点了头，说家人正四处借钱。他想帮她，但自己也是一名学生，没有经济来源。秋水想到发动同学们捐款或水滴筹的办法，当他对浅夏提起这样操作时，浅夏立即拒绝了，她不想把这件事搞得沸沸扬扬。

一天晚上，浅夏在网上查阅资料，查完后顺便浏览一下用工信息，她想在课余做一份工，以便赚些钱贴补一下弟弟的医药费。突然她发现一则关于营销的用工信息，没有任何业绩的人基本工资能有好几千元，多劳多得，业绩好的一个月可以赚几万元甚至更多，重点是工作时间不受限制。

她记下了联系方式，决定去试试。

第二天上课时，浅夏把这件事告诉了秋水。秋水奇怪地望着浅夏，说能有这等好事？天上会掉馅饼？让她小心被骗。浅夏说没事，她又不是小孩子。

下午没课，浅夏便按记下的电话打了过去，对方接电话的是一个女孩，声音很温柔，告诉了地址，让她立即前去。

浅夏想起秋水说要陪她一起去那家公司看看，想到秋水下午还有课，便自己去了。电话中所说的公司位于一个破旧的居民小区，是一幢楼的5层也是顶层，没有电梯。浅夏气喘吁吁地爬到5楼，歇了一下，擦了下脑门渗出的汗水，轻轻地敲了下门。

开门的是一个年轻漂亮的女孩，她让浅夏进了屋。

浅夏进屋以后，看到屋内客厅里有十几个人，男男女女，有年长的也有年轻的。看到浅夏进来，众人一齐望向她，有一个貌似正在讲课的中年男子一声断喝："好好听课，看什么看！"

众人又低下头开始记笔记。

那个女孩带着浅夏进入一个房间，房间里有一张简易的办公桌，办公桌后面坐着一个中年男子，抽着烟，右手上戴着一只黄灿灿的大方金戒指，一条腿竟然放在桌面上。

浅夏见到他这副样子，心生厌恶又有点害怕。

“你叫什么名字？”那个人问，接着猛地吸了一口烟，吐出一圈烟雾，浅夏被呛得直咳嗽，她下意识地用手捂住了鼻子。

那个男人嘴角露出轻蔑的笑容。

浅夏回答了他，同时回答了他关于职业等一系列提问。

“你先交3000元产品押金，然后去培训，他们都是先培训后交钱，对你这种研究生高才生就要倒过来了。”

“我是学生，没有钱。”

“没有钱可以,你可以打电话找一个有钱的人代你交啊！”那个人笑了，他干咳了两声，进来了两个光头的彪形大汉，脖子上挂着狗链子一样粗的金项链。

“我家真的很困难，我弟弟得白血病还在医院住院呢。”浅夏哭着说。

“我还得癌症呢。”那个男人说，随即三人一齐大笑起来。

办公桌后面的男人冲着两个光头男使个眼色。其中一个说走吧，浅夏被带到一间小房间里，两个光头男一人夺去浅夏的包，一人夺去浅夏的手机，说需要联系人来交钱时再来拿手机。

浅夏一个人待在房间里，心想这下完了。她意识到自己陷入传销组织了，想到父母找不到她的焦虑，她不禁泪流满面。

她恨自己不听秋水的话，做事太轻率了。

天渐渐地黑了，有乌鸦从窗前飞过，浅夏心想自己要是一只乌鸦就好了，就可以自由地飞走了。

客厅里的培训也结束了，女人们走进浅夏的房间，看来这是一间女人们的宿舍，大约有五六个人。晚饭是稀饭馒头，女人们拿到宿舍里吃，她们让浅夏也去取一份，浅夏没去，她没有一点胃口。

晚上睡觉她们都是把席子铺在地板上放上被子睡的，其中有一个女人一个人单着睡，就让浅夏过去睡，浅夏摇了摇头。

浅夏一夜没睡，她在思考如何才能逃离这里。

女人们起床后，吃过早饭后又开始了培训。浅夏一个人待在房间里，她知道现在唯一知道她下落的人只有秋水。

她想给秋水打电话，又怕秋水不明就里被他们控制，这样岂不是害了他！她心里已接受了秋水，她不能再让他受伤害。

浅夏想秋水是一个聪明的人，是否想到她被控制了呢？迟一些再给他打电话或许他会更明白，到了下午的时候她想打电话给秋水，如果秋水一个人来，她就从这窗子跳下去，这样秋水就会看到她，达到阻止他被这伙人控制的目的。如果秋水和警察一起来，那么她就得救了。她下定了这样的决心。

下午5点，浅夏要了电话，说打电话让人来交钱。一个光头男把手机递给她，说老实点，只能说让他带钱来，不能说其他任何内容，别玩花招，否则会有她好看的。

两人监视着浅夏打电话。

浅夏打通了秋水的电话，让他带3000元钱来到这里，刚要说其他就被一个光头男一把抢过手机挂了电话。

天快黑时，大量的乌鸦从窗前飞过，浅夏知道这些乌鸦是飞去她的学校。她打开了窗子，望着学校的方向，她多么盼望这些乌鸦能飞到学校告诉秋水这里发生的事呀！

浅夏望着楼下的路，突然一个熟悉的身影出现了，是秋水！他向这幢楼飞奔而来，在他身后紧跟着十几个全副武装的警察，不远处警车上红蓝色警灯闪烁，照亮了夜空。

泪水模糊了浅夏的双眼。

凤凰山下

张皓然到凤凰村任党支部第一书记的第一天就被村里的贫穷程度惊呆了，他没想到已进入21世纪20年代后的中国还有如此贫穷的村庄。

包片领导副镇长老陈开自己的车送张皓然到凤凰村报到，老陈是个直爽的人，边开车边和张皓然聊天，他也是刚从县财政局下来到镇里工作不久。张皓然从没在基层工作过，研究生毕业就在省税务局工作，没有具体职务，职级是一级主办，他对于基层的事不太明白，只是随意地和老陈聊着。工作10年来，他很多次到基层检查，大都是到市县税务部门和企业，从来没有到过村里。车在弯曲的道路上行驶，道路两边是大山。车到一座大山下立即来了个大转弯，在转弯处张皓然见到了早早在此等候的村党支部书记于飞。于飞上了老陈的车，进村的路似乎更难走了，狭窄的弯曲的山路仅能够容一辆车通行。老陈小心翼翼地开着车，边开着车边念叨着："对面千万不能来车，否则真是进退两难了。"于飞说："这村里几乎就没车进来，放心开吧！"张皓然没有参与他们俩的聊天，看着车窗外，一些破破烂烂的房子零零落落地分布于半山腰，他感到奇怪，房子周围几乎很少看到人，即使看到也大多是老人和孩子。

车停在一栋二层楼的白色建筑前，这也是张皓然进村后看到的唯一的楼房。房子的顶上有一面五星红旗迎风飘扬，像一团燃烧的火焰。下车后，张皓然看到这栋建筑的大门旁挂着的牌子上写着：凤凰村党群服务中心。

在于飞的引导下，一行三人来到一楼左边的会议室，此刻会议室里已坐满了人，于飞请张皓然和陈学勇副镇长到主席台就座，陈副镇长坐中间，张皓然坐右边，于飞坐左边。张皓然扫了一眼主席台对面，参会者大约有三四十人，其中有许多白发苍苍的老人。

于飞主持会议，会议开始前他习惯性地用手敲了敲话筒，话筒发出咚咚的声音，意味着话筒还算正常。

“请大家静一下，现在开始开会。”

原先嘈杂的会议室立即安静了下来。

“首先介绍一下出席会议的两位领导，穿城镇党委委员、副镇长陈学勇陈镇长！”

陈副镇长立即站起身向台下挥了挥手。

下面响起一片掌声。

“国家税务总局陕西省税务局一级主办、延安市宝塔区穿城镇凤凰村党支部第一书记张皓然张书记。”

张皓然也站起身，他向台下鞠了一个躬。

台下爆发出一片掌声。

“出席今天会议的有村支两委全体成员、村组干部、全体老党员以及部分群众代表，首先请张皓然书记讲话……”

“各位父老乡亲，经过省委扶贫工作统一安排让我来到凤凰村工作，对于我来说这是一次学习锻炼的机会，我在城里长大，没有农村工作经验，以后还要请各位多多支持帮助……”

“现在请陈镇长指示！”

“刚才张书记的讲话很接地气，不愧是从省城大机关来的，站得高看得远，相信在张书记的领导下一定能快速改变凤凰村贫穷落后的面貌，早日带领乡亲们实现致富奔小康……”

掌声又一次响起。

张皓然的宿舍和办公室在村党群服务中心的二楼，本来镇政府那边也安排了宿舍，吃饭在镇里的食堂，张皓然自己要求住村里，他认为从镇里到村里也要七八公里，并且还有山路，暂时先住村里也有更多的时间工作，来回跑太耽误时间了。镇党委李书记表示赞成，联系了村党支部书记于飞，先在他家吃饭。张皓然再次婉拒，表示自己可以做饭，就不麻烦于飞书记了。

到村后的第一顿中饭是在于飞书记家吃的，于飞媳妇烧一手好菜，食材也大都来自当地，于飞媳妇菜做得色香味俱全，陈镇长和张皓然吃后连连称赞。饭后陈镇长便开车回了镇里，张皓然让于飞领着到村里转一转。

春天的凤凰山里空气清新，幽静而空旷，偶有一两声鸟鸣来回荡在山谷中。于飞边走边介绍凤凰村的情况。凤凰村共有10个村民小组，4个小组在凤凰山上，6个村民小组位于山下，总共 238 户人家，住山上 4 个小组有 85 户。目前村里最大问题是山上 85 户村民的搬迁问题，每到夏季多雨会发生山洪泥石流，容易造成群众生命财产损失。张皓然问：“能不能把山上的村民全迁到山下？”

于飞苦笑着摇了头：“不瞒你说，这些年好多任挂村支部书记都想这样做，只是困难太多，难以实现。”

“什么困难？”张皓然似乎有些不解。

“主要是资金问题，让村民们自建村民们拿不出足够的钱来，政府和村里又没有这笔资金，另外就是群众的思想问题，有部分群众特别是老人住惯了山上不愿下山住。”于飞顿了顿又说，“我们山区群众生活确实很苦，迫切希望能过上好日子，只是受地理环境所限，群众的生活多年也一直没有变。”

在经过一户人家门口时跑出来一只小黑狗，冲着两人汪汪地叫着，门前一棵老榆树下有一个老奶奶，满头白发，乱蓬蓬的，穿着一身深蓝色布满补丁的衣服，光着脚，坐在地上，望着两人笑。

“这是王奶奶，三年前，儿子和儿媳吵架，儿子想不开喝农药死了，儿媳妇也走了，留下两个年幼的孩子，王奶奶心情郁闷头脑便不正常了，现在一家人就靠 60 多岁的王爷爷种地维持生计，上边有救济就给一点，唉，日子过得艰难啊。”

于飞正和张皓然说着话，从屋里出来一个白发苍苍的老爷爷，边吆喝那只狗边与两人打招呼。

“于书记，还有这位领导，来屋里坐啊。”

张皓然心里想这便是王爷爷了。

“王爷爷，我给你介绍一下，这是我们村新来的第一书记张书记，省里来的。”

于飞忙把张皓然向王爷爷作了介绍。

“王爷爷，现在家里过得咋样啊？”张皓然问过这话心里有些后悔起来，明明刚才于飞书记已介绍了他家的情况。

“唉！”老人长长地叹了一口气，“在村里帮扶下还能吃上饭，只是心里那个苦啊，每天做梦都能梦到我那苦命的儿子。”

老人边诉说边抹着眼泪。

老奶奶依然在呵呵地笑着。

“孙子孙女呢？”

“在山下的学校里，早上带点干粮，中午就不回来了。如中午回来吃饭，下午上课就赶不上了。”

离开王爷爷的家，张皓然的心情十分复杂，没想到这里还有这么困难的群众。

顺着弯弯曲曲的小路继续往前走，沿途大都是和王爷爷家一样东倒西歪的低矮房屋，除了偶尔跑出一只狗冲着两人狂叫之外，几乎很少见到什么人了。

“庄上的人都到哪儿去了？”张皓然忍不住地问于飞。

“年轻人大多外出打工了，剩下就是些老人和孩子，家里的地老人能种就种不能种就抛荒。还有一个问题就是村里的光棍太多，本村的姑娘都外嫁了，外边的姑娘不愿嫁过来，归根到底就是穷的原因。”于飞边说着边指着远处的大山，“这些大山阻挡了群众的致富路啊。”

看了一个村庄后，张皓然似乎有些疲惫，于飞建议先回村部休息一下，明天再接着去其他村庄上走一走。

经过三天时间走访，张皓然把凤凰村 10 个村民小组走了个遍，大体上掌握了各个村民小组的位置以及村民们的生活状况。

第四天一大早，张皓然便起了床，顺着村党群服务中心门前的路向前走着，道路弯曲且狭窄，高低不平，走了大约 40 分钟，来到了凤凰山脚下，从远处延伸至山脚下的道路立即出现了 90 度的大拐弯，拐上山的道路也立即变窄了，张皓然知道这是从穿城镇那边过来的县乡路，几天前就是从这条道路来村里报到的。张皓然想，如这里有个隧道穿山而过就好了，山的背面五公里远便是连接延安的国道，如果打通了隧道连接上了国道，那么山里的药材、水果便有了运输的通道。

“必须打通隧道！”这个念头开始在张皓然的头脑中盘旋，当他把这个想法告诉于飞时，于飞并不感到惊讶。他笑了笑说，几乎每一任来凤凰村挂职的干部都有这个想法，最终都不了了之，最主要的原因都是资金问题，筹不到足够的钱。

“我也想试试。”

“那就试吧，不过我还是想问一下，张书记，你这两年是真的想扎根凤凰村，不是做个形式上的第一书记，一个月来一两天？”

“于书记，这样说吧，组织上跟我说这事时我就决心扎根在这里，我是想真正为群众做一点事。”

于飞与张皓然紧紧地握了握手，没再说一句话。

张皓然到镇政府找到了党委书记李书记，谈了建凤凰山隧道的想法。李书记笑了笑说："我们镇党委也早有这想法，只是仅凭镇里的财力是远远不够的，以前我们向区里、市里、省里都申请过，没有成功。"李书记又思索了一下说，"你是从省里来的，如果省交通厅有熟悉的领导看能不能争取一下？"

张皓然当即表态："最近就回省里争取一下。"

"这个工程究竟需要多少钱呢？向上争取的当务之急就要有工程预算。"张皓然回到村里找到于飞问及以往申请的情况。于飞取出了以往的申请资料，张皓然一看，没有准确的测算数据，有的只是大概金额。张皓然说："必须找工程造价的专业人员测算一下，所需的测算费用也不多，就由村里出。"张皓然知道村里还有一点集体收入。两人商定后决定请镇里一位分管镇领导一起去区交通局寻求帮助。区交通局的领导也很重视，安排专业人员到村里进行实地测量，过了几天结果就出来了，打通隧道包括连接山后的国道共需资金380万！

"上哪搞这380万？！"于飞望着张皓然苦笑。

"我们慢慢想办法，办法总比困难多，办法总会有的。"张皓然边写报告边说，"我明天回一趟西安，请我们省局领导出面向省里争取一下。"

"到省交通运输厅争取看看，我和那边一个副厅长熟悉。"省税务局李副局长看完张皓然的报告后拿起手机似乎想给那个副厅长打电话，刚拨了一个号又放下了，"还是当面和他沟通比较好，这样吧，明天上午你和我一起到交通运输厅去一下。"

交通厅的那位副厅长见到张皓然一行很热情，仔细看完报告后，副厅长笑着说：“我们省交通厅做的工程都是大规模，上亿元的，否则省发改委都不能立项，还是去市里、区里争取一下吧。我会给延安市交通局那边打个招呼。”

从交通厅出来后，张皓然似乎有些失望，有出师不利的感觉，听说副厅长会给市交通局打招呼后又抱有一丝希望。

从西安回来后张皓然又和穿城镇党委李书记一起去了一趟市交通局和区交通局，有了省交通厅那位副厅长打的招呼，市和区交通局同意考虑，只是当年要走报批流程，要等第二年才有可能实施。

在回来的路上，李书记对张皓然说：“你要能把这事办成了，凤凰村的全体村民会永远感激你的。”

张皓然说：“我尽力去办，只是感觉希望不太大。”

李书记说：“有希望总比没希望好，如果上边真的扶持了，镇里也会想方设法解决一部分资金。”

于飞听说张皓然回来了，急着找到他问结果。张皓然告知情况后说：“现实远比想象中难啊。”于飞笑笑说：“有希望就好，总比没希望强。”

两人坐下认真研究了今后一阶段村里的主要工作。两人正说着事，突然一个孩子急匆匆跑过来。

“于叔叔，不好了，不好了，我爷爷摔着了！”

“啊？王爷爷人现在哪里？”

“在后山上，我家屋子那。”

“哪个王爷爷？就是我们上次见到的那个王爷爷吗？”

“是的，快，现在过去看看！”

于飞和张皓然跟着孩子就往后山上跑。

张皓然远远地便看到一个人趴在地上一动不动，三人气喘吁吁跑到跟前，于飞蹲下来喊：“王爷爷！王爷爷！”

王爷爷依然一动不动。

张皓然发现王爷爷头破了，流了血，脸色苍白。他用手试了试王爷爷的鼻孔，还好有呼吸。

王奶奶依旧坐在老槐树下，脸上保持着笑容。一个小女孩在王奶奶的身后不停地抹眼泪。

“快送医院！”张皓然大声喊。

“我去找平板车。”于飞说着便去找平板车了。

“用平板车拉到镇医院少说也得两三个小时，这会耽搁抢救治疗，打120急救车更不可能，区里的急救车到这里时间更久，咋办呢？”张皓然想到了陈副镇长，请他过来接一下，想到这儿，他便与陈副镇长联系，还好陈副镇长在镇里，说马上就开车过来。

于飞也把平板车拉过来了，两人把王爷爷抬上平板车，于飞拉着车张皓然在旁边扶着向山下跑。

刚走不远便遇到了前来接应的陈副镇长，三人又赶紧把王爷爷从平板车抬到陈副镇长的车上，陈副镇长开车直奔镇卫生院。

镇卫生院初步检查后认为医疗条件有限，处理不了，于是陈副镇长又开车转往延安市第一人民医院。

经过抢救王爷爷转危为安。

张皓然去医院看王爷爷的时候，王爷爷已醒了过来，他讲述了事情的经过。前些天下了大雨，老屋长时间没维修漏得厉害，天晴后他爬上屋顶去修屋，没想到一不小心摔了下来。

从医院回来的路上张皓然就在想，山上 4 个组村民的房子大部分破败不堪，下雨也会七漏八淌，留在家里都是老年人和儿童，如不及时组织维修还会发生类似王爷爷一样的悲剧。他突然想到王爷爷住院后家里的王奶奶和两个年幼的孩子咋办呢？他问和他同去的于飞。于飞听后哈哈一笑：“我早就安排好了，我媳妇去帮忙的。”

张皓然悬着的心才放了下来。

“现在是多雨季节，我们必须要立即组织人员进行维修排查，只是维修这些老屋子也不能从根本上解决问题。最好的办法是搬下山建新房。”想到建新房，张皓然又想起刚来时于飞对他说的话，他又陷入了沉思。

于飞对张皓然提出的排查维修老房子的想法积极支持，只是担心费用的问题，村里集体除了一块林地和一个小核桃园外几乎没有收入。这两年，上级林业部门不让随意砍伐售卖树木，仅靠出售核桃有一点集体收入，而村里的支出又太多。张皓然问：“能否试着搞志愿服务，组织没有外出的青壮年报名参与维修？”于飞笑着说：“在落后的山区搞这个志愿服务不太现实，群众的思想境界估计达不到，不过可以试一试。”

结果正如预想的那样，没有人愿意做没有报酬的劳动，志愿服务没有成功。于飞提出给一定报酬，不过暂时先欠着，等村里有收入了再支付。就这样一支 8 人的维修队组织了起来，开始挨家挨户逐一检查维修。

隐患算是暂时排除了。

不知不觉，张皓然来到凤凰村已经半年了，又一个晚霞满天的傍晚，张皓然一个人爬上凤凰山山顶，坐在一棵老松树下，半山腰，一座座破败的低矮的房屋如同一根根铁钉扎得他难受，他感觉自己来的这半年凤凰村的面貌几乎没有任何变化，一种无力感涌上他的心头，他的目光又从半山腰转移到山脚，一块一块如补丁般的农田毫无生机地分布着。

“传统的农业种植经济效益不行，必须改变种植模式，尽快产生经济效益，走特色种植之路。”这是前几天他参加区委三干会，区委书记在大会上讲的原话，张皓然回来后一直在思考山区农民们一直走传统种植农业之路，一下子改变能适应吗?

“专业的事要由专业的人来干。”张皓然决定这几天拜访一下省农科院的专家，他有一个高中同学就是在省农科院工作，请他帮忙引荐应该不成问题。第二天他便踏上了去省城的列车，在去之前他就和同学联系了约定见面的时间。

在老同学的引荐下张皓然见到了老专家。老专家满头白发，非常平易近人。他操着东北口音说多年前就到凤凰山区考察过，对那里的情况也比较熟悉。山多地少，红沙土土质，营养成分低，种水稻玉米产量不高。当时他就建议改种其他经济作物，由于种种原因没有实现。距离上次考察已经过去20多年了，这也成了他心中的一个结。

张皓然邀请老专家最近再去凤凰山考察，老专家表示同意，考察过后再给一个合理的种植建议。

时隔不久，在老同学的陪同下，老专家来到了凤凰山。刚到凤凰山，老专家便不顾旅途劳顿要求张皓然带着他到山上山下转一圈。

看完后老专家长叹了一口气："唉，与20多年前相比，几乎没有变化啊！"他在凤凰山考察了三天，离开时取了土样。

老专家离开凤凰山一个月后便发来了考察报告，报告中给出了建议，以观光花卉和果树种植为主，建议种植多彩牡丹。多彩牡丹是一种全新的牡丹品种，就是一株牡丹开出不同颜色的花朵，同时打造旅游品牌，发展农家乐，增加农民收入。

张皓然找到于飞商量："看来我们当前要从改变种植结构着手，试着按照省农科院老专家的意见种植多彩牡丹。"于飞微微一笑："只是农民的观念一时半会儿难以改变啊，特别是老年人，让他们种牡丹会抗拒的。"张皓然说："我们先把干部的意见统一了再来统一群众意见，开个村组干部会吧。"于飞点头表示同意。

让张皓然没有料到的是，在村组干部会上支持这件事的人不多，反对的人不少。反对的人认为不要瞎折腾，以前也有过改种西瓜、西红柿等，造成很大损失，也成了笑话。

一连几天早上，张皓然独自一人登上凤凰山顶，坐在那棵老松树下，他思绪有些乱，需要厘清一下。

清晨，山谷里浓雾笼罩，树木和村落都在虚无缥缈中，等到阳光穿透浓雾时，雾便开始一点点散开，直到山谷里铺满金色的阳光，树木和村庄也好像镀上了一层黄金。

晨风吹来，张皓然的思路逐渐清晰。他决定找村组干部一个个谈心，统一思想，干部要带好头，火车跑得快全靠车头带。

张皓然用两天时间，与凤凰村 11 名村干部一一进行了谈心，通过谈心也了解到了他们的担心。张皓然又带着村干部到农户家里做推广。

“我绝对不种多彩牡丹！”

“我们家也不种多彩牡丹！”

“组长，你动员我家种牡丹，你家种不种？”

“我带头种！”

“我种牡丹种砸了，你给我一家老小粮食吃啊！”

试点地块除了村党支部副书记和组长外，没有农民同意种植牡丹，这也在张皓然的意料之中。

甚至王爷爷也不同意。张皓然决定先做王爷爷的思想工作。当张皓然来到王爷爷家的时候，王爷爷和王奶奶老两口都在家，王爷爷不像以往那般热情，一副忧心忡忡的样子，一句话也不说。

“王爷爷，最近家里有什么困难？”

老人低着头一句话也不说。

“张书记，我知道你来我家是让我们种牡丹的。”王爷爷抬起头，“你对我有恩，也是我的救命恩人，按理说，我应带头执行村里的政策，只是我心里想不明白，我种了一辈子的庄稼，我知道种什么有用，种牡丹不能当粮食吃的。”

张皓然笑着说："王爷爷，你们的经验是个人宝贵的财富，也是凤凰村宝贵的财富。只是时代是在不断发展的，我们也要尝试着改变，种地也是如此。"

经过一个多小时的交谈，张皓然开玩笑说："王爷爷，你们就种吧，与种粮食相比如果收入减少了，减少部分我用我的工资补偿你们。"

最后老人终于同意试种。张皓然又到每一户做思想工作，最后又有十几家同意种牡丹，这样一来试点地块有了一半人家同意种牡丹。

"有多少就种多少吧，如果真有效果，剩下的村民会主动种的，先搞下试点。"于飞对张皓然说。

张皓然接受了于飞的建议，先试点再推广，不打算一下子全部实施到位。

试点地块位于凤凰山脚下的一处向阳之处，也被省农科院老专家认为是凤凰村最好的地，非常适合种植牡丹。

张皓然承诺，已种牡丹的农户与种粮食比较，收入减少的部分全部由他来补偿。

在种牡丹时张皓然又请来了省农科院的那位老专家前来指导。老专家也很尽心，每天和张皓然一起吃住在村里，每天都要到地里去观察牡丹的生长情况。

牡丹慢慢开始发芽，长出小叶，叶子慢慢变多。

"苗子到底有没有人要啊？"这也是种植户都在问的一个问题。其实在种牡丹之前，老专家就已经为村民找好了销路，说是叫订单农业。

当第一单培育的多彩牡丹被挖起运走的时候，张皓然悬着的心才放下来，没有想到花苗的价格如此之高。

多彩牡丹苗一棵棵被运走，直到地里一棵苗也不剩。种多彩牡丹的农民难掩心中的激动，算了一下账，相同面积可是种粮食的好几倍收入！

第二年，这个组没有种牡丹的农户争着要种牡丹，甚至没有在试点组的其他组的农民也纷纷要求加入种牡丹的行列，一时间许多农民缠着张皓然和于飞，只有一个目的：种牡丹！

张皓然说："只要农户愿意种，我们就扩大种植面积。"在这个问题上张皓然和于飞达成了一致意见。于飞说出了自己的忧虑："万一销路不行了咋办？不是害了他们吗？再说了，老专家提供的销路毕竟有限。"张皓然说："我也了解到，现在各地都在推行种植专业合作社，实行抱团取暖，我们也可以尝试啊。"

第二年，凤凰村的土地一大半都种上了牡丹，一棵棵小苗在春风里摇摆。村里的牡丹种植专业合作社也挂牌成立了。挂牌那天，省农科院的老专家、镇党委李书记、陈副镇长都来到了村里参加了挂牌仪式。

正值春天，山花烂漫，凤凰村被花香包围。

张皓然和于飞忙得不可开交，整天奔跑于各大花卉市场寻找销路。同时一个名为"凤凰牡丹"的网店也注册运营，全方位介绍凤凰村的多彩牡丹品种。张皓然亲自出马，当主播直播带货，为村民推销牡丹花苗。

凤凰村的牡丹苗销售一空，村民的口袋渐渐鼓了起来。

春天过去了，雨季再一次光临凤凰村。山上村民们的很多老房子再次出现了漏水，有些老房子甚至在狂风暴雨的侵袭下有倒塌的危险。

“下山工程”再次提上了日程。自从王爷爷修房摔伤后，张皓然就一直在谋划这件事，现在村民们种牡丹有了积蓄，他直观感觉这事阻力要小了很多。

当凤凰山顶的那棵老榆树的叶子开始掉落的时候，凤凰村的“下山工程”正式开始，张皓然又开始跑各种手续，上山做村民思想工作。新规划的集中居住区位于计划中的凤凰山隧道延伸道路旁边，统一的设计，红瓦红砖。村民们的拆迁补助款加上卖牡丹苗的积蓄基本上也够建房了，至于有的农户出现一点缺口也通过借贷等办法克服。只有一家无法筹全建房款，就是王爷爷家。王爷爷表示支持村里的好政策，只是建房款实在凑不够。张皓然发动全体村组干部为王爷爷家捐款，他自己则带头捐了两千元。张皓然还到镇上的银行为王爷爷联系了一万元贷款，打算等到来年他家的牡丹花苗出售后再还上。

山上 80 多户村民的新居款项全部有了着落，新居筹建工程终于启动了。

开工后，王爷爷和一群老人没事就在工地上转，说是监督质量，监理赶也赶不走，最后还是张皓然和于飞出面对老人说：“出了问题有监理负责，在工地上很危险的。”老人们这才离开工地远远地望着。

集中居住点建好交房那天，村里举行了一个新房入住仪式，区里、镇里的领导亲自参加，锣鼓喧天，鞭炮齐鸣，入住新居的村民们喜气洋洋。

一栋栋漂亮的红房子在青山绿树的映衬下如盛开的花朵。年底，凤凰村再次传来了好消息，市里和区里的凤凰山隧道及其道路延伸项目批复了下来，市里和区里分别给予了补助支持，镇里也给了一部分拨款。至于出现的一部分资金的缺口，张皓然和于飞打算实行村里出劳力，工钱由村集体再慢慢支付。村民们也十分支持，积极报名，纷纷说不要工钱也干，只要为凤凰村建设出力就是为自己出力。

隧道开工了，工地上红旗招展。随着轰的一声巨响，碎石乱飞，开凿的第一炮打响了，工地上响起了一片掌声。人们远远地在安全线外望着，安全员戴着火红的安全帽挥舞着红旗让人们远离。雷管、炸药不断运到现场，伴随着一声声巨响，隧道开凿一点点向前推进。

隧道被打通这一天，区里、镇里的领导都来到了现场，市里的两台一报记者也来了，当最后一声巨响发出后，碎石从山体的另一侧飞了出来，现场一片欢呼，隧道终于被打通了！在开凿隧道的同时，连接国道的公路也在紧锣密鼓地同步进行，当路基做好时隧道也打通了。

一天早上张皓然起床洗漱后，照了照镜子，突然发现自己出现了好多根白发，或许白发早就有了，只是他没有发现而已。他算了算来到凤凰村已经快两年了，挂职快到期了，他有些忐忑，有些舍不得离开这里。

凤凰山隧道通车的第二天，张皓然挂职期满了。头一天晚上妻子从西安开车过来接他，夫妻俩把行李都整理好放上车，打算第二天天一亮就悄悄出发，不惊动村里的任何人。

第二天一大早当夫妻二人从村党群服务中心二楼下来走出大门时一下子惊呆了，外面黑压压的全是人，村里的男女老幼全来了。张皓然眼圈一下子就红了，这些纯朴的乡亲是来为他送行的。

“孩子，我就不喊你张书记了，这两年你为凤凰村做了许多好事，我们舍不得你走啊！”王爷爷握着张皓然的手不放，“哦，对了，孩子的妈妈也有了消息，听说村里人日子过好了，她马上也要回来了。”

“这就好。”张皓然眼含热泪，他冲着乡亲们挥挥手，“大伙儿今后有什么困难可直接跟我联系，也欢迎到西安去找我。”

车子缓缓向前开着，道路两边站满了乡亲，张皓然步行跟在车后，到了凤凰山隧道口，车停下，张皓然要上车了。人群中有好多人在擦拭流出的泪水。

“我还会回来看大家的！乡亲们请回吧！”张皓然上了车，车缓缓开进了隧道，直到车消失了，乡亲们还是久久不愿离去。

《奔流》2025 年第 4 期

雪的N种语言

寒冰坐在S县税务局纳税服务大厅的柜台内发呆，此时灰蒙蒙的天空正飘着雪花，雪花落到地面上或路边的绿化带上一眨眼的工夫就没了踪影。路面上还湿漉漉的，前些天下的雪已融化了，只是雪水还没完全干。

冬天并且是下雪天因而天黑得也早，刚过5点，黑暗就开始一点点地吞噬着光明。路灯亮了，给这个南方小城带来了星星点点的光明。

此时大厅内已没有人来办业务，显得空空荡荡的，工作人员已开始核对有关资料，有的毫无目的地向外张望，有的则和寒冰一样望着电脑显示屏发呆。

“今晚如何度过？”她在心里问了无数遍自己。

下班时间终于到了，周围同事一片雀跃，寒冰似乎没有开心的样子，反而更加忧郁，看着大家都走光了，才慢腾腾地从柜台内走出来，出了服务厅的大门向右前方的自行车棚走去。此时天已完全黑了，雪还在下着，地面上已看到了连片的白色的雪。

路面有点滑，寒冰索性就推着电动自行车走，也没什么急事，况且她实在也不想回这个家。

一阵风吹来，寒冰不禁打了一个冷战。

一辆辆汽车从身旁驶过，车灯由远及近，又由近及远，伴随着车辆驶过后留下的沙沙声慢慢消失。

本来骑电动自行车 15 分钟就可到家，寒冰足足走了近 1 个小时。

小区内很安静，偶尔有一阵风刮过，把道路两旁香樟树上的雪吹落下来，发出轻轻的响动。也有行人步履匆匆向各自的家走去。有不少窗户内亮着灯，灯光柔和、温暖。

寒冰走到自己家的楼下，抬头看到 8 楼东边户窗户内一片漆黑，那是她的家。

“难道他和儿子博艺都不在家？”寒冰想着同时加快了脚步，她把电动自行车推到地下车库，按了电梯上到自己家的楼层。

当寒冰打开门时扑面而来的是黑暗和寒冷。她打开了灯，把包扔到了沙发上，自己也坐到了沙发上，她没有丝毫饥饿的感觉，因而也不想做饭，甚至不想给自己泡个面，尽管中午在单位也没有吃什么饭。她望着天花板发呆，前一天晚上与老公肖远吵架的一幕又出现在眼前。

寒冰在肖远面前说了婆婆的不是，肖远立刻像一只暴怒的狮子，他不允许寒冰有一丝对婆婆的不敬。吵架的原因是一件小得不能再小的小事，寒冰觉得婆婆对肖博艺太溺爱了，从不加以管束。肖博艺对超市的诸如辣条等食品特别喜爱，而寒冰认为这些都是垃圾食品，小孩子吃多了对身体是有害的。她经常从网上搜集一些健康的育儿知识，她经常对婆婆说哪些食品不能买给肖博艺，但婆婆就是不听。每次婆婆带肖博艺到超市玩，只要肖博艺要辣条等食品时她总会满足孩子的要求。另外，就是看电视问题，肖博艺平时由婆婆带，婆婆每天在家带孙子感到寂寞便爱上了看电视，甚至对年轻人爱看的韩剧也追，这让寒冰觉得不可思议。更要命的是肖博艺也被传染得爱看电视，他才 3 岁，看的时间长了，看东西有点眯着眼睛，寒冰怀疑肖博艺说不定已近视了。

当寒冰对肖远说这些时，希望肖远能和婆婆说说，毕竟儿子和妈妈更好沟通些，哪知肖远不以为然，说的次数多了甚至有些不耐烦了。

寒冰觉得肖远已经变了，这种变是无形的，随着时间一点点变化的。她感觉自从肖博艺出生后，肖远这种变化就产生了，以前不是这样。

寒冰有时和肖远吵架后一个人躺在床上会想起以前的美好时光，肖远追她的时候，那时她刚结束一段刻骨铭心的恋情，正处于情绪低谷期，这时肖远走进了她的世界。

肖远毕业于北方某著名的电力大学，因为是家中的独生子，父母的身体又不太好，便回到家乡就业，进入县电力公司做了一名技术员。他似乎走到哪都能吸引女孩子的目光，1 米 85 的身高，有着费翔一样的脸型，喜欢运动，爱打篮球，爱看书，就是不爱说话，在公司里被女孩子们称为“忧郁王子”。

好多年以后，肖远曾对寒冰说见了她第一眼就被迷住了，他也说不清她究竟哪吸引了他。当寒冰一再追问时，肖远说他很小的时候做了一个梦，梦见了他未来的新娘，小巧玲珑，皮肤白白的，说话柔柔的，爱唱歌，像孟庭苇一样清纯。那个女孩在他的梦中出现了好多次，并伴随他长大。肖远说见了寒冰时感觉和他梦中的新娘一模一样，他当时感觉这是多么不可思议。俗话说日有所思夜有所梦，可他从来就没有现实中的人供他所思，而在现实中却又偏偏遇到了。几乎从那一刻起，肖远就下定决心此生非寒冰不娶。

肖远说在县图书馆见到寒冰第一眼时一下子就惊呆了。他意识到不是在梦境中，可这个梦中的女孩就在对面，他感到世界一下子变得静下来，他的头脑嗡嗡作响，心怦怦跳个不停，他自己都能感觉到。

肖远也曾问寒冰对他第一印象如何，寒冰只是笑了笑，摇了摇头。寒冰对男人的审美有着自己的标准，她心目中理想的男人是有书生气的，有气质的，腹有诗书气自华。对于外貌，她没有太多的要求，她甚至讨厌那种奶油小生型的，她认为这种类型的男人大多空有一副皮囊，金玉其外败絮其中。

寒冰的第一个男朋友苏辉就是一个典型的书生。但又与一般的书生不同，除了爱读书外就是骨子里有一股倔劲。苏辉从本省的一所财经大学毕业后通过公务员考试进入到家乡所在县的税务部门上班。

苏辉的父亲是县劳动局局长，掌管着全县国有企业用人审批大权，是县里权倾一时的红人，后来他又被调到县财政局做局长，掌管着全县财政大权。

苏辉比寒冰早一年工作，读大学时苏辉就是大学校园内小有名气的诗人，他组建寒雪诗社并亲任社长。他的诗以大胆前卫著称，在大学时还发动过一次号称人性的解放的运动。他留着一头披肩长发，配上一袭长衫，又有复古之风，给人的感觉就是一个矛盾体。在校园内他所过之处总是有很高的回头率，当然大多是由他的装束导致，当然了，他也有一群追随者，也就是所谓的志同道合的诗人。他在大学里也曾喜欢一个比他低一级金融专业的女学生，他见到那个女孩子第一眼就喜欢上了并展开猛烈的追求，他说这个女孩就是他心目中《百年孤独》里的蕾梅黛丝，美丽且孤独，这个女孩甚至也剃了一次光头，她在校园里总是独来独往，眼睛直视前方，旁若无人。只是这个光头女孩后来身后多了一个长发飘飘身着长衫的男孩，这个男孩就是苏辉，这一对在校园里成为一道别样的风景，几乎全校的人都知道他们俩。他们的怪怪组合成为校园里的热门话题，甚至过了若干年后，与他们同时期的校友聚会时，苏辉这一对都是他们回忆美好校园时光的热门话题。有一次两人不知为何闹了别扭，那个女孩又恢复了孤独，苏辉为了重修旧好在这个女孩子过生日的晚上买了生日蛋糕来到女生宿舍楼下，点起了心形蜡烛，向着楼上大喊女孩子的名字，搞得整栋楼的女生都到过道上看热闹。即使这样，那个女孩子还是拒绝与他复合，依然如蕾梅黛丝一样选择了孤独。毕业时，苏辉的专业课有几门挂科，他也意识到如补考不过连毕业证都有拿不到的危险，他下定决心通过补考，为此他削发明志，脱去长衫，钻进了图书馆埋头苦读，好在最后通过了补考，取得了毕业证。

苏辉后来总结自己在大学期间的收获除了自费出版一本诗

集外，学业方面几乎一无所获，但有美好的回忆，甚至还引用了海子在青海写的《远方》中一句诗：“远方除了遥远一无所有。”

毕业后苏辉在省城找工作处处碰壁，只能在一些民营小公司间来回跳槽，就这样混了一年，他不想回到家乡那个小县城。做局长的老爸看儿子这样混下去也不是办法，要求他回到县城工作。苏辉的爸爸希望儿子能进入官场走他的老路，便要求苏辉考公务员，这时的苏辉经过一年省城闯荡，大学时的叛逆也消磨得差不多了，倒也能静下心来学习，第一年参加考试差几分没有进入面试。第二年，局长老爸干脆下了血本把苏辉送到省城的一家公务员培训机构脱产培训直到考试，苏辉这一次倒也没有辜负老爸的一片良苦用心，成功上岸成为一名税务系统公务员。

苏辉上班的第二年，寒冰也通过公务员考试进入到S县税务系统，这一年局里又出台了女税干不下乡的政策，因此寒冰没有下乡也分到了纳税服务大厅上班，这样两人就在一起上班。

苏辉自看到寒冰第一眼后就喜欢上了，正如当年在大学里第一眼看上那个蕾梅黛丝一样的女生一样，便开始了猛烈的追求，似乎又恢复了大学时期的个性。

寒冰也喜欢文学，中学也经常在日记本上写一些抒情小诗，大学时有了足够时间阅读，便开始阅读大量的文学书籍，中外的都读，她喜欢《平凡的世界》，甚至每年都要读一遍，她出生于农村，书中好多内容都能与自己产生共鸣。她也爱读拉美及欧洲一些作家的作品如马尔克斯、福克纳、卡夫卡、库切等，这与苏辉有共同兴趣爱好。苏辉经常与寒冰讨论文学，当然了这也是一种追求手段，苏辉渊博的知识让寒冰刮目相看，慢慢地也就接受了他的追求。

苏辉和寒冰确定恋爱关系后，似乎又唤醒了大学时的一些个性，狂放而大胆，只是在税务部门的纪律约束之下不敢留长发和穿长衫了，他下班后会带上寒冰骑上幸福 250 摩托车在县城大街上飞驰而过，寒冰紧紧抱着苏辉的腰，长发随风飘起，成为小县城一道风景。

小县城文化氛围不浓，文化人不多，有几个号称文化人大都集中在学校，市县党报副刊也大都发表一些当地老先生们创作的诗词以及一些歌功颂德的文章。苏辉想改变这种状况，他组织了文化沙龙，每月一次，每月一个主题，有时朗诵诸如波德莱尔、普希金、雪莱等西方诗人的诗歌，有时讨论加缪、艾略特等人的作品，这无疑给当地吹来一股清新之风。每次沙龙，苏辉总会带上寒冰，当然了，寒冰也喜欢这样的活动。

时间过得总是很快，一晃几个月就过去了，转眼就到了冬天。

这个南方小城冬天很少下雪，一年中也就春节前后才能下一场雪，而 20 世纪的最后一场雪却提前到圣诞节之夜，让全城的人多少感到有点意外。苏辉在这个特殊的夜晚当然也要制造一些浪漫气氛了，他带着寒冰在县城唯一家四星级酒店——新世界大酒店组织了一场派对，苏辉邀请了他的好朋友们进行狂欢，包括一起长大的发小，当然也有诗人、土著歌手等，喝酒时朗诵诗歌，然后又去唱歌，一直折腾到夜里接近12点。苏辉和寒冰都很尽兴，但也都喝高了，走路都走不稳，苏辉还要求大家一起到酒店门前广场上赏雪。大家到广场上一看整个世界一片雪白，雪还在纷纷扬扬下着。苏辉立即诗兴大发，对着寒冰说："亲爱的，你听到了吗，雪在说话，她在说不同的语言。"寒冰说："我还听到雪在唱歌呢。"众人认为他们二人喝高了，说醉话，纷纷说送他们回去休息吧。于是一个人从苏辉的口袋里掏出身份证在酒店前台登记了一个房间，把苏辉和寒冰送回到房间，寒冰没有反对，不知是不是喝多了。

朋友们离去之后，苏辉和寒冰的世界又归于安静，他们在房间里紧紧相拥，看窗外飘雪的风景。

寒冰说她最爱白雪的世界，世间万物是那么的纯洁，没有一丝污染。苏辉说雪的洁白如他们之间的爱情，是多么的干净。

他们激烈地拥吻，渴望融入对方的身体，除了身体外一切似乎都是多余的。

当阳光透过窗户照射进来的时候，他们还在床上相拥在一起，直到上班的时间快到了，才依依不舍地穿上衣服去上班。

寒冰不但喜欢文学而且喜欢唱歌，她声音甜美，在县里举行的元旦迎新春晚会上，县地税局就是选送寒冰的独唱《没有情人的情人节》，这首歌的原唱是台湾歌星孟庭苇，寒冰在晚会上如同原唱的效果，引起轰动，自此寒冰被称S县的"小孟庭苇"。

寒冰在晚会上的表现也引起了一个人的关注，这个人便是

S县有“能源大王”之称的李相东之子李景泽。这个李相东早年在县石油公司上班后辞职下海，这个人很有生意头脑，先是在S县办了一个液化气站，为县城居民充钢瓶液化气。为了利润最大化，他在气里做了手脚，从外地用危险品罐车拉气时故意不装满，走到山东境内再充加廉价的二甲醚，这样一来就把二甲醚混入液化气一起卖，导致气老是烧不完就不能烧了，因是独家充气站居民也没有办法。后来县城又上了一家充气站，这样一来两家形成了竞争，这时李相东已赚足了一大笔钱，他立马转向天然气领域，投资天然气站，再次形成垄断。这些年下来李相东在S县已成了首富，李景泽高中毕业便被李相东送到澳大利亚留学，毕业便回到S县继承家业。李景泽目前的职务是S县大华天然气公司总经理，董事长当然是李相东了。县里搞一些大型活动经常去找李相东拉赞助，李相东也乐意出点血，活动冠个名，权且当广告而已。李相东虽为S县首富，但行事不甚高调，而李景泽不同，他留过学行事高调，开豪车、穿名牌，经常换女友。S县元旦迎新晚会就是大华天然气公司冠名赞助，在晚会正式开始前李景泽受邀上台讲了话。这小子高中时代就是孟庭苇的粉丝，当寒冰上台演唱《没有情人的情人节》时，李景泽眼睛一亮，他立即就看上了这个姑娘。晚会结束便安排人了解寒冰的情况。

李景泽为了追寒冰真可谓动了一番脑筋，他开始想用钱铺路，单刀直入，买东西送她，可转念一想，寒冰是高雅之人，开始就送东西未免太俗气，还是从长计议为好。他先请一个与寒冰相熟之人约寒冰一起吃饭，寒冰以为就是朋友间的普通聚会，便前往参加，饭桌上李景泽一改往日的高调与霸气，变得很谦虚，为了显示自己有艺术修养，也谈了一些所谓的视觉艺术，谈了凡·高、莫奈等印象派大师的作品。他高中时成绩差不得已学了美术，想通过艺术考试走捷径上大学，因而对西方的一些画家多少还是了解一点的。这也让寒冰对李景泽有点另眼相看，她原以为这些有钱人的公子哥都是不学无术之徒。吃饭时大家说说笑笑，气氛还算可以，李景泽也如愿要到了寒冰的手机号码。

当李景泽第一次单独约寒冰出来吃饭时，寒冰感到很诧异，她压根就没想到李景泽会对她有想法，毕竟她与苏辉的恋情已经公开化，她不知如何处理，最后还是把这件事告诉了苏辉。苏辉听闻大怒，当即想找李景泽算账，但转念一想，李景泽平时手下都有一班人跟着，如一人贸然前往，定会吃亏，还是再想想办法，但他实在咽不下这口恶气——竟然有人动他的女友，他先让寒冰不去赴约。

寒冰回了李景泽电话推脱说身体不舒服不方便，说了些感谢的话，李景泽说没关系等身体好了再约。

苏辉对李景泽恨之入骨，他几乎天天都盯着寒冰，总感觉她会与李景泽偷偷见面。

过了一段时间后，李景泽再次给寒冰打电话约她出来吃饭，寒冰说已有朋友约吃饭了，再次婉拒了他，李景泽似乎也不生气，说下次再约。

几天过后寒冰在一次饭局上再次见到了李景泽，她感到很吃惊，李景泽哈哈大笑，说约不巧倒不如碰得巧啊。

饭毕，李景泽和寒冰等众人走出酒店，刚好遇到了前来接寒冰的苏辉。苏辉一见寒冰竟然和李景泽在一起吃饭，当即沉下脸来，李景泽和苏辉以前就在一起吃过饭算是认识，他见到苏辉笑了笑，伸出手来，想和苏辉握个手，哪知苏辉似乎不认识他一样，拉起寒冰上了他的摩托车绝尘而去。

李景泽依然面带笑容摇了摇头，上了自己的奔驰 600。

新千年的正月十五晚上，S 县县城的市民有的在家观看元宵晚会有的到公园里观看花灯，有些年轻人相约在酒店喝酒，春节的气氛依然笼罩着小县城。

在县城最繁华的花园口，一场混战却又不合时宜地上演了。混战的双方牵头人是县城两大知名人物苏辉和李景泽，而他们约架的原因就是因为寒冰。

原来李景泽依旧对苏辉穷追不舍，这彻底激怒了苏辉，他电话约了李景泽于正月十五晚上八点在县城花园口进行普希金式的决斗，失败的一方必须放弃寒冰。

李景泽和苏辉担心自己吃亏便各带了十几个人前往约架地点，人人手握铁棍、砍刀，双方对立，简直是现实版的香港武打片。

李景泽和苏辉两人尚未正式动手，他们带来的人却因口角骂开，继而开始动手，接着双方一拥而上，正式开战。围观的人越来越多，造成了拥堵，来往车辆只好停下，司机们也加入了围观。有人被打趴下，有的人头破血流，眼看就要出人命，有人打了 110。不一会儿，县公安局的防暴大队警车赶到，两方人员立即作鸟兽散，被打趴在地上的人由警察打了 120 急救车拉到医院救治。

李景泽和苏辉没有受伤，各自跑回家，心神不定。

这一场约架作为全县的大新闻立马在县城大街小巷引发热议，当然了，人们的议论不仅是打架的本身，更多的是议论李景泽和苏辉的背景，甚至联想到了他们父亲之间的不和。

很快警察便找到了李景泽和苏辉，两个领头人因涉嫌聚众斗殴罪被拘留，这下惊动了他们的父亲能源大王李相东和县财神爷苏军。他们俩不是坊间传言的有矛盾，而是很好的朋友，并且还是初中时的同班同学。李相东先找到了苏军问如何解决这个问题，苏军正生着气，自从儿子考上公务员就没怎么管他，最近也听妻子说儿子恋爱了，还是同一单位的，这一切也似乎都很正常，没想到却捅出这么大的一个娄子来，他为自己对儿子失于管教而苦恼。当见到李相东时，他也只有苦笑。李相东说老同学现在也不要说儿子们的对错了，关键是把他们弄出来，说等景泽这小子出来非扒了他的皮不可。

苏辉和李景泽被处以治安拘留，几天后从看守所回了家。苏军见到儿子后严令不许再与寒冰来往，他认为因为这个女孩差点让儿子坐了几年牢，为了让两人不在一起，苏军建议儿子离开现在的岗位。

苏辉无奈，当他把这一切告诉寒冰时，寒冰崩溃地大哭，她表示不能接受，不知道自己究竟错在哪。

苏辉最终还是走了，他们的爱情也随之结束。

李景泽也再没有在寒冰的世界中出现。

这一切变化得太快，快得让寒冰猝不及防。时间是最好的良药，它还是不停地向前走，把记忆冲得越来越淡，也让寒冰留在心里的伤慢慢痊愈。

一切都要重新开始，寒冰发现分手后有一段时间没看书了，现在她下班回到家就开始看书，现在只有读书才能让她得到一些慰藉和充实。她爱上了博尔赫斯的作品，沉醉于他作品的超现实的幻想，这让自己一度忘记了现实的苦恼。

寒冰经过这一次的受伤，她甚至想永远关闭感情的闸门，她不再相信男人。但随着时间的推移，她的想法还是发生了变化，肖远在寒冰的生活里出现了。

那是在一个春光明媚的周六上午，她去县图书馆还博尔赫斯的一本小说集，想再借博尔赫斯的一本诗集。

当她在书架上找博尔赫斯那本诗集时，发现找不到了，她喃喃自语："难道博尔赫斯的诗集被人借走了？"

这时旁边捧着几本书的一个高大英俊的男孩看了一眼寒冰说："您找的是这本诗集吧？"说着从手中几本书中抽出一本递给了寒冰。

寒冰一看正是那本诗集，说："是的，你先看吧，等你还了我再借。"

"原来你也喜欢博尔赫斯的作品，想不到在这小县城还有这样的人。"那个男孩笑着说着，然后一直盯着寒冰。

"还是你先看吧，我这还有几本书要看呢，博尔赫斯真是一个有趣的灵魂。这样吧，我自我介绍一下，我叫肖远，在县供电公司上班。你呢？"

"哦，我……我……我叫寒冰，在税务局的纳税服务厅上班。”寒冰犹豫了一下，本不想介绍自己，最终还是说了。

“寒冰，好熟悉的名字，我好像在哪听过。”那个自称肖远的男孩低下头思考了一下。后来他抬起头怔怔地看着寒冰，看得寒冰都有些不好意思了。

肖远还想要寒冰的手机号，寒冰委婉地拒绝了。

几天以后的一个下午，那个叫肖远的男孩在寒冰的办税窗口前出现了，他冲着寒冰笑了笑，似乎有点腼腆。

“您来办业务吗？”寒冰问，随即又感到自己这样问似乎有些不妥。

“不是的，路过这里，顺便过来看看您。”男孩脸上一直挂着笑容。

“哦。”

“博尔赫斯的诗集看完了吗？”

“看完了，正打算这个周六去县图书馆还的。”

“那我就去县图书馆等你，你还了我再借，周六见。”肖远告别了寒冰，走了。

寒冰望着肖远的背景，不知怎的一下子想到了苏辉。

当寒冰周六来到县图书馆时，肖远已在等候。他还是面带微笑，那么彬彬有礼，这一次肖远借了周作人翻译的《枕草子》。

借完书后他们一起来到图书馆大厅，坐在大厅的椅子上，一起讨论博尔赫斯的小说，好多观点两人竟然有相同的看法，不知不觉已近中午，寒冰站起来告别，肖远再次向寒冰要手机号码，这次寒冰爽快地告诉了他。

不知咋的，寒冰自己也觉得奇怪，她看书的时候总会想到肖远，想到在一起讨论博尔赫斯的情形，她有一种想见肖远的冲动。

春天的感觉真好，街道边绿化带内的月季花已经开放，空气里都流淌着花的味道。寒冰下班后，会骑上单车沿着街道毫无目的地转悠，她喜欢这样自由自在、没有约束的生活。

有一天她转到一个单位大门前瞟了一眼门牌——供电公司，她立刻想到了肖远就在里面上班，她想他此刻在干吗呢。

图书馆有些日子没去了，她打算本周六再借一些书来看。

当寒冰走进图书馆时，吃惊地发现肖远早已在图书馆了，他依旧微笑着，对她点点头。

“我每个周六都会来这里，总希望能遇见你。”

“是吗？我好些日子没来了。”寒冰笑着说。

“这次你借什么书啊？”

“一本英国女作家的书。”

“哪个女作家？”

“安吉拉·卡特，我借了她的《爱》，听说非常好，我读完送给你看，然后还我就行了。”

“好啊。”

让寒冰没想到的是几天后的一个下午，快下班了，已经没有人来办业务，寒冰正昏昏欲睡，一个熟悉的身影出现在面前，是肖远。他微笑着递过来那本《爱》。

“我已看完了，书写得很棒，你看吧，看完后打我电话，我过来取就行了。”他告诉了寒冰自己的电话号码。

“谢谢，我看完就和你联系。”寒冰脸红了，她没想到肖远真的会送书来。

当寒冰看完《爱》后打通了肖远的电话，这是她第一次打他的电话，感到有点紧张。

电话接通后，寒冰告诉肖远书已看完，肖远约她晚上吃饭顺便把书带上。寒冰思考了一下，她与苏辉分手后就没有单独和男士在一起吃过饭，她想到了苏辉，但最后还是答应了肖远。

晚上吃完饭，他们一起散步，肖远牵着寒冰的手像一对恋人一样，寒冰没有拒绝。一阵风吹来，寒冰感觉有点冷，肖远把自己的外套脱下披在寒冰的身上，紧紧拥抱了她。

寒冰没想到和苏辉分手后这么快就进入了这一场爱情，她思想上似乎还没有准备好。

一晃又几个月过去了，寒冰和肖远每周末都要约会，肖远几次邀请寒冰去他家见见父母，寒冰都拒绝了，她会想起苏辉的家，她去了好多次，她曾经认为那就是自己未来的家，而如今只是梦一样的存在。她需要时间来愈合曾经的伤口，即使有了肖远的存在。

寒冰只要回到家，母亲总是在耳边唠叨，说和她差不多大的人早都结婚了，甚至孩子都上了幼儿园。唠叨多了，让寒冰很烦，搞得她都不想回家了。

寒冰的父亲是县水利局的司机，爱喝酒，只要是不出车的晚上即使没有别人请他喝酒，他也会在家自斟自饮。喝多了他就会耍酒疯，摔东西、打人，年轻的时候打老婆和孩子，后来孩子们长大了不好再打，但打老婆的传统一直延续下来。寒冰回家经常看到母亲被打得遍体鳞伤，她从内心厌恶父亲，甚至不想与他说话，她想尽快地离开这个家，这也是她想快点把自己嫁出去的理由。

2002年春节刚过，县城飘起了鹅毛大雪，情人节这天，肖远请寒冰吃饭，然后去歌厅，寒冰又点了那首《没有情人的情人节》，当熟悉的旋律响起时，她已泪流满面，这首歌有着自己太多的故事。这个夜晚肖远向寒冰求婚，寒冰答应了。

订婚前，肖远带着寒冰见了他的父母。肖远的父亲是一个乡镇的党委书记，母亲是县建设银行的副行长。见面后肖远的父亲给寒冰的感觉是一个很和蔼可亲的人，有着肖远一样的笑容，而肖远的母亲则显得高冷，不苟言笑，有一种距离感。见面后肖远的父母对寒冰很满意，也算是同意了。

经过商量，双方把结婚的日子选在国庆节，有与祖国同庆之意。

真正当结婚的日子临近时，寒冰心中有一种空空的感觉，她自己也莫名其妙，她甚至有一种荒唐的想法，就是在结婚前能见上苏辉一面。

国庆节的前一天，天空还很晴朗，而结婚的当天天气变阴了。

婚礼办得很隆重，肖远把婚礼的地点放在了新世界大酒店，双方亲朋好友、单位的同事悉数被邀请到场。肖远甚至还从省城请来了礼仪公司把婚礼搞得很现代，让人大开眼界。

闹洞房结束之后已将近夜里12点，寒冰和肖远感到很疲急，甚至连新婚之夜的亲热都省去了，当二人脱去衣裤相拥而睡时，寒冰却又没有了睡意。她在黑暗中睁着眼睛，又想到了苏辉。睡不着干脆不睡了，寒冰索性玩起了手机，她不知道苏辉是否知道她今天结婚，她没有告诉他，而现在她却又十分想让他知道，她用手机编了一条短信发给了苏辉：

“苏辉，你还好吗？今夜我已成了别人的新娘。”

她在等着苏辉的回复，但过了好久也没有见到他的回复，她想或许苏辉睡着了没有看到吧。睡在身旁的肖远响起了鼾声，声音时大时小，有时似乎有喘不过气来的感觉。这让寒冰有些心烦意乱，她闭上眼睛努力让自己睡，却怎么也睡不着，就这样迷迷糊糊到了天明。

第二天早上，肖远起床后习惯性地拿起了手机，突然愣住了，寒冰还在床上眯着眼睛，肖远满脸通红，推了推寒冰说：“这是咋回事？”

寒冰接过手机一看，脸腾地就红了。原来她昨天晚上发给苏辉的信息错发到了肖远的手机上。

“这……这……”

“苏辉是你的前男友？”

“是……是的……对不起，我发错了。”

寒冰说话吞吞吐吐，一时竟不知道如何回答。

“唉！”

肖远长长地叹了一口气。

“我不管你们以前咋样，我只看我们的未来，希望你好自为之吧。”

寒冰用被子蒙住脸，泪水从眼中流出，她对自己很气恼，怎么会犯这样一个低级错误呢？她仿佛看到一道刚划过的伤口正开始流血。

结婚后一切都变了。当每天真正面对柴米油盐酱醋茶、锅碗瓢盆交响曲时，生活的浪漫仿佛也渐行渐远了。

作为新媳妇的寒冰下班回家要与婆婆一起做饭，婆婆天生就是一个领导，在家里指挥寒冰洗菜切菜炒菜。寒冰性格懦弱，尽管心里不乐意，但还是做了，她不想与婆婆产生矛盾。

晚上睡觉时，寒冰有时会与肖远倾诉与婆婆相处得不愉快，肖远刚开始还听一下，后来次数多了便显得有点不耐烦了。

寒冰与肖远讨论文学的时间越来越少，肖远回家后基本不做家务，不是在书房里看书就是坐在沙发上看电视或玩手机。晚上寒冰做完家务后感到很疲劳，就想尽快躺到床上睡觉，甚至连话都不愿多说。双休日，寒冰会翻看一下肖远借的书，也偶尔会与肖远讨论下书中的内容，只是再也没有了恋爱时的感觉了。

后来，县城的大街小巷都在飘着刀郎的《2002年的第一场雪》，一场大雪也随之而来，大雪纷纷扬扬，仅仅半天工夫整个世界就白了。

到下午下班时雪还在下着，冬天天黑得早，5：30刚下班时天就黑了，她想迟点回家，看肖远会不会开车过来接她。

寒冰下班后已等了30分钟，还是没有看到肖远来，也没有给自己打个电话，她失望地摇了摇头，踩着脚下的积雪走向了自行车棚，此刻，雪依然还在下着，似乎发出哭诉的声音。

寒冰身上已经有一个月没有来例假了，并且经常有恶心、呕吐的感觉，莫非怀孕了？她想，晚上睡觉时她把这事告诉了肖远，肖远说本周六去县医院检查一下吧。这才周二还有四天才到周六，寒冰也不想为这事专门找领导请假去检查，这样可能会让单位所有人知道，但她又想快点知道结果，打算明天中午下班后去药店买测孕棒先测一下。

第二天中午下班后，寒冰买了测孕棒，迫不及待地进入家里卫生间进行检查，当她拿着测孕棒走到阳台对着太阳看时，两道清晰的红杠像红色的蚯蚓在阳光下游动，这就是生命啊。

此时肖远正躺在床上玩手机，寒冰把这个消息告诉了他。他抬头看了寒冰一眼，脸上又出现了他那经典式的微笑。

“哦，这个不一定准确，还是到医院里检查准确。”

“你陪我一起去吗？”寒冰问。

“没要紧的事陪你一起去。”肖远又拿起了手机，不再看寒冰。

孕检的结果出来了，阳性。看着检查结果，寒冰觉得奇怪，竟然没有特别兴奋的感觉，肖远也是，他好像去菜市场买菜一样，没什么特别反应。

婆婆一如既往，并没有因为寒冰怀孕了对她有特殊照顾，她甚至还对寒冰说不要太娇气，说她怀着肖远时直到快生时都还在厂里的车间上着班呢。

孩子生下了，是个男孩，在为儿子取名字时，一家人又产生了分歧，公公婆婆希望以孩子生辰八字来取，而肖远想给孩子在四书五经中取一个有文化韵味的名字，寒冰想用电脑打分的方式，认为只要名字得高分就可以，几个备选姓名在三方之间没有一致性，按生辰八字取的名字没有文化韵味但获得高分，电脑打分得高分又不符合生辰八字或文化性，争论一直持续着，直到孩子报户口的最后期限到了，肖远去派出所报户口时就按自己的意愿给孩子取了一个很有文化韵味的名字——肖博艺，是博通艺文的意思，出自《孔子家语·弟子行》："好学，省物而勤也，是冉求之行也。"

孩子名字定了后，大家就不再争论了，"肖博艺，肖博艺"大家喊着也就习惯了。

寒冰坐月子时，婆婆还没退休，正常上班无法在家照顾她，而寒冰的母亲没有工作便过来照顾寒冰。

寒冰觉得婆婆似乎瞧不起自己的母亲，不拿正眼瞧她，心里很不舒服。面对寒冰婆婆的冷言冷语，寒冰的母亲也不是省油的灯，给以回击，只是还没有发展到吵架的程度。

为避免矛盾，寒冰和肖远商量请一个保姆，让母亲回家，肖远也同意了。

但找到保姆后，问题也接着来了，有时保姆甚至奶瓶都不刷直接冲奶，只有辞退再找，这个保姆又不勤快，不主动做事，好像来这养老了，只好再辞退，反反复复换了好几个。寒冰觉得很累，眼看产假快休满了，可孩子让保姆带又不放心，只好又把母亲请了过来。

寒冰觉得只有一家三口搬出去不和公婆一起住，母亲过来带孩子才不至于与婆婆造成更大的矛盾。搬出去意味着要买房，她把想法告诉了肖远，肖远说和父母商量一下，商量的结果是肖远的父母很乐意并且说他们如果单独买房会拿出付首付的钱。

房子也买了，但不是现房，即使房子下来，装修也要一段时间，眼前出去住只有租房了，肖远又不同意租房，但在寒冰的坚持下还是妥协了。

房子租下了，寒冰的母亲也来了，但新的问题也来了，肖远嫌岳母太唠叨，带孩子声音太大影响他看书。寒冰很生气说嫌吵闹自己请假在家带孩子去，肖远便不再说话，时间长了两人之间的矛盾越来越多。

当肖博艺到了上幼儿园的年龄时，肖远的母亲也退休了，寒冰的母亲便回家了，肖博艺大部分时间都待在奶奶家，只有双休日，寒冰和肖远会去接回家。

当双休日一家三口在一起时，寒冰带孩子就无法做饭，而肖远既不想带孩子又不想做饭，寒冰实在忙不过来，就很生气，争吵就不可避免。后来肖远双休日索性就住在父母家不回自己的小家了。

肖远对寒冰越来越冷淡，说话也越来越少，以至于后来分居，肖远在书房里看书，就在书房间里安放一张小床，晚上看累了就睡在那儿。

寒冰怀疑肖远有外遇，但又没有证据，就这么一直耗着。肖远的性格似乎变得越来越古怪，寒冰听人说肖远好像在练气功，又听说在研究《易经》。

直到有一天晚上吃过饭，肖远开口说话了，他说想到浙江去见一位大师，问寒冰去不去？寒冰想了下说好的，她也想出去散散心，和肖远刚好有一个单独交流的机会。

一个春光明媚的周六清晨，肖远说到浙江转转吧，寒冰说好吧，他们开车向浙江奔去，浙江境内山高林密，满眼望去，山花浪漫，有别于江苏家乡的平原水乡。寒冰坐在车的后排，肖远驾驶车辆，一路无言，寒冰望着窗外一晃而过的风景，刚开始还有兴致，看得久了便也不觉得新鲜，渐渐有了困意，便把头靠在椅背上迷迷糊糊进入了梦乡。她梦见了和肖远在图书馆一起看书，一起讨论大江健三郎的作品，因观点不同争论起来，并且争论很激烈，她开始大喊大叫。梦醒了，寒冰看到车窗外一晃而过不断变幻的风景，她揉了揉眼睛，望了一眼肖远，他依然面无表情地开着车。

中午 11 点多，他们下了高速，寒冰看到公路旁边的大牌子上标有天台山景区多少公里的字样，才知道是来天台山了，肖远只说来浙江没说到什么具体地方，寒冰也没问。在进入景区前他们选择公路边的一家农家乐吃了午饭，回到车上继续往前走。道路似乎越来越窄，路两边是陡峭的山崖，肖远平时很少开车走山路，车速放缓，远远看见一个古刹出现在前方，由于是盘山路又开了好久，终于到了古刹的山门前，山门前有一个不大的停车场，肖远把车停好和寒冰一起进入山门。寺里香客不多，肖远在大雄宝殿里请了香后走到院里把香点燃插在香炉里，整个院子里弥漫着香的味道。在大雄宝殿，肖远向负责请香的师父打听一位法号叫妙真的师父，那个师父说妙真师父在后院西禅房打坐念经了。肖远带着寒冰来到后院西禅房，门关着，透过窗户果然看到一个约60岁的师父闭着眼睛在打坐。肖远和寒冰站在门外不好打扰。过了约20分钟门开了，老师父从里面走了出来，肖远迎了上去，问师父可是妙真师父？那个师父说请问施主有何事。肖远说是一位朋友介绍来向大师请教一些问题，妙真师父请二位进了禅房。肖远说已对凡尘厌倦想皈依佛门，请师父收作俗家弟子。寒冰吃了一惊，在她看来肖远似乎还没有看破红尘之感。妙真面带微笑让肖远说说具体遇到了什么事，肖远便说了家庭生活的苦恼，妙真看了一眼寒冰问可是夫妻？肖远说是，在肖远说完后，妙真也问了寒冰一些问题，便开始讲解佛经，说肖远尘缘未了，还不能入佛门，让肖远抛却太多的欲望，好好生活，不知不觉几个小时过去了，眼见天色渐晚，肖远和寒冰告别妙真师父开车下山，对于妙真的讲解他俩似乎有所悟又有所不悟。

第二天上午，他们再次上山看了石梁飞瀑等景观，下午便开车返回，同样是一路无交流。

肖远已有几个月时间独自睡在书房里。他们似乎已形成了一种默契，各自干各自的事，平时很少说话甚至好多天也不说话。

一转眼几个月过去了，春节将至，一天晚饭时。多日不开口的肖远突然提出要带肖博艺去香港迪斯尼乐园玩一玩，问寒冰去不去，寒冰想了想，答应了，香港她也没去过，说不定去了后也能改善和肖远的关系。

与上次去天台山一样，在飞机上寒冰与肖远还是没说几句话，还好有孩子在中间调节，不至于太冷清。到香港后他们找了一家旅行社，由导游带着游玩，寒冰和肖远一起陪孩子玩了迪士尼乐园，回到酒店后，他们因一件小事又吵了几句，第二天的行程寒冰干脆一个人待在酒店不出去了，肖远陪着孩子跟着旅行社玩了其他一些景点。第三天也是如此，寒冰没有一点玩的兴趣，每天只是待在酒店里看电视，直至返程回家。

寒冰早已厌倦了这种生活状况，想到了离婚，也在肖远面前提过，但是他默不作声，她不知道他心里想什么。

春节过后情人节又即将到来，雪又开始纷纷扬扬地下了起来，直到情人节这一天雪才停住，天也放晴了，整个世界好像除了白再没有别的颜色。街上的花店早早就开了门，火红的玫瑰花好像是白雪世界里的一团团火焰。

肖远这天早上也起得早，他走进寒冰的房间，他对寒冰说："今天我们去民政局把手续办了吧。"寒冰听这话吃了一惊，像陌生人一样望着肖远，但立刻恢复了正常，她说："好吧，10 点钟准时在那等。"

办理手续的是一位 50 来岁的阿姨，她很和善，例行公事地说："婚姻不是儿戏，想清楚了吗？"肖远点了点头，寒冰也点了点头。婚姻只是个形式，不到半个小时，两本离婚证就办好了。孩子由寒冰抚养，房子归寒冰，肖远可以继续住在房子里，维持当前的生活状态，这是他们来之前就商量好的，属协议离婚，他们的生活与以前相比只是多了两个小本本而已。

来到大门口，肖远拥抱了一下寒冰说："离婚了我们还是朋友。"这一刻寒冰竟泪流满面。肖远上车后扬长而去，寒冰望着远去的肖远，头脑中涌现了与他在县图书馆相识的一幕幕，她站在台阶上怔怔地待了一会儿，走向了自己的电动自行车。

“没有情人的情人节，多少会有落寞的感觉，为那爱过的人不了解，想念还留在心里面……”大街上飘荡着孟庭苇的这首老歌《没有情人的情人节》，这歌声如同美丽的记忆在白雪皑皑的大地上飘荡着。

远方的呼唤

1

出差了10多天里，一种无形的沉甸甸的压力，像压着一块石头，让我感到身心俱疲。好在完成了任务，坐在回家的火车上，我最想见到的是已经有20个月大的儿子阳阳，恨不得一步就能迈进家门，我无时无刻不在想着他。

车窗外春意浓浓，田野里麦田绿油油的，像绿色的海洋。蔚蓝的天空如同水洗过一样，看不见一丝云彩，苍穹之下田野上偶尔会出现一大片金黄色的油菜花，像金黄色的绸带，随风舞动，也有各色小花从窗外一闪而过，如天空中的星星。

我归心似箭，外面迷人的春色对我来说丝毫没有吸引力，我满脑子都是儿子阳阳可爱的模样。

尽管儿子才20个月大，但他已经可以叫我爸爸了。只要我在家里，他会一直缠着我，让我抱他，逗他玩。他会抓着我的耳朵，用满是口水的嘴巴亲我的脸，弄得我满脸都是口水，他笑我也笑。有时还会趁我不注意一把抓下我的眼镜，当玩具玩，当我费好大周折哄着把眼镜拿到手时，眼镜不是腿断了就是整个变形没法再戴了，一年来，我的眼镜已换了三副。

我无数次想象着儿子见到我的情形，让我抱，亲我的脸，翻我的包……

当我背着大包小包气喘吁吁地赶到家时，原以为儿子会喊着爸爸扑向我的怀抱，但让我失望的是儿子并不在家。

或许被他奶奶带到外面玩了，我想阳阳不会被他妈妈带出去的，因为他妈妈这会儿正上课呢，我知道现在还没到放学的时候。我的妻子小翠是一名小学教师，还是六年级毕业班的班主任。

我连忙打电话给我母亲，母亲说正和阳阳在小区的广场上，阳阳正和一群孩子玩得欢。我说我已经到家了，她说待会儿就回。

阳阳到家后见到我好像没看见一样，独自玩着一个小皮球。我逗他说话，让他喊爸爸，他也不怎么理我。天哪，这才分开 10 多天就成这样了。我连忙从包里拿出新买的玩具和他爱吃的东西，他这才慢慢地恢复和我亲近。

不一会儿，妻子小翠放学回来了，她也不跟我打一声招呼，直接去厨房做饭了，我知道她还在生我的气。

大约两个月前，我们单位组织了一次全县会计从业人员继续教育培训，也就是对全县已取得会计从业资格人员的年度继续教育培训，这种培训每年都要组织一次。我是这次活动的具体组织者，这是由我的工作性质决定的，我是县财政局会计科副科长，科长老王明年就要退休，他现在基本不管事了，局里召开的部门负责人会议有时他会参加一下，能让我代开就让我代他参加了，没有会议时他每天只是上午到单位转一转就回家了，看来已提前进入了退休模式了。

科里还有一个刚毕业的大学生小胡，是个女孩子，一些重要的业务还接不上手，主要负责发通知、接打电话等简单工作。这样一来，科里的重担基本上就压在我的肩上了，好多人都认为我是科长的铁定接班人。

会计科有一项重要工作就是对全县所有设账的单位进行建账监管，主要监督建账单位的会计记账是否规范、科目设置是否正确等，这样一来我就与全县好多企业的会计相熟。

程晓娟就是我在工作中认识的一个纺织公司会计，她热情大方，身高大约170cm，披肩长发，在我看来属漂亮的一类。她是我喜欢的类型，这一点我不否认。认识她是在一次会计业务培训会上，那次培训会由我进行业务授课，临近尾声有一个环节——提问环节，对我讲的内容不明白或其他方面的问题进行提问。第一个站起来向我提问的就是程晓娟，记得她提问的问题是关于错账的会计处理问题，她对我的回答很满意。

此后不久，她到我办公室又向我请教了一系列业务问题，向我要了手机号码并加了我的微信，说是遇到问题好随时请教。

不久我的手机上便出现了许多程晓娟的微信，当然大多是关于业务方面的，也有少部分是与业务无关的，无非是发些搞笑的段子和小视频。

我这个人没有删除手机内容的习惯，通常只有手机上提示空间已不足时才开始清理。妻子小翠通常也没有查我手机的习惯，在学校上课放学回家还要做家务照顾儿子，搞得她精疲力竭哪有闲工夫查看我手机。有时晚上儿子睡着了我们躺床上玩手机，我偶尔会向她说一些单位上的趣事，她都会不耐烦，让我打住，她说只想静静。

有一天，我正在卫生间洗澡，手机放在床上，当我洗完澡出来，小翠异样地望着我。

“程晓娟是谁？”

“一个企业会计，怎么啦？”

“她为什么给你发这些乱七八糟的东西？”

原来是程晓娟来了电话，我洗澡没听到，小翠拿过电话一看是个女人的名字就来了兴趣。

小翠怀疑我与程晓娟之间有着说不清道不明的关系。

我一把抢过手机，瞪了她一眼。

“能有什么？难道我就不能和女人有接触？”

谁知小翠竟不依不饶，一场战争也就不可避免地发生了。

此后几天，小翠都不怎么理我。刚好我又接到要去外地出差的通知，再次回到家时已经是十几天以后了。

吃饭的时候我与小翠说话，她依然不耐烦地简单应答，晚上睡觉时，我想与她亲热一下，谁知她竟转身背朝我。

第二天上班，老王不在单位，看来局里没有开会。

我把近期要做的工作简单理了一下，小胡过来向我简单汇报了一下我出差期间科里的工作进展情况。我沏上一杯茶，随手翻了翻刚送到的报纸，对于报纸我基本上都是浏览标题，也没有时间看具体内容，除非遇到特别感兴趣的内容才会把具体内容仔细看一下。

我喝了一杯茶，坐在椅子上，头靠在椅背上，闭上眼睛，把出差的内容在头脑中梳理了一下，准备去向分管的局长作一下汇报，按程序先要向科长老王汇报，但以往向他汇报时他总是摆摆手让向分管领导汇报。他不想过问那么多事，以后我索性就不再向他汇报工作上的事情了。

在我离开办公室去找分管局长汇报工作之前，我习惯性地翻看一下手机，发现收到了一条微信，是程晓娟发来的，我在出差时就告诉了她回来的时间，她知道我今天上班。

她问我晚上是否有空，想约我吃个饭。

我犹豫了，回了信息说下午再联系。

这一天，我几乎都不在工作状态，头脑乱得很，一会儿想到小翠，想怎样才能和她和好如初，一会儿又想到程晓娟的热情似火难以抵挡，如答应她晚上赴约，从内心来说对于和小翠的和好无疑增添了变数。

两个念头打架的结果是我决定赴约。

夜晚的县城是如此的美丽。柔和的月光洒满了城市的每一个角落，城市道路两侧的香樟树和绿化带里的花散发出的香味交织在一起沁人心脾，昏黄的路灯灯光迷离。有恋人手拉着手在散步，也有人在遛狗。京杭大运河从县城南部缓缓流过，运河岸边风光带夜风习习，岸边广场上跳广场舞的音乐声被风吹得或远或近。城市的近旁是农村，此起彼伏的蛙声打破了城市的宁静成了这个城市动听的歌声。

据县志记载，我所在的县文化底蕴深厚，前几年在县境发掘出一处古墓，还是一位诸侯王陵墓，出土了大量的文物，中央电视台还专门为此作了报道。县里领导看准机会，计划利用这张名片重点打造汉文化旅游资源，在通往县城的高速公路出口大圆盘路中间赫然立着一个汉代马拉车巨型雕塑。在县城里更有汉代酒杯、鼎等造型各异的雕塑竖立在显眼位置。县里大会小会提出“文化搭台、经济唱戏”，说到底都是在开发旅游资源，也是为了发展地方经济。

县城的城西部位是工业集中区，离发现的古墓不远，20世纪七八十年代，县里几个大型企业几乎全坐落在这里，有绢纺厂、棉纺织厂、化肥厂、磷肥厂、农业机械厂等，机声隆隆，一片繁荣。当时县里的财政收入百分之九十来自这些企业。后来国家开始大搞市场经济，在计划经济向市场经济转换过程中，一些国有企业开始走下坡路，我们县也不例外，这几个国有大厂效益都不太理想，后来各地开始招商引资大办经济开发区时，原来县里的几个国有大厂也完成了改制，由公转私，实行股份制，但这些企业依然没有重振雄风的迹象。县里为搞好开发区，出台了不少优惠政策，包括通电、通水、通气、平整土地等，“三通一平”等费用由县里出，而且在税收方面也给予很大优惠，包括先征后返的“五年五减半”政策，即前五年地方留存部分全部返还，后五年地方留存部分减半返还给引资的企业。在这样优惠政策的吸引下，不少老板纷纷前来我县投资办厂。开发区虽说也引进来了不少企业，有的企业老板在开工仪式上介绍引资额时号称上亿元甚至到十亿元，能给县里带来巨额税收。但从投产后的情况看也不似宣传的那样，有的企业厂房建好后就一直没生产过，有的甚至厂房都没有建起来，当然了，也有一部分企业效益还是不错的。

“企业老板比鬼都精”我们当地人都这样说，企业老板没有利润是不会前来投资的，之所以来到这县投资办厂主要看好这里廉价的劳动力以及便宜的原料。

程晓娟就在县开发区一家名叫雄伟纺织有限公司的企业上班，这也是一家从日本引资来的外资企业，相比较其他企业来看，这家企业效益还算好的了。

我参加过这家企业的开工仪式，那时与程晓娟还不认识，开工仪式上，县四套班子领导全部出席了，县长主持仪式，县委书记讲话。

企业投产后我到我来检查过几次，也知道企业的老板叫黑雄先生。

偌大的开发区，白天还有一些车辆以及一些工人进出，到了晚上几乎看不到车和人，静得可怕，路边细长的路灯发出昏黄的光，如同鬼魅。

开发区与城区结合部位，有一条不像样的街道，说是不像样，是不成规模，只有零星地散落着几家小吃部和小超市，顾客主要是开发区的工人，开发区不景气，这里也就不太景气，这是相辅相成的。

我与程晓娟约定把吃饭的地点放在了这里一家名为“王四家常菜馆”的小菜馆。这家小菜馆我以前来过，感觉菜的味道不错。当然了，选这里更主要的原因是这里的人少，几乎不会遇见熟人，也就避免了遇见熟人的尴尬。

当我开车到达“王四家常菜馆”时，程晓娟已到达多时，她先在手机微信上告诉了我包间号，因此我直接进入到包间里。

“能把领导请来不容易啊。”程晓娟面带微笑，赶紧为我倒水。

“不介意吧？”我掏出了烟。

“没事，和我在一起你尽管放松。”

她说早已习惯了，因为她老公也抽烟。

“你出来和我一起吃饭不怕老婆知道把你吃了？”她咯咯地笑起来。

“吃了好，我才不想来这世间遭罪呢。”

“怎能这样说呢？至少还有我陪着你啊。”

程晓娟温柔地看着我，一边拨弄着长发。

“别这样说，点菜吧。”我看着程晓娟，却仿佛看到了小翠坐在那，对我怒目而视，一丝心虚的感觉一掠而过。

我走到窗前，推开窗，天空中繁星点点，蛙声如歌如泣，起风了，城市的灯光被风吹得忽隐忽现。

程晓娟对我诉说了她的不幸家庭，她的老公吃、喝、嫖、赌、抽样样精通。她说上高中时班上有一个男孩特别喜欢自己，她也喜欢这个男孩，这可以说是她的初恋，那种感觉很朦胧。由于学校严禁学生谈恋爱，这个男孩子就采取偷偷递纸条的方式在星期六晚上与她约会，她也去了，一切都很隐蔽，有一种做小偷的感觉。

她说她那时对自己的出身感到自卑，她在农村长大，父母都是地地道道的农民，而这个男孩子的父亲是一个乡镇的党委书记，母亲在县税务局上班，家庭条件优越。这个男孩不但家庭条件优越而且成绩也很优异，一直保持在年级前五的位置，学校把他列入了考清华、北大的种子生范围，而她的成绩却一般。

不知什么原因，高三上学期他们的地下恋情还是被学校知道了，学校分别找了男孩和她谈话。在与她谈话时，学校领导明确对她说必须立即停止这种危险行为，否则会影响男孩的高考成绩，甚至说关系到学校乃至全县高考成绩。当时她就觉得不公平，凭什么说我会影响他，难道他就不会影响我？顿时有一种被轻视的感觉。

校方也通知了双方的父母，周末程晓娟回到家时，被愤怒的父亲狠狠地扇了一记耳光，说她丢尽了人，而母亲只是在一旁不停地抹眼泪。她本不想继续上学了，但禁不住母亲苦劝和班主任亲自来她家做工作，她又回到了学校。她感觉所有人都用一种怪怪的眼神看着她，看着她抬不起头来，她与那男孩不再说话，即使走在对面，看见男孩欲言又止，她扭头就走尽量避开他。

高考结果也在预料之中，那个男孩如愿考入北大，成了整个县城的荣耀，而她只有接受落榜的现实回到农村。男孩上大学后立即给她写信，想再续前缘，但她明白这已经不可能了，他们已成了两个世界的人，她感到他们中间有一道难以逾越的鸿沟，她没有回信，男孩子还在不断写信，她一封也没回，后来信逐渐变少以至于再也没有，她最终结束了这并不算美好的初恋。只不过有时她在梦中还会见到那个男孩，醒来后通常是满脸泪水。

后来，农村兴起外出打工潮，她随村里人一起南下广东在一家电子厂打工。俗话说男大当婚女大当嫁，几年过去，同村的小姐妹都已结婚生子，她也早已到了嫁人的年龄。有不少小姐妹给她介绍男朋友，也有不少热心的亲戚张罗牵线，但她都不太满意，她无意中就会与初恋的那个男孩相比较，感觉他们都太俗气和肤浅了。

一晃快 30 岁了，这个年龄在农村还不结婚简直不可思议，会被人认为不正常的，她忍受不了世俗的眼光，就打算随便找一个男人结婚算了，这个男人就是现在的老公。她的老公职高毕业，城镇户口，祖上一直住县城，他本在县化肥厂上班，后来县化肥厂倒闭，他也就成了无业游民，整天游手好闲。她说她并不喜欢这个男人，但在村里人看来，男方是城里人，家庭条件还可以，又没什么负担，这样的对象到哪找去？经不住众人劝说，她也就同意了。她说当时她找的只是可以结婚的对象，而对方看上的只是她漂亮的外表。

程晓娟说，结婚后她在县城一家服装店给人卖服装，工资少得可怜。白天基本看不到老公，他整天和一群无业游民在一起鬼混，没钱就找她和父母伸手，有了孩子后家里的经济更加捉襟见肘，吵架也就成了家常便饭。这个男人不但动口而且动手，吵架后经常被老公打得遍体鳞伤。

程晓娟给我讲她的经历，好像是在讲述与自己无关的别人的一个故事。

我问她为何主动与我联系并请我吃饭，她笑着说看上我的权力了。我微微一笑，本人也不是什么大领导，甚至称不上领导，县财政局的会计科副科长说好听也带一个“长”字，按职务序列排名只是一个科员级，属最低的一级。此时我脑海中竟然出现了近期一些贪官落马的新闻，通报中大都赫然写着权色、钱色交易的内容。我潜意识把自己也与他们划为一类，想想这也太高看自己了，我也没有权色、钱色交易经历，至少到目前是这样。

程晓娟说：“你是一直管着企业财务，与你搞好关系至少不会为难我做账的几家企业，同时看出你是一个实在的人，说好听点是一个好人，说不定可以多介绍几家企业的账给我做。”

程晓娟的直率程度让我暗暗吃惊，我笑着对她说：“看来会让你失望了。”

菜上来了，她问喝什么酒，白酒还是啤酒，我说：“你是想让我被警察抓进去蹲几天吧，我开车呢，哪能酒驾啊？”

她说：“没事，我开你的车送你回去，我的电瓶车就放这，明早我坐公交过来就成了。”

吃完饭已经晚上10点多钟，在送我回家的车上，我感觉头昏昏沉沉，点上了一支烟，打开一扇车窗，头靠在椅背上，闭上眼睛，晚风吹进来，顿时头脑清醒了许多。

“你一定与老婆闹别扭了。”

“何以见得？”

“以前请你好多次，况且有时还是以单位的名义请你，你都不来，而这次就请出来了，难道不能说明问题吗？女人的第六感告诉我的。”

我苦笑一下，说家家都有一本难念的经，没什么的。

此时道路两边的人行道上，几乎看不到行人，月亮也躲到云层里，夜色暗下了许多，路灯把绿化带中梧桐树的影子拉得又细又长，整个城市渐渐进入了梦乡。

2

科长老王正式退休了，我顺利接任了他的科长职务，成了名副其实的部门负责人，我整天不是在开会就是忙业务，忙得不可开交。目前科里只剩下我和小胡两个人，人手严重不足，感觉有点忙不过来。我去找局长要人，局长说现在各科室人都很紧张，调不出人，只有等到秋天向县里报公务员招考计划时多招些人来。

县里市场管理部门每月注册的个体工商户及小微企业的数字不断攀升，增长的数字惊人，这也说明了我们县市场活跃，但这也增加了我们科的业务工作量，工作对象增加了，对会计建账监管的规范化不能变。

最近一段时间，我和程晓娟所在的雄伟纺织老总黑雄先生见过几次面，其中有一次是程晓娟以公司安排的名义请我吃饭，说黑雄先生亲自参加，我也就去了。黑雄先生基本上都待在日本，在中国大陆也投资了几个厂，每年他只是去各个厂转两三次，各个厂都有具体负责人在管理。

没想到黑雄先生中文说得那么好，交流基本没问题，他说他爷爷当年参加了侵华战争，日本投降后他爷爷回国后对自己犯下的罪行感到非常内疚，想尽最大努力补偿中国人民，就把这个愿望告诉了自己的子孙。黑雄先生的爷爷有生之年没有实现这个愿望，直到中国实行改革开放后黑雄先生才实现了爷爷当年的愿望，到中国投资兴办了好几个企业，所得利润大都捐给了当地的公益事业。

黑雄先生对中国传统文化很感兴趣，尤其是周易方面，可以说是中国通，得知我在这方面有所研究，有共同的兴趣，一来二去也就熟悉了。

县里对如何破解招商难题提出了“葡萄串效应”，也就是利用在本县落地生产的企业介绍同行前行投资。

县财政局也及时召开了招商引资推进会，传达了县里招商引资推进会精神，要求全体人员积极提供招商线索，当然了会上也提到了“葡萄串效应”招商方法。

一段时间过去了，效果似乎不明显，全局干部职工提供有价值的招商线索寥寥，局长也很着急，眼看县里新一期的招商简报就要下发，再无进展，县里就找没有进展的单位负责人进行诫勉谈话了。因此最近一段时间我们局长脾气很不好，老爱训斥下属，大概因为招商引资的事，搞得全局上下人心惶惶。

一天上午，局长打来电话让我去他办公室，我心里一惊，做好了挨训的准备，怀着忐忑不安的心走进了局长的办公室。

局长让我坐下，递给我一支烟，他自己也点上，在简单问了科里工作开展情况后，他接着话锋一转，问我招商引资线索之事，我说暂时还没有有价值的线索。

没想到局长刚才还算和蔼的脸色一下子就变了。

“你就没有好好动脑筋！没把这事放在心上，业务工作重要，招商引资工作同样重要！这是一项政治任务，要有政治敏锐性。”

局长最近一直提“政治敏锐性”这个词，他已经把招商引资上升到一个政治高度了。

“我也在努力地找，电话问了不少老板，他们对我们这里的投资环境都不是太感兴趣。”我低声地说。

“听说你和雄伟纺织公司老总比较熟悉，为什么不好好谈谈？”

“黑雄先生最近很少来厂里。”

“不能电话联系吗？实在不行我们可以去日本啊！”

“我尽快联系一下。”

“你必须今天就要联系！”

局长冷冷地盯着我看，用一种不容置疑的语气对我说。

走出局长办公室后，我立即给程晓娟打电话了解黑雄先生最近是否来公司，程晓娟说黑雄先生最近两天就要到，我心里一阵窃喜，忙对程晓娟说黑雄先生一回来立即给我打电话，我要拜访他，有要事相求。

程晓娟果真第一时间给我打电话报告黑雄先生已到公司的消息，我立马开车前往雄伟纺织公司。

黑雄先生见到我很高兴，与我说了他最近对《易经》的研究成果，尤其是对一个错卦的理解。

我与他交谈的时候没有忘记此行的使命，把话锋一转，问他日本国内的朋友还有没有想到中国投资办厂的？

黑雄先生略加思索，说确实有不少朋友问他关于中国大陆对于引进外资的一些政策，等他回国再问一下。

我把拜访黑雄先生的情况立即向局长作了汇报，局长要我抓紧催，盯紧一点。

县里月度招商简报下发了，县财政局没有实绩被通报批评。局长又把我喊到办公室了解与黑雄先生的沟通情况。

我说对这种事我也不好催得太紧，说实话其实我根本就没有催。一来我与黑雄先生没有熟悉到无话不谈的程度，二来催得太紧会引起对方反感，会从心里瞧不起咱。

半个月后，黑雄先生直接给我打电话，说他有一位日本国内朋友有意在中国大陆投资，近期会前来考察，我说欢迎他随时前来参观考察。

我在第一时间向局长报告了这一消息，局长也很高兴，也在第一时间向县里的领导作了汇报。县里的主要领导非常重视，认为这是一条很有价值的招商信息，要求县里的相关部门全力做好配合。

又过了大约半个月后，日本的客商在黑雄先生亲自陪同下来到了我县进行实地考察，县领导和我们局长亲自陪同，我也作为工作人员一并陪同做好服务。据黑雄先生介绍这位日本客商名叫山本，是日本纺织行业巨头，这次计划在中国大陆投下一个十亿元规模的纺织项目。

山本先生对我县的投资环境很满意，回国前就与我县签订了意向投资协议。

后来双方又针对一些细节问题进行了磋商，最终达成了协议，几个月后山本先生再一次前来我县签订了正式投资协议。

县局本年度的招商引资工作任务总算是完成了，我也成了县局招商引资功臣，感到无比骄傲。

县里在安排山本先生投资企业的具体帮办人时，毫无疑问把我安排为帮办人，必须要全天候服务。山本先生的公司从注册到征地手续繁多，科里的事也忙不完，再去帮办服务，我实在分不开身。局长也没有等到年底招公务员给我们科室安排人手，而是立即从下属单位——会计培训中心给我们科调来了一个精明强干的小伙子小李。

山本先生在我县投资的企业名叫兆和纺织有限公司，企业用地拆迁结束后，按照协议规定，山本先生一次性打入县招商引资专户资金 1000 万美元，山本先生计划投资总额达 10 亿元人民币，这在我县属投资较大的项目。

隆重的开工仪式随后举行，不但县四套班子领导全部参加，而且县委书记还邀请了市委书记参加，市委书记作了热情洋溢的贺词，黑雄先生作为特邀嘉宾也参加了。山本先生在开工仪式上也讲了话，对县里提供热情周到的服务表示感谢。

在帮办过程中，山本先生让我推荐一名本地的财务会计协助他们的财务总监开展工作，主要是跑银行及各部门。

我推荐了程晓娟，一方面程晓娟在雄伟纺织公司工作，熟悉日本人的工作风格，二来程晓娟对银行和各部门工作流程都比较熟悉，工作开展起来也方便，程晓娟在雄伟纺织公司不是坐班会计，有足够的个人支配时间。

在推荐程晓娟前，我与她作了沟通，她非常高兴，这毕竟是一份高薪工作，比雄伟纺织公司开的工资高多了，我同时也对她做了说明，工作时限为公司厂房建成投产时，当然了，公司到时是否选择继续用她是另外一回事。

程晓娟也表示了担忧，就是担心黑雄先生不同意，我说我会与他沟通。

在与黑雄先生商量时，他很大度，说只要不影响他公司的工作就可以了。

3

程晓娟到兆和纺织公司工作后，和我在一起的时间变多了，几乎每天都见面。我变得不像以前对她那么严肃，程晓娟天生就活泼开朗，有时还和我开开玩笑。

小翠还是像以前一样对我爱搭不理的，我下决心要改变这局面，为家庭营造一种和谐的氛围。

晚上睡觉时，儿子阳阳通常睡在我们中间，等阳阳睡着后，我到小翠身边抱着她，以往她会不理我，不是说来月经了，就是说身体不舒服，不想这事，想快活让我找那个狐狸精程晓娟去，让我很无趣。

现在她不抗拒了，但也像例行公事。

阳阳经常夜里睡觉不盖被子，给他盖上，他就踢开，冬天也是，有时候我们睡着了，阳阳经常一夜不盖被子，有时候难免会冻感冒了。

阳阳感冒后通常伴随高烧，有时候体温能高到40度，因为照顾儿子的事我和小翠也经常会发生争吵。

有时候阳阳发烧时，我要忙于单位和兆和纺织公司帮办之事，抽不开身来陪伴阳阳，有时候我要参加重要的会议甚至阳阳输液我也无法在场陪同。小翠忙于上课，有时也调不开课陪伴儿子输液，母亲年事已高，快70岁了，住在农村，本来身体就不太好，需要照顾。我们家阳阳出生后，我本来想请一个保姆帮带孩子，小翠不同意，说保姆带不放心，我说那咋办？她说让阳阳奶奶过来带，阳阳外婆有时过来协助一下就可以了。我说那我爸谁照顾？她说她不管，为此，我们俩吵过好多次，最终我老妈还是过来了，她心疼孙子。老爸由在同一个镇上工作的我妹妹来照看，也就是下班后去帮着做做饭洗洗衣服。

我爸爸作为一名基层乡镇领导干部，退休后就和老妈住在镇上，他们不愿意到城里和我一起住，说住单元楼里跟住在鸟笼子似的，很压抑。老爸退休后爱打麻将，从中午可以打到晚上，长时间打麻将得了腰椎间盘突出，腿麻走路不便，我不止一次地劝他不要这样打麻将，要加强身体锻炼，他总是不听，后来索性提出来要在家里开一个麻将馆，好痛快地打。我提出反对意见他也不听，后来干脆随他了，开麻将馆也好，他也不用到外面去打了，有老妈在家照看着他，倒也放心。

自从阳阳出生后，老妈来我家带儿子，周末回去，周一再来，如此往复。老爸虽说在家有我妹妹平时做点中饭，但下午下班后妹妹要回城里自己的家，这样一来晚饭还得自己做，毕竟年龄大了，有时热点剩饭吃也就凑合过去了，遇到身体不舒服可就麻烦了，老妈要回去照顾他，我和小翠就要轮换着请假带阳阳，生活简直就会乱成一锅粥。

阳阳的外婆在县交通部门退休后被单位返聘，身体也不好，因腰椎间盘脱出严重还做过手术，不能做重活儿。阳阳出生后，她也提出不去上班过来帮带孩子，但小翠不同意，这样一来，她就利用双休日过来帮带一下。

我向老妈承诺，等阳阳满 3 周岁上幼儿园后她就可以不来了，我们自己接送就可以了，现在阳阳两岁半了，还有半年就可以上幼儿园了。

在生第二个孩子的事上，本来小翠死活不要，说女儿石榴已 13 岁了，况且自己也快 40 了，眼看过几年，女儿上大学，就可以彻底放松了。我哄她让她只管生孩子，生下后她就可以不问事了，孩子到时不需要她带，她和我吵架时说我言而无信，现在还主要是她在带阳阳，有了儿子后她简直永无出头之日了。

我是一个很传统的人，一心想要个儿子，这样一来就儿女双全了，以前国家的计划生育政策没有放开，国家对二胎政策全面放开后我便开始计划生二孩了。我有时候也为自己的固执感到奇怪，小翠感觉我是不可理喻，都什么年代了还有这种思想，但经不住我死缠烂打，最终还是同意了，但前提条件就是生下后不要她带，她要自由，她不想再过生女儿时那样的生活。我答应了她，其实这是我的权宜之计，心想生下来后你不带也不行。

事实证明了男人的话是多么不可信。

阳阳出生后，我几乎没看到过小翠的笑脸，为了孩子的事跟我吵架的次数更多了，后来发生了程晓娟与我的“微信门”之事后就更加不理我了，我几次试图与她和好，但她都无动于衷，我感觉她已从心里鄙视我了。

4

在为兆和纺织公司帮办过程中，免不了要经常出差，有时我会和程晓娟一起出差，在一次和程晓娟出差去广州时，我接到了小翠打来的电话，说阳阳发高烧了，要到医院输液，当时是周六，老妈已回镇上老家。女儿上初三周六正常上课，家中只有小翠带着儿子。小翠说她一个人无法支撑，阳阳比较调皮，需要一个人抱着，另一个人协助才能平稳输液。

我说让阳阳外婆来帮助一下，谁知小翠一听就火儿了，在电话里对我大喊，说一遇到事首先想到的就是她的家人，有好处时再也想不到，还说我在外边逍遥快活了，阳阳发烧她也不管了。我气得说不出话来，我也不想出差啊还不是因为工作需要。她也不听，还说我就是在逃避带孩子，天生就享乐的主。我一再解释，她竟一下子把电话挂了，我只有干生气，赶紧打电话给我的妹妹，让她赶快去我家帮忙。

出差当天的晚饭是在酒店附近的一家当地特色小吃店吃的，因为阳阳发烧的事我心情不好，程晓娟说来点酒如何，我没有反对，于是要了一瓶白酒。她知道我不开心，安慰我说等儿子长大点就好多了，说我们明天尽快把事办完提前回家吧。

我不想说话，只是和程晓娟一杯又一杯地干，我不胜酒力，当一瓶白酒见底时，我已头昏目眩。

我回家后总感觉小翠望我的眼神怪怪的，晚上等阳阳睡着后，她淡淡地对我说："你和程晓娟一起在外面好快活啊，把我们娘仨早丢到脑后了吧。"她不知从什么渠道知道了我和程晓娟在一起出差。

"不是你想象的那样。"我狡辩道。

"唉，你要是真心想和她在一起，我可以退出。"她说话还是淡淡的。

"不要瞎想！"

"哼！把孩子问题考虑下吧，不能大人离了苦了孩子。"

她关了灯，背对我。

世界一片漆黑。

小翠和我持续冷战中，好多天几乎不和我说一句话，我被这种气氛压抑得快疯了。我想回到正常的家庭生活中，现在我感受不到幸福和温暖，这不是我想要的生活。

有一天下午快下班时，办公室只剩下我一个人，程晓娟走进我的办公室。

"如果是我而导致你家庭出现这样的局面，我很难过，我听别人说了你家的事。"她望着我，眼圈发红，似乎要流下泪来。

"这与你无关，我早已习惯了。"我叹口气说。

"我老公最近要出来了。"

"但愿这几年在里面通过改造能变得好一些。"

“狗改不了吃屎，我早就想和他离婚了。”

“为了孩子，还是不要离，和我一样，忍一忍就过去了。”

“我早已想明白了，如果他还是以前那样，必须离。”

她说得很坚定，一脸严肃，我对她的语气感到吃惊。

5

兆和纺织公司的帮办工作终于接近尾声了。

公司已开始投产，根据公司董事会研究，公司所有财务人员必须要求全职，不能兼职。财务总监对程晓娟的工作非常满意，征询她的意见是否愿意留下来继续工作。兆和纺织公司的工资收入要远高于雄伟纺织公司，但程晓娟感到雄伟公司对她非常好，尤其是黑雄先生对她也很信任，犹豫再三，还是拒绝了财务总监的好意，认为人活在世上不能单纯为了钱。

上次一起出差后，她就很少主动找我了，除非工作上的事必须要找我。

程晓娟回到了雄伟纺织公司。

我申请要结束帮办，但县里不同意，认为这是县里最大引资项目，要多服务一段时间，不能出现问题。

我开始两边跑，公司有事就到公司，局里有事就到局里。

一天中午我到兆和纺织公司办公，财务部的人来找我要程晓娟的电话，我说：“你们不是有她的电话吗？”他们说电话打不通，我掏出手机拨打了程晓娟的电话，直到出现忙音也没人接，过一会儿再打还是如此，中午下班后打依然如此。

我意识到程晓娟出事了。

下午的时候，我的手机上收到一条陌生人发的短信：

“我知道你单位和家住哪。当心你的狗头！”

隔着手机屏幕我都能感到令人不寒而栗的杀气。这是谁呢？我把前半生与人闹过的矛盾从头至尾滤了一遍，发现没与谁结下那么大的杀身仇恨。这时我脑海中突然想到一个人，难道是程晓娟的老公？

猜测很快就得到了证实。

程晓娟发了一条微信过来，说她老公出来了，听别人谣传她与我的事，气急败坏，今天上午抢了她的手机，查找证据，但她每次与我微信聊天后都及时删除了内容，因此他也没发现什么，请放心。

第二天程晓娟上班时，办公室就她一人时，用办公室的电话打了我的手机，详细说了前一天发生的情况。

她老公把她关在家里审问与我的事，她一口咬定除了工作什么也没有发生，他打她，她一声不吭，说当我打她电话时，她老公发现了要抢过来接听，她拼死也不让他接，说如果他抢去接她就去跳楼。她老公怕出人命，也就没敢强来，只是给我发了短信。

我把信息内容告诉了她，她听了，说放心吧，她老公这人她早已摸清了，不敢对你怎样，已对他说了，如动你一下手指头，她就立马与他离婚。她老公一直死活不愿离婚，现在坐过牢更不愿离了，离了后谁会要他呢！

我这才放下心来，但还是隐隐感到不安。

当我再一次向局长说我的帮办工作时，局长说这是县领导十分关注的项目，不能出现一丝差错，我说公司已正式投产好长时间了，运转很正常，真的不需要再去了，去了公司反而会嫌我在那儿碍事。

局长说好吧，等他向县领导汇报后再定。

兆和公司为我举行了欢送仪式，山本先生亲自参加了，他刚好在公司。公司也邀请了程晓娟参加，我们已经好久没联系了，这次见到她，明显感觉到她有些憔悴，不似以往开朗活泼。

晚宴结束后，程晓娟开车送我回去，她说她离婚了，我感到很诧异，她老公不是一直不同意离婚吗？这次咋又同意了呢？

程晓娟说这次他不得不离了，我问为什么，她说她老公出狱后江山易改本性难移，吃喝嫖赌的老毛病丝毫未改，在外嫖娼得了性病并传染给了她，开始她也不知道，后来感觉下身不舒服，到医院检查后说得的是一种叫尖锐湿疣的性病，还是高危型的，说如果治不好的话容易得宫颈癌。医生建议让老公也来一起查下，在他出狱后程晓娟没有接触其他男人，只有他会传染给程晓娟。他开始不同意，在她强烈要求下陪他去查了，结果也是这个病。毫无疑问，就是老公传染了她，他想抵赖说是她传染的，程晓娟说如果是她传染的她可以从楼上跳下去！她说离吧，如果不离，她会把他这丑事向全县宣传，让他无法抬头做人。她老公同意了，离婚后她净身出户，孩子是一人一个，女儿给了她，目前她在外租房子住。

程晓娟说："我在经过痛苦的治疗后，病毒已全部转阴，临床上已经治愈。"我说："没想到你最近经历了这么多的痛苦，有什么需要帮助尽量给我说。"

她说："今后不会麻烦你的，我不会让你家庭不安宁，同时我自己也想安静地生活。"

一阵沉默。

此时已是深秋，一阵风刮过，道路两边梧桐树上的叶子落到行驶中的车窗玻璃上啪啪作响。

6

我和小翠长期的冷战让母亲也非常生气，经常教育我和小翠，说夫妻床头吵架床尾和，说过讲过就过去了，夫妻搞得跟敌人似的有意思吗？有时说服不了我们也常常暗自垂泪。我很难受，毕竟母亲这么大岁数了，本应安享晚年，还要来给我们带孩子，我们还经常让她生气，更重要的是母亲身体也不好，有心脏病，做过搭桥手术也不能生气。

但不幸还是发生了。

那是一个周五的上午，我正在单位处理公务，突然接到一个邻居阿姨的电话说我母亲在小区广场昏倒了已送县医院，让我迅速赶到医院去。

我一惊，快速跑向自己的车，紧张得双手发抖，握不住方向盘，好不容易才镇定下来，向县医院飞驰而去。

到医院后，发现母亲正在手术室抢救，我联系了我妹妹，也联系了小翠告诉了相关情况，让她快速回家，阳阳还在邻居阿姨家里要去接回来。我没有打电话给老爸，怕他老人家担心，受不了。

安排好这一切后，我一个人坐在手术室门前的长椅上，双手抱着头，眼泪不由自主地流下来，我恨自己，这么大岁数了还处理不好家庭的事。

前一天晚上，我因一件小事又和小翠吵起来，气急了我甚至嘴里不干不净地骂了小翠几句，小翠立即也就回了几句，很难听。母亲在家里全听见了，很生气，说："你们都长本事了，在拿生你们养你们的父母寻开心。"

今天早上母亲就和我说心里有点闷，不舒服。我说："我到单位处理一下事情就回来带你到医院看看。"

我还未来得及带她去医院，事情就发生了，我想母亲一定就是前天晚上气出病了。

妹妹也从镇上开车赶到医院，妹妹紧张得一个劲儿地哭。

我忙安慰她，说没事的。

在几个小时的焦急等待后，手术室的门终于开了。

我连忙上去问情况，穿着白大褂的医生取下口罩，对我摇了摇头说："不行了，准备后事吧。"

我一下子瘫倒在地。

在母亲的葬礼上，小翠哭得死去活来。我不知道她是装的还是真心的，阳阳也一个劲儿地要奶奶，我又一次潸然泪下，脑海中从记事起与母亲在一起的情景如电影般一幕幕出现，是如此的温馨，现实却是如此的冰冷。

好多天后，我做了一个奇怪的梦。梦中母亲依然如从前的样子，她微笑着和我说话，说夫妻间要好好过日子，没有过不去的坎儿，日子过好了，对孩子，对父母都好，我点点头，说："妈，你就放心吧，我们一定改，我和小翠的行动就能证明了。"

母亲笑了，我也笑了。这时我醒了，发现枕头边泪湿一片。

相思树

1

1921年秋的一天，罗圩农田里的玉米叶已发黄，玉米粒已经开始变硬，玉米棒子顶上的红樱红得发紫，如同当时军阀大帅帽子顶上高高垂下的红缨。纤长的高粱在秋风里随风摆动，高粱熟了，高粱穗红红的，籽粒饱满，在阳光的照耀下，把天空映得红红的，如同天空中的晚霞。柿子像一个个红红的灯笼挂在树上，苹果由青色变红，鹅蛋形的梨子慢慢由青变黄。瓜果飘香，一片丰收的景象。

有喜鹊从天空飞过，发出一两声预示吉祥的叫声。

立秋过后，天气依然燥热，只不过早上和晚上还是有一丝凉风吹过来，让人感觉到夏天真的要过去了。

天空万里无云，看不到有一朵白云飘过，天越来越蓝，如水洗过一般。

下雨的间隔越来越长，以至于好多天也没有见到雨的影子，田间的土路已出现了细细的裂纹。

圩子里的人们正准备场地和农具为即将到来的丰收忙

碌着。

罗圩有圩墙、圩河，圩墙为土圩，圩河绕圩墙一圈。圩内住人，圩外种地，有圩门与圩外相通，几百户人家被圈于圩墙内。圩内有集市，也称罗圩集，逢集为农历尾数1、3、6、8日。时值乱世，土匪猖獗，圩门白天开放，有人值守，晚上关闭。

罗圩的主人名为罗生贵，一方士绅，被当时的泗阳县县长委任管理罗圩。罗生贵因个子矮小当地人称为小圩主，时间久了，罗生贵这个名字当地少有人叫，只记得叫小圩主。小圩主家有良田千亩，县里收钱筹粮都找他安排。小圩主为人和善，和家中的长工佣人相处很好，好像从来没有看到他发过脾气。遇到灾荒年，他会开仓放粱，赈济穷人，是个远近闻名的大善人。

罗圩集周围方圆数里田地大多是小圩主家的，当地人说小圩主是含着金钥匙来到这世上，祖上把一千多亩土地传给了他，他不用付出就坐享富贵。

有钱人苗稀，后代不昌盛，小圩主就是如此。

不知什么原因，小圩主的妻子李氏其实也怀了不少个孩子，不是胎死腹中就是生下后不久就夭折了，这一年年初，李氏好不容易生了一个儿子，取名金锁，意思用锁把孩子牢牢锁住，跑不了，后来证明果真没有跑了，活了下来。李氏生了金锁后，肚子就再也没动静了，去庙里烧香祷告了也没有用。李氏劝小圩主续一个小妾，好再给他多生养几个，哪知小圩主就是不同意。

在这硕果累累的秋天，小圩主整天忙得不亦乐乎，他亲自带着账房先生走门串户筹集钱粮修补圩子豁口，每晚带领圩子里青壮年进行巡夜，以防土匪入侵。

2

徐守业是小圩主的邻居，两人相处甚好，徐守业家有旱田30多亩，一家人吃穿不成问题。与小圩主不同，徐守业闺女众多，有4个，遗憾的是没有儿子。在重男轻女的年代，儿子是多么重要，徐守业为此发愁，却又没有办法，听天由命，眼见媳妇快40岁了，整天愁眉不展。后来杨氏又怀上了，徐守业又愁又喜，愁的是万一又是个闺女该咋办？喜的是又有了儿子的希望。只是杨氏这次怀孕与往常有所不同，肚子特别大。

中秋节后的一天，也就是农历八月十六杨氏临产了。

徐守业坐在自家堂屋的一个矮板凳上，天虽已转凉，但他的脑门上还是沁出了一层细密的汗珠。徐守业的父亲徐老爹也坐在前屋的一个高板凳上，清朝时留下的大辫子在民国兴起时已被迫剪去，但他还是留了齐耳的短发，脑门依旧光滑，西瓜壳帽子依旧戴在头上，这表明他还是一个恋旧的人。徐老爹正在吸烟，烟袋锅子里烟丝红红的，前屋的光线有些暗，徐老爹的烟锅在昏暗的房间一亮一亮的，照亮了他满是皱纹的脸。他吐出一口烟雾，甚至引发一阵剧烈的咳嗽，吐出一口带着烟味的浓痰，他会用脚在地上踏一踏，让刚才的痰在地上留下一道长长的痕迹。此刻他望着门口过往忙碌的乡邻，有人向他打招呼，他也不应一声，紧锁的眉头表明他正在思考什么事情。

徐老爹的老伴王氏此刻在堂屋跑出跑进，一会儿烧热水，一会儿拿毛巾，忙得满头大汗。堂屋的东厢房里不时传出杨氏痛苦的喊叫声，她正躺在床上，高高隆起的肚子像一个大圆球，她不时地用双手抓着床框，以减轻疼痛，只是似乎没什么效果。一个接生婆模样的女人坐在床前的一张椅子上，冷漠地望着床上痛苦的女人，或许她早已习惯了这场景。

"她大娘，见红了吗？"王氏问接生婆。

"见红了，快生了。"

接生婆淡淡地说。

点灯时分，屋外圆月高挂，皎洁如白昼。

房里传出了一声婴儿的哭声。

坐在堂屋里的徐守业脸上露出了一丝笑容，他起身向前屋走去，此刻徐老爹也站起身来，他应该也听到了婴儿的哭声，对迎面走来的徐守业说："让你娘快准备饭，接生婆在俺家已忙乎一天了。"

徐守业又折返回堂屋，对东屋中的王氏喊："娘！快点做晚饭。"这时只听见接生婆冷冷地说："急什么？还有一个。"她正用手轻轻地压着躺在床上的徐守业媳妇的肚子。

王氏已用准备好的小包被把刚生下来的孩子包好，抱在怀里。

"这是一个闺女，没准儿下一个是男孩子，龙凤胎。"王氏笑着对接生婆说。

接生婆眉头紧锁。

第二个孩子生下来了，是个男孩，小脸青紫，没有哭声。

接生婆用左手臂抱住孩子，用右手扬起巴掌向孩子屁股用力地拍了一下。

孩子依然没有哭。

男孩没活过来。

这个刚生下来的女孩子上面已有四个姐姐，排行第五，唤名五丫头。

此后杨氏肚子再也没有大起来。

五丫头不受待见，徐家上下都认为这丫头命太硬，克死了弟弟。

3

1934年，苏北泗阳一带土匪更加猖獗，匪患猖獗时，有圩子的村庄都加强了戒备，尤其是晚上，土匪经常来袭扰，乱放枪，搞得人心惶惶。

罗圩的圩墙是土墙，年久失修，甚至出现了许多豁口。为自保，小圩主组织了一支护圩武装，他筹集钱财，购置枪支刀具，日夜巡逻，保卫罗圩一方百姓安全。

小圩主每晚带人巡夜时必带着一个叫田玉的长工。田玉长得人高马大，一表人才。他是邻乡屠园乡人，3岁时死了娘，8岁时他爹成了土匪，在一次抢劫时被对方村庄上的保丁开枪打死，田家也没有人去认尸，认为做土匪有辱家风。田玉就跟着叔叔生活，每天去割草供应叔叔家的老黑牛。长到12岁时，叔叔也无力再养就把田玉领到罗圩小圩主家做了长工。

因为年纪小，田玉到了小圩主家依然是放牛和割草，到了十五六岁时已经和青壮劳力一样在田里劳动了。小圩主家有长工佣人十几人，而田玉这孩子是小圩主最喜欢的。每逢阴雨天无法干活时，小圩主家的佣人们喜欢一起玩骰子，田玉从不参与，他会静静地坐在自己房屋门口看着雨滴落在东面院墙下小花园中的月季花花瓣上，有时会静静地听隔壁院内的歌声，歌声哀怨，如泣如诉。田玉知道这是当地民歌《小五更》，当地人都会哼几句。他也知道唱歌的是徐家五丫头，徐家五丫头爱唱歌，去田里干活或阴雨天在家没事她就会唱上几句。她是天生的好嗓子，该高的高，该转弯的能转弯，圩里的小伙伴包括许多大人都喜欢听她唱歌，田玉也喜欢。他只能远远地看着或远远地听着。

土匪越来越猖獗，武器装备也越来越先进，居然用上了小钢炮，虽然是土匪自己制作的，威力也比钢枪大得多。由于圩墙是土墙，小钢炮一打便是一个洞。冬天的圩河防御功能已基本丧失，土匪们可以从结冰的圩河上走过来，从打开的洞口攻进圩子里去。

临近春节的时候也是土匪们活动最猖獗的时候，他们知道各家都备好了年货。

腊月二十八夜，天气异常寒冷，又下起了雪，纷纷扬扬，天地间一片雪白。人们都躲在家里围着烧旺的火盆烤火拉家常或早早上床休息。

三更时分，大队土匪前来罗圩抢劫，围墙被土匪用小钢炮炸开好几个豁口，圩内好多参与巡逻的青壮年都去赌钱了，给了土匪们以可乘之机。土匪们进圩后，疯狂抢劫，掠走大量年货及牲畜。

土匪们本来想抢小圩主家，当土匪们攻破圩墙时，小圩主把所有防守人员全撤到自己家，依靠院墙进行抵抗，土匪们久攻不下，只好放弃。

这次防守战中表现抢眼的一个人就是田玉，虽然他只有17岁，但在这次防守战中表现勇敢，小圩主给他配发了一支钢枪，把他当作一个青壮年来使用，尽管他还是个孩子。当土匪们一窝蜂地爬上小圩主家的围墙时，田玉持枪打中了两个土匪，一死一伤，一战成名，让小圩主对他另眼相看。从此，只要小圩主外出都要把田玉带在身边，俨然成了小圩主的保镖。

圩中的大户们对此次圩子被攻破感到非常震惊，纷纷指责小圩主，认为守护不力，小圩主想辞掉圩主之职，又没有人接替，无奈只好接着干。

小圩主带着田玉到泗阳县城里找县长，请求派卫队剿灭土匪，保护罗圩集。县长双手一摊，表示没办法，县里保卫队才几十个人，保护县城都不够，实在抽不出人来，等扩充人马后再来把这股土匪剿灭掉。

一直到过年后也没见县保安队下来，小圩主再筹集钱粮已无人再给，只好花自家钱财购置武器，扩大自卫队人数，加强防备以求自保。

转眼到了麦收时节，天气晴朗，太阳高高地挂在天空，整个大地一片金黄，布谷鸟在远处鸣叫，催人们赶快收割播种，无数只蜻蜓在麦子的上方飞来飞去。

本来收获季节是土匪们的活跃期，只是土匪们见罗圩武装力量强大，也不敢来袭扰了。

4

徐守业家的田地靠他和徐老爹在耕作，妻子杨氏裹过脚，不能干重活，只能在家里带孩子做家务，大点的孩子也帮点忙。有时农忙季节实在忙不过来，徐守业也会雇一个短工帮忙收割耕种。

徐守业家的五丫头与金锁同岁，也是13岁，在家也能帮母亲做做家务。尽管已是民国，不提倡裹脚，但杨氏还坚持传统，在大丫头小的时候，杨氏给她裹脚，用差不多有她人高的裹脚布使劲地缠在大丫头脚上，再让她的脚往绣花鞋里穿，大丫头疼得直掉眼泪，被她娘大声训斥，说大脚姑娘找不到婆家。大丫头裹过脚走路像集市上木偶戏艺人手中的木偶一般。

二丫头死活不肯裹脚，她看到姐姐裹脚痛苦的样子就害怕。圩里有人劝说杨氏，说家里没男丁干体力活儿，将来要靠女孩子下地种田，小脚咋种地？杨氏想想也是，也就不再坚持让二丫头裹脚了，二丫头不裹脚后，后面的三丫头、四丫头、五丫头也就都不裹脚了。整个罗圩集的女孩子们渐渐地也就没有人再裹脚了。

一转眼徐家大丫头已经21岁了，二丫头19岁，三丫头17岁，四丫头15岁，五丫头13岁，五位姑娘都亭亭玉立，走到哪都成为一道亮丽的风景，十里八乡都知道徐家出了五个美人。

前来提亲的人也渐渐多起来，徐守业打算把大丫头、二丫头先嫁出去，由于没有儿子，徐守业打算把最小的五丫头留在家里招上门女婿，好给自己和老伴养老送终。

短短四年间，徐守业一年一个便把前面四个女儿嫁了出去。徐守业嫁女有个原则，不找当兵的，他认为在这兵荒马乱的年月当兵不安全。在这众多提亲者中，徐守业为大丫头找了个泗阳县城的教书先生。这个教书先生姓丁，老家在邻乡屠园，住在屠园集上，丁父开针灸门店，丁家祖传针灸手艺，声名远播。二丫头嫁洋河镇开药店李姓人家，店名为泰山堂，周边数十里百姓士绅买药都到泰山堂药店。三丫头嫁一个宿迁洋北大地主的儿子，姓张，据说家有上千亩地，这个地主儿子在宿迁经营一家当铺。四丫头嫁一个皮货商的儿子，姓朱，在宿迁城里经营一家皮货店。

现在家中只剩下五丫头，在徐家五个女儿中五丫头长得最漂亮，几年后，前来提亲的人踏破门槛，徐守业一个也没答应，打算留在家招上门女婿。

直到有一天一个人上门提亲，徐守业改变了招上门女婿的想法。

5

金锁作为小圩主的独子，自小娇生惯养，只要他想要的都要得到满足，否则就哭闹不让。有一次，他看着天上的月亮圆圆的，感到好玩，便要家人把天上的月亮摘下来给他，家人说摘不了，他便躺地上哭闹，搞得家人哭笑不得。

金锁长到五六岁时，小圩主专门请了先生在家教他四书五经，金锁也不好好学，先生拿戒尺教训他，他一点也不怕，竟然跟老师对打。更要命的是小圩主溺爱金锁，不让先生体罚他，教书先生一气之下辞职不干了，小圩主后又请其他先生，教不了多长时间就因同样的原因辞职不干了，以至于后来出再多的钱也请不到先生了。

金锁生下来后吃母亲李氏的奶一直吃到七岁，在私塾老师那上过课后，都要跑他娘怀里吃一通，他娘早已没有奶水的瘪奶也要含着。后来有人出了主意，叫他娘抹了辣椒在奶头上，他感到辣嘴才慢慢不吃了。

小圩主下决心送金锁去城里上学，他在县城买了一处带院落的房子，正房三间用作住房兼会客，东房两间作厨房。金锁在家里有他爹管着，倒也不敢过分放肆，到了城里，小圩主不常在身边，只有下人跟在身边，下人显然管不了他。上学也是三天打鱼两天晒网，知识没学多少，恶习倒是学了不少，整天跟城里一帮富家子弟一起，吃喝玩乐样样精通。

眼见金锁长到了 17 岁了，也到了成家立业的年龄了。小圩主寻思这孩子也不是读书的料儿，干脆给他找个媳妇，拴住他的心，以后或许能好好过日子继承自己的家业。

其实也有不少人前来说媒，小圩主没有一个看中，这事简直成了他的心病，时时在折磨着他，让他难受。

一天，小圩主到圩外自家地里看庄稼长势，在路上碰到了割草的徐家五丫头，五丫头热情地与他打招呼。小圩主眼前一亮，虽然是邻居，平时没仔细观察过这丫头，人家都说徐守业家五丫头貌美如花，仔细一看确实长得漂亮。他脑子中有个念头一闪，五丫头何不做我家金锁的媳妇呢？徐守业家与自己比虽不能算门当户对，但家境也不算差，更重要的是这丫头漂亮又懂事。有了这个想法后回家与金锁娘一商量，金锁娘也喜欢这丫头，表示同意。

小圩主虽与徐守业是邻居，但对于儿女婚事还是不好直接谈的，得找一个媒人去说媒，于是小圩主找了一个对两家都熟悉的人委托他到徐守业家去说媒。

徐守业夫妻俩对于媒人的来意很吃惊，他们从来就没有想到和小圩主成为儿女亲家。告诉媒人容他考虑一下再作答复。对于金锁这个孩子，他十分了解，从小娇生惯养，把谁也不放在眼中，一副高高在上的样子，近几年到城里读书，听说在城里也不学好，整天也和一群混混在一起。但转念一想，把五丫头嫁过去至少这辈子也可衣食无忧啊，人生在世图的不就是这个吗？于是就和妻子杨氏商量，杨氏也没意见，甚至以为是高攀小圩主家了，就怕小圩主家不同意呢。当杨氏把这消息告诉五丫头时，五丫头说她和金锁不是一个道儿上的人，过不到一块。杨氏一听就来了气，说儿女婚事由爹娘做主，五丫头便不再说什么了。

金锁一连好多天不去上课，迷上了一种打小牌的赌博，和县城里的阔少们玩得不亦乐乎，约定了谁赢谁请客，打牌喝酒，日日如此。时值秋收，小圩主忙于田里的事，很少去城里的家。

秋收忙完后小圩主赶到城里，发现金锁既不在学校也不在家里，问下人，下人支支吾吾不愿回答，后来再一问方知在戏楼里。小圩主气不打一处来，立马赶到戏楼，此刻金锁正与几个混混喝过酒坐在戏楼里喝着茶拿着折扇摇头晃脑地听戏。小圩主气不打一处来，走上前去拧着金锁的耳朵啪啪就是两耳光，大骂败家子，连拖带拽地把金锁弄回了家。

金锁死活也不上学了。

小圩主在身边的时候，他就在家坐着，望着大门发呆，小圩主回乡下时，他立马就跑出去和一群阔少混在一起。

小圩主想想这猫捉老鼠也不是办法，于是就让金锁回乡下家里，把城里的家租给了别人。

金锁回到罗圩后，像变了个人，整天沉默寡言，要么在圩子里街道上到处转转，要么到圩子外的田地里转转，看看风景。

“让他成家算了。”小圩主想，或许成家后就可以踏实过日子了。

小圩主想到还没有和金锁说过五丫头的事，也该找个时机向他说说了。

或许是收成好的原因，这年的土匪不似往年猖獗，小圩主不敢大意，依旧像往年那样组织巡逻队晚间巡逻。队员中除了田玉外，还有金锁，金锁不想去，小圩主逼着他去带队巡逻，说是锻炼一下他的胆识。

大年三十晚上吃过年夜饭，小圩主把金锁叫到一边，对他说："过完年你已经18岁了，也该成家立业了，给你找个媳妇吧，你看旁边五丫头咋样？"

"啊！谁？五丫头，那个野丫头……"

金锁吃惊地张大了嘴巴。

他压根就没有想到他爹会让五丫做自己的媳妇，在他眼里，五丫除了人长得还算顺眼外，实在是太土了，他觉得自认识她开始，从来就没拿正眼瞧过她，如同他娘身边的丫头一样。

"这，这，这不太好吧，这邻居怎么可以呢？"金锁吞吞吐吐地说。

"有什么不可以的！"

小圩主粗暴地打断了儿子的话。

"我看五丫头就不错，做媳妇就应该找这样的。"

金锁不敢说话了。

他怕他爹，他爹也是这个世界上他唯一怕的人。

6

转眼就到了第二年春天。

春光和煦，天气暖和。人们已脱去棉衣换上了单衣，走起路来也似乎变得轻松了。徐家五丫头穿了一件天蓝色的裤子，大红色的上衣，走在田间小道上，如一团燃烧的火焰。

她提着菜篮子到田野里割猪菜。

徐家四个丫头出嫁后，现在就只有五丫头外出割草了。

田野里麦苗青青，路边野花盛开。五丫头和一个小女孩结伴外出割草。她们来到一条小河边，这里水草丰盛，牛爱吃的草很多，她俩就低头割起草来，已近吃午饭时，她们俩割了满满两篮子，累了就坐在河畔上歇息。同伴突然看到了河边有一朵美丽的野花，那朵叫不上名字的野花红红的，开在一丛绿草间，甚是美丽。同伴对五丫头说：

“五丫头，你能帮我摘过来吗？我累得不想动了。”

“好的，我去帮你摘。”

五丫头说着站起身，向那朵花走去。

就在这时意外发生了，当五丫头把那朵美丽的红花采到手时，脚下一滑，一下子就滑到小河里去了，河里的水很深，河水是流动的，五丫头不会游泳，越挣扎却越向河中滑去。

五丫吓得大哭，连忙大声喊救命。

同伴也被吓得不知所措，四处张望喊救命。

这时一个身材高大的男子从远处跑来，边跑边甩掉鞋子，衣服也没脱就跳入了河水中。

这时五丫头已滑到河中心，两手在水中乱拍，一会儿沉下去一会儿浮上来，情况十分危急。

那男子跳到河里，奋力向五丫头身边游去，当靠近她时，一把抓住五丫头的头发，把她的头提出水面，转身，向岸边游去。

当男子把五丫头拖上岸上时，他已累得浑身没有一点力气，五丫头脸色发青，那男子连忙招呼五丫头的同伴一起把五丫头翻过身，头向下，腿向上，用力拍她的后背，五丫头连吐了好几口水，人也慢慢清醒过来。

“田玉哥！”

五丫头睁开眼发现救她的男子是小圩主家的长工田玉，他们早就认识了。

原来田玉刚好在小河附近的地里干活，听到呼救声便迅速跑过来，发现有人落水就跳了下去，他有一副好水性。

田玉扶着五丫头坐着，歇一会儿后，便站起身离开了。

五丫头望着田玉穿着滴水的衣服远去的背影，两行泪水从眼眶中涌出，春日的阳光照在她苍白的脸上，暖暖的。

田玉成了救人的英雄，传遍了十里八乡，他自己也没觉得有什么变化，依然在田地干活，小圩主出圩子去县里依然让他跟着。

出于感激，徐守业让五丫头喊田玉来家里吃顿饭，田玉谢绝了。

后来五丫头出门见了田玉都会脸红，感到不好意思。田玉只是冲她笑一笑，算是打了招呼。

7

17 岁的田玉，高大英俊，强壮有力，走起路来仿佛可以听到地面震动的声音。

晚上田玉和长工们吃完饭凑在一起聊天，也会开玩笑。

“田玉，你都 17 了，给你介绍个女人咋样？”一个刘姓长工问。

“谁啊？”另一个李姓长工问。

“圩西姓李的小寡妇不错，多漂亮啊，今年春天刚死了男人。”老刘说。

“这种女人怎么能配上田玉呢？我从面相上早看过了，田玉有大富大贵的命呢。”老李笑着对田玉说。

田玉只是笑着，也不说话。

在这些长工中田玉年纪最小，显得有些腼腆，不好意思开玩笑。

田里的玉米收完了，只剩下一根根直直的秆子，像一队队列队整齐的士兵。玉米的叶子早在收玉米之前就被摘下了，放在路上晒，晒干了留在冬天喂牛，而玉米秆要被砍回来堆起来留着烧锅做饭用。

小圩主家有一块玉米地和徐守业家的玉米地相邻。

一天清晨，田玉拿着镰刀一个人在地里砍玉米秆，这时他发现旁边徐守业家地里似乎也有人在干活。

田玉一看竟是徐家五丫头，五丫头也发现了田玉。

五丫头笑着说：“谢谢你！田大哥，上次救了我啊，否则今天我也站不到这里了。”

“这有什么啊，每个人见到都会施救的。”田玉笑着说。

一阵秋风吹来，吹起了五丫头的齐耳短发，五丫头扬起头说：

“你水性真好！”

“我父母死得早，在家也没有人管，夏天就和一群小伙伴泡在水里，时间长了自然就会游了。穷人家的孩子都这样，不怕死，不像有钱人家的孩子，像金锁到现在还不会水。”

提到金锁，五丫头低下头去，若有所思。

虽已是秋天，中午的太阳还是火辣辣的，干了一会儿活儿后两人都已满头大汗。五丫头带了水壶，田玉没带，五丫头倒了满满一大碗水端到了田玉面前，田玉有点不好意思，脸红了，从母亲去世后第一次有女人给他递水。

他把手在衣服上擦了擦，接过碗，仰起头，咕噜咕噜一口气喝干，把碗递给了五丫头，又用袖子擦了擦嘴。

五丫头接过碗，自己也倒了一碗，一口气喝干了。

他们一起坐在刚砍倒的玉米秆上歇息，太阳已偏西南，到吃午饭时间了，他们一起走出玉米地，到路上时，五丫头对田玉说：“你在前面走，我待会儿走。一起走，别人看见会说闲话的。”

田玉笑了笑，点了点头，在前面走了。

五丫头看着田玉远去的背影，呆呆的，怔了好一会儿，才迈开腿向家的方向走去。

吃过午饭后，五丫头早早来到了地里，她有一种急切的心理就是想早点到地里就可以看到田玉了，她为自己有这种想法而哑然失笑。

田玉远远地走来了，五丫头感觉到自己的心跳加快。田玉见了五丫头依然只是笑了笑，开始干活。

在停下来歇息时，五丫头坐在田玉的身边，此刻田野里一片安静，她摘下身边的一朵小野花，放在鼻子边闻着。

“我爹要我嫁给金锁。”五丫头说这话时用眼角偷偷地瞄着田玉。

“这是好事啊。”田玉头也不抬缓缓地说。

“什么好事啊，金锁你又不是不知道，一个败家子。”五丫头说。

“少爷调皮是调皮，有老爷管着也不会有什么，他家那么大的家业将来都要由他继承哩。”田玉说。

“你怎么也这么说呢？”五丫头有点生气。

“那还能怎样？父母之命，你能违抗？”田玉叹了一口气。

他们陷入一阵沉默。

他们起身继续去干活，但不再说话。

太阳渐渐落下山去。

天空有美丽的晚霞，在落日余晖的映衬下，金黄金黄的。

当黑暗慢慢袭来的时候，田地里越来越看不清了。

田玉抬头看了看天空，一轮圆月已经慢慢升起。他停止了劳作，拍了拍身上的尘土，开始往回走。

五丫头砍得慢，落在田玉的后面，当田玉往回走的时候，碰到了还在干活的五丫头，他迟疑了一下，站住了，说：“回家吧，天晚了。”

五丫头不作声，直起身来，也拍了拍身上的尘土，跟在田玉的身后往回走。

两人都不说话，默默地走着。

“田玉哥，我，我，我想和你说个事。”

田玉转过身来，停下了脚步。

“我想，想……和你好。”五丫头低着头，吞吞吐吐小声说。

“啊……”

田玉吃惊地张大了嘴巴。

他呆呆地望着五丫头，有点手足无措。

田玉长到17岁，除了模糊记忆中母亲的样子，还没有哪一个女人能够正眼看过他，他有时自己也瞧不起自己，自己就是一个长工，或许一辈子都要待在小圩主家，混口饭吃，直到终老，他不奢望自己能有个女人，像他这样的长工能养活自己就不错了，哪能再养活女人，小圩主家的长工老刘、老李一辈子都待在小圩主家，也没个媳妇，他有时候想，将来自己也会这样，世道就是这样，他也不能改变什么。

“你爹不是打算把你嫁给金锁少爷吗？我，我，我能做什么呢？”田玉望着五丫头，喃喃地说，他这一刻似乎有些懦弱。

“我不喜欢他，他是个浪荡子，他家财产再多也会被他败光的。”

五丫头说：“爹是看上他家的财产，从来都不考虑我的感受。田玉哥，你带着我远走高飞吧，哪怕要饭我也乐意。”五丫头望着田玉，大大的眼睛里流出了泪水。

“我，我……还没想好。”田玉显然对五丫头的话感到很突然，一时竟不知所措。

“我是一天也不想在家待下去了。”五丫头扑到田玉的怀里呜呜地哭起来。

田玉紧紧地抱住五丫头，他感到她的身体暖暖的，夜晚的天气已转凉，他感到她单薄瘦弱，他有一种要好好保护她的感觉。

过了一会儿，五丫头听到娘喊她的声音。

“我娘来找我了。”五丫头说，“我得回去了。”

田玉也听到了，说：“你先回去吧，免得你娘担心，我在这坐一会儿。”

五丫头向地头跑去，她感觉到娘似乎已到了地头，她不能让她看到自己和田玉在一起。

田玉看着五丫头远去的背影消失在夜色中，他蹲下身去，双手抱头。

起风了，乌云遮住了月光，天色暗了下来，他感到了一丝凉意，不禁打了一个寒战，他站起身来，低着头，向圩子里走去。

8

1939 年的春节刚过，天空开始转阴，继而飘起了雪花，纷纷扬扬，一连下了几天丝毫没有要停下来的意思。年味依然没有消退，男人凑在一块赌钱，女人们凑在一块纳鞋底聊家常，孩子们各家各户串门，哪里有热闹往哪里钻。

正月没有农活，大家都在玩。

金锁迷上了打枪。

田玉在前些年的抗击土匪中，曾经一次打死打伤两个土匪，一战成名，成了远近闻名的神枪手。金锁便让田玉教他打枪，他学得倒挺认真，从姿势到瞄准一丝不苟。

田玉去田里干活后，金锁便扛着一杆长枪在圩子里转悠，打树上的鸟，圩子里不时传来砰砰的枪响。刚开始，人们还很害怕，以为土匪又来了，后来见是金锁在打鸟，也就不害怕了，再后来，白天听到枪声，人们就认为金锁又在打鸟了。

金锁打鸟时，眯着左眼，嘴也往左歪，也许由于天天练习打鸟的缘故，金锁的半边脸似乎都变了形。

积雪慢慢地融化，太阳懒懒地照耀着大地，天气一天天变暖，圩外田野里的麦苗一天天变绿，有鸟儿从田野上飞过，发出一两声清脆的鸟鸣。

金锁每天骑着马，背着枪出圩门到外面转悠，说是到麦田里打野兔，几天下来也没看到他打着一只兔子。

后来，他听说兔子喜欢在夜里趴在麦苗丛中，只要遇到强光就会待着不动。他以前在城里读书时用过手电筒，把开关推上去就能照出一束强光，他以前在城里买了一把现在还在家里放着呢，也没用上，现在听说晚上可以照兔子，立即拿了出来，天还没完全黑，金锁扛起枪叫上田玉就向圩外走。

看守圩门有规定，到了晚上圩门必须要关闭，以防土匪进来抢劫。如需要开圩门必须有小圩主的命令，否则任何人不得出入。

金锁和田玉来到圩门口要出去，守门的一看是金锁，忙说："少爷，老爷有令，晚上任何人不得出入。"

“老爷知道我要出去，开门吧！”金锁说。

守门的不好再说什么，只好开了门。

他们俩出了门直奔麦田而去。

田野里十分安静，麦苗刚好有脚脖子深，踩上去沙沙作响，有虫子在吟唱，坟上有鬼火出现，一闪一闪地，金锁似乎有点害怕，但又觉得十分刺激。

他打开手电筒，霎时麦田里出现了一道强光。

走着走着，一只兔子猛地跃起，金锁用手电筒一照，兔子便停了下来，田玉眼疾手快举起枪，枪响之后，兔子倒下了，他俩十分高兴，终于打着了。

接着，金锁让田玉拿手电筒，他自己端着枪向前走着。

又一只兔子出现了，金锁瞄准射击，“砰”的一声，兔子倒下了，金锁也倒下了，几乎同时，远处传来了枪声。

“土匪！”田玉说着迅速灭掉了手电筒。

又有几声枪响，子弹从他俩身边嗖嗖飞过。

他俩趴在麦田里向枪响处望过去，只见大约有一队十几个人的土匪从远处走来。

金锁一摸大腿，湿湿的。

“我挨枪了，田玉。”金锁骂道。

“我们跑吧，让他们抓住后果不堪设想。”田玉说。

“我受伤了，跑不动了！”

“我来背你跑！”

刚好旁边不远处有一片小树林，田玉背起金锁就往小树林跑去。

枪声持续响起还夹杂着骂声。

“追，快追，不能让他们跑了。”

一群人向麦地追来。

田玉背着金锁跑到小树林已气喘吁吁，满头大汗，他们俩迅速趴在一棵树下。土匪们来到小树林边，一看黑漆漆的，胡乱地放几枪也就走了。

金锁和田玉看见土匪已走远，这才放下心来，不过金锁一条腿受伤已无法行走，田玉就背着他一步一步向圩门走去。

到家后，小圩主一看金锁受伤回来，问明缘由后，大骂一顿后赶紧安排找郎中治疗，郎中来了一看还好是子弹穿过皮肉伤并未伤及筋骨，涂上金创药包扎后让在家好好静养，说很快就会好的。小圩主夫妇这才放下心来，想想也是后怕，土匪什么事干不出来呢，幸好有田玉，金锁这命是田玉捡回来的，不免对田玉感谢了一番，月底又单独多给了一些钱，让他去买一些布做身新衣服。

田玉想想确实也该置办一两件新衣服了，现在身上穿的衣服补丁连着补丁，另一身也是。他在赶集日向圩主请了假便到了街上。一个摊位前的架子上，挂了五颜六色的花头巾，其中有一条大红色花头巾被风高高吹起，甚是好看。田玉想起了五丫头，自从上次砍玉米秆到现在有几个月没单独在一起了，每次出门看见五丫头迎面走过来，他都会远远地躲开，他想见她却又不敢见她，内心一直矛盾着。几天前他听老刘说少爷要定亲过礼了，说将要娶的是徐家五丫头，老刘还说徐家五丫头真有福气，嫁入了有钱人家，一过门就成了少奶奶。田玉嘴上说是啊，夜里翻来覆去睡不着，心里像针扎一样，他想起五丫头伏在她怀中流泪的样子，不禁把被子蒙在脸上，任凭泪水尽情流淌。

田玉呆呆地立在摊位前，望着风中飘扬的红头巾，想象着五丫头戴上的样子一定很美，他下定决心买下了。他把红头巾放在衣服里，这样不易被人发觉，回家后又偷偷放在被子下面。

在出门干活时，田玉一直把花头巾带在身上，他希望再次遇到五丫头，好把这红头巾送给她。

终于有了机会，一天清晨，田玉出门去干活，他照例把红头巾放在胸口，他远远地看见五丫头挎着篮子拿着镰刀去割草，他远远地跟着。

当五丫头在一条小河边停下的时候，田玉见四下无人便走上前去，五丫头见田玉感到很惊讶。田玉拿出了为她买的红头巾，说是送她的，五丫头接过红头巾紧紧地放在胸前，眼睛湿润了。

“亏你还有这心哩。”五丫头说。

“我爹说了，等金锁伤好了，能走路了就把亲定了礼过了。”她望着田玉淡淡地说。

“一切听天由命吧！”田玉说着也不敢望五丫头的眼睛。

五丫头显然有些失望，对田玉说快走吧，以免被其他人看到。

田玉走了，五丫头坐在地上望着他离开的背影发呆。

9

日本鬼子快来了，罗圩集上好多人都在传着，日本鬼子已打过了徐州，正向宿迁、洋河方向挺进。

小圩主急得像热锅上的蚂蚁，他对日本人过来不知道该怎么办，“日本人也是人，有什么好怕的，我马上组织人马同他们干！”金锁看他爹愁成那样，轻描淡写地说。

“你给我闭上狗嘴！你以为有几杆破枪就能和日本人的机枪大炮干了？”小圩主训斥道。

金锁便不再言语。

徐守业也急得团团转，他倒不是愁财产，而是愁家里的五丫头咋办，听说日本人可是烧杀奸淫无恶不作。他去找小圩主，见到小圩主同样愁眉不展便不再言语。

罗圩圩子里的人听到从西北方向传来隆隆炮声的那天夜里，小圩主让下人准备了两辆马车，一辆坐人，另一辆装着几大箱子银圆等金银细软。

金锁问这是去哪呢，他爹闷声说：“天上！”

“天上？”金锁不解，“去那干什么？”

“你不去，你和日本人干去？不省心的东西！”小圩主骂道。

金锁不再言语。

小圩主让田玉和其他下人在家里守着，说不久就会回来。

夜里三更，两辆马车快速驶出圩门，消失在夜色中。

第二天天亮后，罗圩集上的人们都知道了小圩主一家跑了，但没人知道究竟去了哪里。

整个罗圩已处于一种混乱状态，人们在街道上胡乱跑着，圩子外面有房子的都赶紧往外边跑，大户人家悄悄把银圆装在坛子里偷偷地埋在院子里某一棵树下。

徐守业望着屋里的五丫头心乱如麻，他在心里甚至在骂小圩主，罗圩集谁不知道你小圩主准备让我家五丫头做金锁的媳妇，现在却一家人跑了，对五丫头不闻不问，徐守业甚至在心里诅咒小圩主，愿他家在路上快点遇到日本人。

吃过午饭，人们便听到了枪声，放鞭炮一样，由远及近。各家丫头和年轻媳妇开始化丑妆，在脸上涂上锅底灰，说是脏兮兮的样子日本人不喜欢，便不会侵犯。

杨氏说去县城丫头家躲一躲，徐守业说不行，日本人喜欢待城里。

正当徐守业一家不知所措的时候，他家的门被啪啪地敲着，五丫头立即紧紧地抱住她娘。

“是我，田玉！”

徐守业赶紧打开门，田玉扫视了一眼五丫头，对徐守业说：“日本人快到了，还在家里干什么？”

“能去哪儿兵荒马乱的，没地方去。”徐守业说。

“徐伯，我想娶五丫头。”

“啊？你？五丫头我已许给金锁了。”

“他们早已逃得无影无踪，根本没把这事放心上。”田玉说。

“我对五丫头是真心的，五丫头也同意。”

徐守业望了一眼五丫头，五丫头含着眼泪点了点头。

徐守业正想发怒，五丫头过来拉着田玉一起跪在徐守业和杨氏面前说：“成全我们吧，都这个时候了，金锁他们家都不问我们生死了，你还能对他们抱有念想？”

杨氏对徐守业说：“他爹，都什么时候了，同意了吧。”

枪声越来越近，似乎快到圩门了。

徐守业无奈点点头算是同意了。

田玉说：“这圩子注定是守不住了，你们快跟我走，我的家在张庄那边还有两间破房子，我来这里就没人住了，我家那里也就几户人家，四周全是庄稼地，日本人不会去的。”

徐守业再也没有什么好办法了只好同意。杨氏和五丫头每人准备了一个布包，里面包几件衣服和干粮。田玉从小圩主家里取出了那杆枪和五丫头一家向圩门赶去。

圩门紧闭，田玉让守门人抓紧打开圩门，守门人见是田玉，问日本人就要来了这门还守不守？

“快跑吧，还守个屁！”田玉说。

守门人赶紧打开圩门，田玉对徐守业一家说快到庄稼地里，圩门口是一条东西大道，大道边种着高粱。

道路的西头已黄尘滚滚，不时传来枪声，日本人的马队已扑向圩门。

田玉他们刚进入青纱帐，一颗子弹从徐守业耳边飞过，日本人的马队已到了圩门口。田玉让大家趴在地上不要动，以防发出声响让日本人发现。他们甚至可以隐隐看到日本人的战马和身穿黄军装的日本军人。

当日本人全部进入圩门以后，田玉他们站起来在高粱地里向东面方向快速前行，日本人的枪声也渐行渐远。

当血色一样的太阳快落到高粱丛中时，田玉一行终于到了他在张庄的家，由于多年没住人，房子已十分破败，他们简单收拾了一下。

田玉和五丫头跪在布包上向徐守业和杨氏磕了四个头算是成了亲。

几个月后的一天晚上，田玉悄悄地返回罗圩。才离开几个月，罗圩集整个街道静得可怕，看不到一个人。当他站在小圩主家的门前时发现房子已被烧了，只剩下院墙，隔壁五丫头家的房子也被烧了……

田玉找到了长工老刘在圩子西头的家，老刘一见田玉吓了一跳说："你是人还是鬼？"

田玉说："我命大，还活着。"

老刘说："上次日本人来了以后没看见你，以为你被日本人杀了。"

田玉便对老刘说了逃出去的事，老刘说："你小子就是艳福不浅，徐家五丫头多么漂亮水灵啊，怪不得你看不上姓李的小寡妇，唉！小寡妇也可怜啊被日本鬼子玷污后杀了。圩子里一共被日本人杀了56人，有老人也有孩子，基本上是没有逃出圩子的。我和老李是日本人留下埋尸体的，所以活了下来。"

10

眼看到了秋收，外面基本也稳定了，徐守业想搬回罗圩集。搬回前，徐守业让田玉再次到罗圩集打探一番，听说日本人现在也少了，因为这一带有了共产党的军队保护。

田玉请了老刘、老李和集上几个相熟的人把岳父徐守业家的房子重新修好，徐守业一家人返回罗圩后便开始忙着准备秋收。

小圩主也有了消息，他安排住在泗阳县城的表弟专门回来帮他修房子。

秋收快结束的时候，小圩主一家回来了，小圩主和金锁分别骑着高头大马，一辆马车拉着行李，一辆马车拉着家眷。小圩主身着长衫戴着黑礼帽，而金锁则身穿黄呢国民党少尉军官服，手上戴着一双白手套。

小圩主到家后立即和账房先生交代收租的相关事宜，着手准备开始收租。

徐守业没有和以前一样到小圩主家里去串门，五丫头和金锁的婚事至今还让他耿耿于怀。田玉也没再去小圩主家做长工。徐守业年龄大不能再干体力活了，家里的地全靠田玉和五丫头两口子耕种。金锁倒是主动来到了徐守业家找田玉，见到五丫头时，他笑了笑说："都怪日本人，否则你就成了我的媳妇了。"五丫头也不恼："瞧少爷说的，我们穷人家哪敢高攀得起你啊，现在你又成了大军官。"金锁还是矜持地笑了笑。

田玉从田里干活回来见到金锁，点了点头。金锁说：“有个事要同你商量。”田玉问什么事，

金锁说：“现在国难当头，天下兴亡匹夫有责，你也知道了我现在是军官，是司令长官让我回家乡来招兵买马，壮大抗日力量。”

田玉想了想，说：“家里那么多地要种，还有五丫头也怀了孩子，家里这情况哪能走得开啊。”

“以国事为重，家里的事克服一下。”金锁本来想直接让田玉跟他走，但想到田玉已不是他家的长工，也就用客气的语气了。

徐守业也说家里实在走不开。

金锁见此只好回去了。

当地里庄稼收割完毕全部进仓后，日本人从洋河据点又来罗圩一次，主要目的是来抢粮，但走到罗圩北边的陈中圩时就遭遇共产党的游击队伏击，付出惨重代价后重新撤回洋河据点。

老刘和老李依然在小圩主家做长工，遇到阴雨天他们俩也会跑到田玉家聊天。有一天晚上吃过晚饭老刘来到田玉家找田玉，聊着聊着就聊到了共产党，老刘问田玉是否要加入共产党？

“上次金锁来我家让我加入，我没同意。”

“这我知道。”

“共产党与国民党不同，共产党是为老百姓打天下的……”

“你是共产党？”

“是的。”

“我考虑一下吧。”

老刘走后，田玉陷入了沉思。

1942 年春天，五丫头生下了一个男孩，田玉给孩子取名为春生，意思是春天生的。秋天高粱穗子开始变红的时候，共产党的军队新四军来到了罗圩。这是一支连队，纪律严明，不拿老百姓一针一线。田玉在老刘动员下参加了这支军队，整个罗圩共有 15 名青年加入了新四军，部队出发的前一天晚上田玉对五丫头说：“我参军后生死难料，家中的一切全靠你了。”五丫头含泪点点头，田玉亲了亲 6 个月大的儿子春生，走了。

11

金锁回到了罗圩集的家里，这次穿的是便装，回到家便闭门不出。后来集上便传出来金锁所在的国民党部队与田玉所在的新四军部队在山子头打了一仗，国民党部队吃了败仗被新四军俘虏了，他手下的金锁也被俘虏了，后来被教育了一通，承诺不再搞摩擦，同心协力共同抗日后就放了。

没有人看到金锁什么时候离开罗圩的。

田玉随新四军的队伍开拔后就再也没有了音讯，有人说已战死在了抗日的战场上，也有的说牺牲于国共内战的渡江战役。

春生长大了，总会问他娘，爹去哪了。五丫头说：“你爹去打坏人了。”春生问什么时候回家呢？五丫头说打完坏人就回来。

五丫头常常拉着春生的手站在门口向西张望，那是田玉随队伍离开家的方向。

几年后的一个春天，金锁回来了，一身戎装，骑着高头大马，后面还跟了个勤务兵。从衣服上的标志看已是一名少校军官，勤务兵一口一个营座，看来是营长无疑。

金锁和集上的邻居说，他这次去前线刚好路过家乡便回来看看。

金锁只在家待了两三天便走了。

金锁在家的那几天小圩主看起来并不开心，他和徐守业说："我们这大半辈子都在兵荒马乱中度过，何时是个头啊。"徐守业说："但愿能早日安稳下来。"

南京解放了，泗阳解放了，洋河解放了，宣传这些消息的是老刘。老刘的共产党员身份正式公开了，老李告诉街上的乡亲们老刘是罗圩党支部书记，自己是副书记。对于解放，罗圩集上的人似乎并没有什么感觉，日子还和以前一样过，好像也没有什么变化，老刘说快了，大伙儿马上就翻身得解放了。

又一个丰收的秋天来了，田里高粱收割得差不多了，徐守业和五丫头在打谷场上忙碌着，春生在旁边的小菜园追着蝴蝶玩。老李手里拿着一个牛皮信封跑了过来，说是田玉来信了。五丫头立即呆在那里，手中的草叉一下子掉在了地上，她任凭泪水流淌，快 10 年了田玉终于有了消息。春生跑过来问娘怎么了，五丫头说是灰进眼睛里了。

大家都不识字，五丫头说找小圩主帮念一下。老李说：

“算了，他是我们革命的对象，还是找张大先生吧。”

五丫头便和老李去找识字的张大先生。

田玉在信上说他们队伍已到了浙江，正向福建开进，全中国解放已为时不远了，他也快回家了……

五丫头流着泪水听张大先生读完信的内容。

12

罗圩罗家祠堂前搭了一个高台子，一场控诉会正在举行。台下站满了群众，台上摆了一张书桌，书桌后放着一条板凳。一位身着解放军服装干部模样的人坐在正中间，两边分别坐着老刘和老李。

老刘主持大会，首先向乡亲们介绍那位穿军装的干部，说是县里的武装部路部长，接着一声断喝：“把大地主罗生贵带上来！”两名全副武装的解放军战士推着五花大绑的小圩主走上台来，其中一名战士一脚踩在小圩主的后腿弯处。

小圩主跪在台子上。

路部长作了讲话，他说罗生贵是反革命分子。他儿子罗金锁是国民党少校营长，与人民为敌，做了数不清的坏事。接着他让台下的群众上台来控诉小圩主的罪行，一连喊了两次没有人上来。

台下还是没有动静，台上的老刘看着台下的一个老人说：“胡三，你忘了有一年小圩主到你家逼租的事了？快上台说说。”

老人蹒跚走上台开始控诉。一个叫胡五的傻子也跑上了台，台下一阵哄笑，有人大叫，让胡五说说小圩主如何把他逼傻了。老李赶快过来把胡五赶下台去。

路部长宣读了小圩主的罪行，最后宣布要带走小圩主，商议最终处置办法。

徐守业在控诉会结束后就回家了，到家后他把门关了，一个人坐在堂屋的椅子上取下别在腰间的烟袋，在烟锅里装满烟叶，发现没火，便到旁边的灶房里在柴火的灰烬里找到一块火红的柴头把烟点燃，猛吸了几口，一阵剧烈的咳嗽后他吐了一口浓痰，又回到椅子上坐着。老伴开完会后也回家了正在屋里收拾着什么，五丫头带着春生去看热闹了。想到小圩主犯下的罪行，徐守业心情十分复杂。

一个身着解放军服装的年轻人正在河滩的道路上向圩门的方向快速走着，他看到迎面走来一大群人，走近一看大吃了一惊，走在最前面是五花大绑的小圩主，后面是两个荷枪实弹的解放军战士。

小圩主也看到了这个年轻人，用一种复杂的眼神望了他一眼，大概也认出了此人便低下了头，灰白的头发盖住了前额。

小圩主后面一位解放军战士伸手拉住小圩主背后的绳索让他下到河滩上面。

“田玉！”人群中的五丫头拉着春生挤到刚过来的那个年轻的军人面前。

“五丫头！”

“快叫爹，春生！”

春生怯生生地看着眼前这位他不认识的人。

田玉一下子把五丫头和春生搂在怀里。天空中有两只喜鹊飞过，停在旁边的一棵槐树上欢快地叫着。

罗圩集又恢复了平静。

小圩主得到了应有的处置，小圩主家的房产已被没收，只给小圩主老伴李氏留一间屋子住，李氏在家一直哭，六神无主。

土改后田玉在老家张庄也分到了15亩土地，分到地意味着就要回去种，田玉和五丫头商量回到张庄住，岳父这边忙不过来再来帮忙。五丫头同意，小两口又找徐守业。徐守业说：“你们终究要单独过的，我和你娘年纪也大了，干不了重活，干不动时你们还要回来。”

两人点了点头。

田玉一个人到了张庄，请几位田姓本家一起又把房子重新维修了一下，屋面上了新草，又到集市上购买了锅、碗、盆，请当地木匠打了两张床、桌子和凳子。

徐守业选定了一个搬家的吉日。

搬家那天，田玉找了一辆驴车拉了几袋粮食，一家人便返回了张庄。早上出发下午便到了家，几个田姓本家也过来帮忙，其实也没什么忙的，也就是把粮食从车上抬到屋里。

五丫头赶紧生火做饭。

第二天一早，田玉起来，看到家门口没有一棵树，原有的几棵桑树、榆树都被打成了家具。便到田地里一处坟前挖了一棵小柳树移栽到家门旁，说是搬家纪念。

田玉归队的日子快到了，临走之前田玉对五丫头说：“马上全国就要解放了，我也就快回来了，以后就永远在一起了。”

五丫头点点头。

田玉回到了部队。

春生上了学，村子里办的小学，老师是村里唯一识字的私塾先生。五丫头用破布做成了一个小书包。

春生背着书包开心极了。

田玉返回部队后回了信，信中说美国已入侵朝鲜，他所在的部队马上要抗美援朝了。

春生有时问他娘：“我爹什么时候回家啊？”

五丫头对春生说：“你爹要过一段时间才能回来了，抗美援朝！”春生问：“什么叫抗美援朝？”

五丫头说：“就是打新的坏人。”

春生在学校里对同学自豪地说：“我爹是志愿军在朝鲜打坏人了。”

后来五丫头再没有收到田玉的信。

一年后，五丫头收到政府通知，田玉在朝鲜战场上牺牲了。

她成了一名烈属，天仿佛塌了。

她看着春生慢慢长大，春生的学费被政府照顾免了。

田玉牺牲那年，五丫头在田玉栽的柳树旁边又栽了一棵榆树，她把这棵树当成田玉新的生命开始。

五丫头把爹娘从罗圩接来张庄一起生活。

五年后两位老人先后过世。

13

春生上了大学，是自己考上的，全村就他一个，毕业后分到张庄所在的屠园公社做文书，其实他原先是分配到县财政局的，为了照顾娘，他主动要求到屠园公社。

后来组织上还是把春生调到了县里，他要把娘接到城里去住，但五丫头不同意。她说："老家有你爹的味道。"

五丫头的头发慢慢变白了，村子里的人都喊她徐五奶奶。屋前榆树、柳树慢慢长粗，徐五奶奶对春生说："柳树是你爹栽的，见到这棵树就好像见到你爹，只要树不死，你爹就还活着。榆树是我栽的，我将来死后，这棵树也就是我的化身，我要和你爹一直在一起。"

徐五奶奶 80 岁这年患了阿尔茨海默症，记忆已经基本散失了，甚至认不出自己的儿子，更不要说自己的孙子、孙女了。每天天刚亮她就起床了，拄着拐杖，颤颤巍巍从家门口的一条小路一直向东走。经过七八户人家就到了村庄的尽头，庄子尽头也有一棵老榆树，枝繁叶茂，遮云蔽日，这棵树粗得要几个人才能搂得过来，从远处看像一把撑开的巨伞，树干上树皮纹路很深，如老人脸上的皱纹，甚至裂出一道道口子。至于树的年龄，有的老人说有 400 岁，有的说 300 岁，总之没人能说得清。

徐五奶奶每天习惯性地来到老榆树下，在树下蹲下来，望着东方。她望着天空的一点点的变化，出现鱼肚白，接着慢慢变红，太阳开始慢慢升起，霞光万道。这时她会把拐杖放在左手，用右手放在眼睛的上方作凉篷状，望着太阳，这个姿势如一尊雕塑，她的脸被阳光照耀着，脸上的皱纹如身旁的老榆树皮，留有经岁月洗礼后的坚毅。

老榆树下的小路还在继续向前延伸，出了庄子，大约300米外有一条小河，这条河叫民便河。河堤如梯田，分两个层次，第一个层次的近水河堤上栽上了柳树，柳树栽的年代并不长远，树也不甚高大，有直有弯，绿油油的一片，夏季有许多夏蝉伏在树枝上高歌，此起彼伏，热闹异常。再往上是第二道河堤，也叫二道堆，比第一道河堤更高，上面栽满了洋槐树。洋槐树已过花期，在春天花期，整个大堤如一条银白色的长龙，卧于蓝天之下，花香飘得很远，整个村庄被包围在花香之中，着实令人心旷神怡。

坐在老榆树下，徐五奶奶望着太阳正从河堤上升起，越过河堤，慢慢超过了树梢，向更高处升起。

气温也随着太阳的升高开始慢慢升高，田野里的玉米正在发疯地生长，一层薄雾笼罩在玉米地上方，玉米叶子上、路边野草叶子上都是露珠，晶莹透亮。

徐五奶奶想站起来，但不借助拐杖站起来已很困难，她不得不一手拄着拐杖，另一只手扶着榆树才能艰难地站起来。她已经很老了，如这棵老榆树一样。再过三个月，农历八月十六就是她85岁的生日，这个年纪在张庄已经是最年长的一位了，她亲眼见证了这个村庄数十年的变迁。

“娘，回家吃早饭了。”

徐五奶奶儿子田春生从家里出来，沿着小路向河堤走来。他知道母亲每天都来这里。他离得老远便看到母亲在老榆树下，他快步上前，想去搀扶她起来，但还没等他走到跟前，徐五奶奶自己已艰难地站起来了。

田春生已 60 多岁，头发已发白，他从县财政局长的岗位上已退休几年了。在没退休的时候他就想接母亲到县城一起生活，无奈徐五奶奶死活也不想到县城去住。她对外宣称是过不惯城里的生活，整天待在楼上，上下楼也不方便，又没几个认识的人，像坐牢一样。她已适应了农村老家生活，空气新鲜，来去自由，如非让她到城里住，她说自己会活不长久，就如庄头的大榆树一样，挪了地儿肯定活不了。

徐五奶奶说她在张庄待了几十年，哪也不想去。

当年田春生还在家乡的镇上工作时，妻子王雪芬和五个孩子还没有农转非，王雪芬每天要到生产队挣工分，孩子出生后都要由徐五奶奶带，所以孙子孙女对奶奶比妈妈还亲。五个孩子长大后像一只只鸟一样飞去了远方，只有奶奶生日或春节才可能回来看看。土地分到户后，田春生因是镇上领导有农转非政策，妻子也成了城镇户口，安排了工作，被安排到镇粮管所上班，家中只剩下徐五奶奶。这时候田春生动员母亲到镇上一起生活，可是一直到自己退休都没有说服成功。

田春生知道母亲内心真正想什么，母亲真正放不下的是父亲，老屋是父亲生活过的地方，也是他们俩共同生活过的地方，母亲曾不止一次地说要和父亲一直生活在一起。

徐五奶奶在树下见到来人就说：“当年春生爹从部队回来

探亲返回部队时，她就是把春生爹送到这棵榆树下分手的。”

分手那天，她就在盼春生爹能平安归来，她经常到榆树下等，希望等到他戴着大红花从部队回来，直到政府通知说春生爹已在朝鲜战场上牺牲，送来了烈属证，她还是不相信，她认为一定弄错了，春生爹那么善良、那么机灵、枪法那么好的人咋会牺牲呢?

初夏的阳光撒在浓绿包围中的村庄，暖暖的，有公鸡偶尔发出一声长鸣，打破了整个村庄的宁静。庄子上的年轻人大都出去了，或在南方打工或在城里居住，只剩下老人和孩子，只有到春节时才纷纷像候鸟一样飞回，春节一过又离开，年年如此。

张庄作为一个村民小组，由50来户人家组成，村庄分为南北两排，每排20多户人家，徐五奶奶家住后一排。整个庄子由三大姓组成，姓张、姓田、姓沈，当然也有几户小姓，如姓吴、姓苏、姓曹等，这几户小姓并非人丁不旺，而是后进入张庄居住，如吴姓系倒插门女婿后来改为本姓，苏姓为一下放户，20世纪60年代由城里响应号召下放到此地落户，落实政策后也没有回城一直定居于此。曹姓户主为20世纪60年代洋河镇上的流浪汉讨饭至此，田姓木匠无子收其为义子，后落户安家，老木匠死后又由田姓改为本姓曹。

张庄作为一个老村庄，基本上没有人能够说清楚是什么时候形成的，三大姓每个姓都有他们祖先来到此地的传说，如田姓说他们祖先明代从山东一个叫喜鹊窝地方逃荒而来，张姓说他们的祖先从苏州躲避兵灾而来，沈姓甚至说他们从汉代就在此居住了，总之无法考证，都是代代相传口口相授。庄子上最年长的老人都说不清楚，其他人也就更不能说清楚了。

徐五奶奶现在也很少串门了，和她差不多大的人基本上都去世了，比她小的她也不想和她们聊天，没有共同语言。

随着徐五奶奶记忆力严重下降，丢三落四的，总是说东西被人偷了，这样一来，庄子上的其他老人就更不愿意去她那了，说不定东西不见了会赖到自己头上。

徐五奶奶吃过早饭会坐在门前的老榆树下，望着门前的另一棵老柳树。这棵柳树要得两三个人才能抱过来，树干上还有树洞，家里的老黑猫会跑到树洞里躺着睡觉。柳树不再枝繁叶茂，出现了好多枯枝，只有少部分还有叶子。

徐五奶奶经常会呆呆地望着这棵老柳树，仿佛不是在看一棵树而是在打量一个人。

等你回家

春天的一个傍晚，春风和煦，无数只蜻蜓在空中飞来飞去，空气中流淌着不知名的花香。

一条东西方向的高速公路在春天里向远方延伸，路上是来来往往的不同车辆。路的两边是一望无际的麦田，也零星分布着一些村庄。

珍珍的家在这条高速公路旁边，在她家附近有一座天桥位于高速公路上方，方便高速公路两边的人来往通行。珍珍的爸爸是一位大卡车司机，常年在外跑车，有时也从这条高速上通过，经过家时也无法把车停下来回家看看，由于司机的职业属性，他回家的次数也不多。每次开车快要经过家附近的天桥时，他会提前打电话给妻子让她和孩子在天桥上等，只为经过天桥的几秒钟能看到娘俩，娘俩也能看到他的车经过。

这天下午，妈妈把珍珍从幼儿园接回家时告诉她，爸爸开的车马上就要从天桥下经过了，珍珍听到这一消息高兴得跳了起来，她已经有好多天没有见到爸爸了，在她看来能看到爸爸开的卡车经过是一件非常开心的事。6 岁的珍珍已经记不清多少次站在这天桥上等着看爸爸了。

妈妈说爸爸的车还有20分钟才过来，可以去别处先玩一会儿。

珍珍说就要在桥上等爸爸，哪儿也不去。

站在立交桥上的珍珍既紧张又兴奋，她不时通过天桥下的高速公路向远方张望着，高速路上是川流不息的车流。

不一会儿，一辆大型厢式半挂货车打着双闪按着汽笛从远处驶过来。

这是车流中唯一打着双闪并鸣笛的车辆。

"是爸爸的车！爸爸！爸爸！我在这里，看到我了吗？"

珍珍兴奋地跳着，挥舞着双手对驶过来卡车大声喊着。

卡车里的爸爸大概也看见了天桥上的珍珍，稍减了速，急促地按着汽笛回应着。

卡车从天桥下疾驰而过，珍珍又快速跑到天桥的另一侧，这时卡车已从桥下驶过，不再鸣笛，珍珍看到卡车后面的尾灯一闪一闪，慢慢消失在视野的尽头。

"一路平安！等你回家！"

珍珍对着远去的卡车大喊。

卡车远去直到看不见了，珍珍还站在天桥上望着高速路上的车流发呆。

珍珍问妈妈："爸爸整天在外面开车也太累了吧，为什么要开车啊？"妈妈有些无奈地回答说："家里为了买这辆车欠了好多钱还没还完，爸爸只有在外面多跑车赚钱才能尽快把钱还上啊。"珍珍似乎明白了。

在珍珍的记忆里，妈妈每次接到爸爸要回家的电话都激动不已。她早早跑到家门口张望，眼睛里闪着光芒，脸上写满激动和兴奋，做起事来也总是丢三落四的。

妈妈接到电话，爸爸终于要回来了。

珍珍出门看了好多次，妈妈也不时拿出手机看有没有爸爸发来的短信。

听到外面熟悉的汽笛声时，妈妈便扔下手中正在做的活计跑出去，珍珍也跟着跑了出去。

爸爸开着那辆威风凛凛的大卡车从远处缓缓驶过来，两只前灯像两只大眼睛一闪一闪的。

珍珍边喊着边跑着迎了上去。

“爸爸！爸爸！你可回来了！”

爸爸把车稳稳地停在家门口，下车后抱起珍珍高高举过头顶。

珍珍高兴得大笑：“我比爸爸长得还高啦！”

爸爸又把珍珍抱在怀里使劲亲她的小脸蛋，弄得珍珍脸蛋上满是口水。赶过来的妈妈笑着赶紧取出面巾纸帮珍珍擦去口水。

“你看你把孩子弄得满脸都是口水。”

爸爸有些不好意思地放下了珍珍，拉着珍珍的小手一起往家里走去，妈妈跟在后面不时和爸爸说着话。

“好香啊！”

到家门口时爸爸闻到了家里饭菜的香味，妈妈做好了饭菜等着爸爸回家。

“看来我要喝两杯了。”

爸爸进屋后妈妈连忙把饭菜端上了桌，爸爸取出酒瓶和酒杯准备倒酒。

“先洗洗脸洗洗手再吃啊！”

妈妈连忙为爸爸倒好了洗脸水，并笑嘻嘻地把爸爸拉到洗脸盆前。

洗过脸和手后，爸爸又重新回到饭桌边的座位端起酒杯开始喝酒。

杯中酒喝完了，珍珍主动为爸爸倒酒，妈妈则在旁边看着爸爸喝酒也不动筷子，面带笑容。

“你也吃啊！”爸爸对妈妈说，这时妈妈才回过神来开始吃饭。

院子里一株玫瑰花树开满了玫瑰花，红红的像火一样，整个院里都弥漫着玫瑰花的香味，甚至飘到了屋里，满屋子都是玫瑰花香。这株玫瑰花是珍珍的爸爸从外地买回来的，树栽下后，爸爸就出去跑车了。妈妈就让珍珍每天给这株玫瑰花树浇水，没想到这株玫瑰花树最终活了过来。

爸爸妈妈很喜欢这株玫瑰花树，每年花开的季节，妈妈常常站在玫瑰花的旁边，微笑着看着满树的花朵，把鼻子凑到花朵前轻轻嗅着。她对珍珍说：“这花开得多好啊！你爸爸跑这趟车回来看到花开得这么好一定很高兴。”

吃完饭后，爸爸来到院子里，站在开满花朵的玫瑰花树前，他把脸凑近花朵。

“好香啊！”

“花香都被你的酒味盖住了。”

珍珍望着爸爸喝过酒微红的脸鼓起小嘴道。

欣赏完玫瑰花后，爸爸带珍珍到田野里玩，每次爸爸回来都要带珍珍到田野里转转，爸爸说这是和大自然亲密接触，感受一下大自然。

正值麦子成熟的季节，田野里一片金黄，甚至把天空也映成了黄色。布谷鸟在远处看不见的地方咕咕地叫着。一众乡亲在田里忙碌着，有妇女唱起了民歌，歌声柔和，温柔得像春风一样感觉很舒服。

离家不远处是一座小山，山峰已完全被绿色包围。爸爸要带珍珍到山上玩，珍珍高兴地答应了。在去往小山的路上，路边的各色野花你争我抢地竞相开放，有蜜蜂和蝴蝶飞来飞去，有时停在野花上，过一会儿又飞走了。山间的岩石奇形怪状，有的像小猴子，有的像小猪，有的光滑得像一面镜子。山上有溪水，走着走着，山间的溪水也多了起来。在一处水塘边长了许多茂盛的芦苇，爸爸摘了几片芦苇叶，做成了一个小玩具，像一只小鸟，把嘴放在上面吹还能发出小鸟一样清脆的叫声。珍珍对这个小玩具爱不释手，放在嘴上吹着，笑着。

第二天，爸爸又带着妈妈和珍珍进了城。爸爸给妈妈和珍珍买了好多漂亮的衣服。买过衣服后，爸爸带珍珍去游乐园玩，这是珍珍第一次来游乐园。游乐园里好玩的东西真多啊！海盗船、碰碰车、过山车、空中飞人、摩天轮、魔法城堡……以前珍珍只有在电视上见过，现在终于真正体验了，珍珍兴奋极了。

妈妈在游乐园外边不进去玩，她不喜欢太刺激的运动，说心脏受不了。珍珍后来才知道妈妈是心疼门票钱，两百元的门票她舍不得。

玩海盗船时，船从空中下落时珍珍吓得闭上了眼睛，大声喊叫，爸爸连忙紧紧抓住了她的手，珍珍也就不紧张了。在玩空中飞人时，珍珍和爸爸一起玩，他们俩坐的飞车在空中的轨道上急速驶过，冲下来又升上去，惊险刺激，珍珍非常兴奋。不知不觉珍珍在游乐园玩了大半天了，爸爸要带珍珍回家，珍珍一看还有几个项目没玩完，如铁道游击队体验馆、4D电影院、彝族歌舞表演等，她就缠着爸爸一定要玩完。爸爸答应了，说先吃完饭接着玩，他把珍珍带到园内小吃一条街吃了烤肉串、黄焖鸡米饭。吃完饭后又接着玩了剩下的几个项目，玩完后，走出大门，看见妈妈还在门口等着他们。

回家的路上，爸爸接到了一个装车电话，第二天就要出车了，有一个公司急着要装货。

第二天早上，珍珍醒来一看爸爸不见了，妈妈说爸爸又出车了。

没想到这次出车后，珍珍就再也没看见爸爸回来。

好几天妈妈也没接到爸爸的电话，妈妈说可能爸爸跑的不是这条路线吧，不经过咱们这里。

珍珍好几次站在天桥上望着川流不息的车辆希望爸爸的车出现，结果一次又一次地失望。

珍珍永远记得那个黄昏的傍晚，天空布满了血一般的晚霞。

放学后的珍珍看到妈妈接了一个电话，正在做饭的她一下子跌坐在地上放声大哭，珍珍一下子吓得不知所措，呆呆地站在那里。哭了好一会儿，妈妈慢慢地站起来把吓傻了的珍珍搂在怀里。

珍珍问妈妈发生了什么，妈妈就是不说。爷爷奶奶最先来了，他们眼睛红红的，到了珍珍家里还在不停地掉眼泪。接着家里不断有人来，她们都在不断地安慰妈妈，陪着妈妈掉眼泪。

珍珍问妈妈出了什么事，妈妈只是红着眼睛摇了摇头，珍珍便不敢再问。

晚上，妈妈坐在床上默默地掉眼泪，珍珍睡着了，一觉醒来灯还在开着，妈妈依然还在坐着。

第二天早上，珍珍醒来看到妈妈还在坐着，她应该一夜没睡了。

妈妈很平静地对珍珍说："你没有爸爸了。"尽管妈妈的声音不大，珍珍听起来却如一颗颗惊雷。

"我要爸爸！我要爸爸！"珍珍开始大声哭喊，到现在为止，她终于明白了为什么妈妈一直哭的原因。

舅舅开着轿车来了，妈妈让珍珍不去学校了，一起坐上舅舅的轿车，同去的还有爷爷和奶奶。

舅舅开车带着他们来到一个陌生的城市，这时已是深夜，夜风刮过，珍珍感到有些冷，妈妈忙把自己的外套脱下来披在珍珍的身上。

舅舅找了一个小旅馆，又外出买了一些方便面，大家泡着吃了。妈妈和珍珍住一个房间，珍珍感到妈妈翻来覆去没有睡着，珍珍迷迷糊糊睡到天亮。

简单洗漱后，舅舅开车到了一个小吃部吃早点，妈妈没有吃，舅舅劝妈妈吃点，妈妈依然没有吃。

舅舅开车穿过市区来到郊外的一处建筑，那里停着许多灵车。珍珍又见到爸爸了，爸爸躺在白色的菊花之中，好像睡着了一样，珍珍大声喊爸爸，只是爸爸没有答应，静静地躺在那里。她想上去晃醒爸爸，舅舅拉着她不让去。

爷爷奶奶和妈妈扑倒在爸爸的旁边大声哭喊着，那种撕心裂肺的哭声一直留在珍珍的记忆中。

后来工作人员推着爸爸离开了，珍珍意识到再也看不到爸爸了，哇的一声哭了起来，妈妈忙把珍珍搂在怀里。

又过了好一会儿，工作人员送过来一个木盒子。妈妈对珍珍说，爸爸在这个盒子里了，珍珍不相信，爸爸那么大怎么会在这么大的小盒子里呢？难道爸爸会变小，珍珍想到爸爸以前给她买过的画册上面就有会变的人，还有电视上的孙悟空也会变，甚至变成一根汗毛，说不定爸爸真的会变。

妈妈让珍珍抱着这个盒子上了车，舅舅开车往回赶，又经过一天终于到家了。

到家后，珍珍发现爸爸依然没有变出来，直到将那个盒子埋到了地下。

珍珍多希望爸爸能变出来啊！

从那以后妈妈很少说话，整天没精打采的，像换了一个人。

珍珍开始正常上学了。

每天放学后经过天桥，珍珍都会停一会儿，望着桥下的车流，希望看到爸爸开着大卡车打着双闪鸣着汽笛从远处驶过来。

两年过去了，珍珍上三年级。

一个春天的星期天，院中的那株玫瑰花又开了，红红的玫瑰娇艳芬芳，满院子都是玫瑰花的香味。

家里来了一个高大的叔叔，留着浓密的胡须，叔叔面带微笑显得和蔼可亲。

妈妈心情很好，让珍珍喊叔叔好，珍珍喊了，叔叔特别高兴，从包里取出许多好吃的巧克力给珍珍。珍珍望了一眼妈妈，妈妈示意她可以接下。

叔叔走后，妈妈对珍珍说："今后叔叔要正常住咱们家你同意吗？"

珍珍问："为什么？"

妈妈说："叔叔没地方住，要来咱家住。"

珍珍说："不同意！"

后来叔叔又来了，每次过来总会带珍珍喜欢吃的巧克力。

有时星期天还会带妈妈和珍珍到城里玩，给妈妈和珍珍买好看的衣服。

有一个星期天那个叔叔又来了，只不过这次叔叔带来了一个小男孩。

那个小男孩黑黑的瘦瘦的说话很少。

珍珍的妈妈拿出一些水果给小男孩，小男孩把手缩着不接。叔叔对小男孩说：“阿姨给的拿着。”

小男孩依然不接。

叔叔苦笑着说：“算了吧，他见生人就这样。”

也就在那一天，珍珍知道这个小男孩名叫壮壮，比珍珍小两岁，四岁。

壮壮这一天几乎没说什么话，像个小哑巴。珍珍要带壮壮出去玩，他也不出去，就这么安静地坐在那里。

又过了一段时间，叔叔又把壮壮带到了珍珍家，这一次壮壮比上一次来话多了一些，珍珍的妈妈问一句答一句，甚至也和珍珍说了几句话。

叔叔来珍珍家的次数越来越多，渐渐地珍珍对这个叔叔不再陌生，慢慢变得熟悉起来，有一段时间不来，珍珍还盼着他来呢。壮壮也常跟着爸爸一起过来，珍珍慢慢地和壮壮也熟悉了。

珍珍问妈妈：“叔叔的家离咱家远吗？”

妈妈回答：“不远，有空带你去他家看壮壮好吗？”

珍珍说：“好！这个星期天就去吧。”

星期天的时候，妈妈果真带着珍珍去了叔叔家，叔叔家不是很远，妈妈带着珍珍骑着电动自行车骑了大约半个小时就到了。叔叔家也在农村，房子很破也很旧。

叔叔和壮壮很高兴，叔叔还上街买了好多菜，他和妈妈忙着做饭，壮壮就和珍珍一起玩。

从叔叔家回来后，妈妈问珍珍：“今后我们一直住叔叔家如何？”

珍珍惊讶地望着妈妈说："不行，我不喜欢住别人家里，我就要住自己家里。"

妈妈又问："希望叔叔常住咱家吗？"

珍珍不明白为什么叔叔要住她家便问妈妈，叔叔不是有自己的家吗？

妈妈沉思了一下回答："咱家地多活也多，妈妈一个人也忙不完，叔叔住咱家里方便照顾我们啊。"

珍珍似乎有些明白了。

妈妈又问了一遍："希望叔叔常住咱家吗？"

珍珍点点头。

妈妈又问珍珍："希望壮壮一起来住吗？"

珍珍又点点头。

后来叔叔真的带着壮壮来珍珍家常住了下来。

壮壮还是不怎么爱说话，珍珍问一句他就回答一句。没事的时候就低头玩他爸爸给他买的小玩具。

有一次珍珍问壮壮："你的妈妈呢？"

这一次壮壮不再回答，低头玩他的玩具。

有一天晚上，珍珍到壮壮的房间玩，看见壮壮正在看一个小相框，珍珍看到相框里有三个人：叔叔、壮壮和一个女人。壮壮见到珍珍进来想把相框收起来，只是太晚了，珍珍已看到了相框里的三个人。珍珍看到壮壮长得和那个女人很像，她指着相框里的女人问壮壮："这是你的妈妈吗？"

壮壮点点头。

趴到床上，把脸蒙到被子里大哭。

珍珍不明白壮壮为什么这样伤心，或许他想妈妈了。珍珍头脑里有一个不好的念头，壮壮的妈妈也像自己的爸爸那样死了吗？

壮壮和珍珍在同一所小学上学，每天一起上学一起放学回家。时间长了壮壮和珍珍熟悉了起来。壮壮的话慢慢多了起来，脸上也有了笑容。

有一天晚上珍珍又发现壮壮拿着那个相框发呆。

珍珍问："你妈妈呢？"

壮壮还是没有回答。

"死了吗？"

壮壮很生气，睁大了眼睛愤怒地看着珍珍，像一只暴怒的狮子。

珍珍吓得赶快逃离了壮壮的房间。

第二天珍珍问妈妈："壮壮的妈妈是死了吗？为什么我问他，他会那么生气？"

妈妈严肃地对珍珍说："这是不礼貌的行为，不能这么问人家，壮壮的妈妈没有死。"

珍珍问："他妈妈没死，那壮壮为什么不和爸爸妈妈一起生活，还要来咱家呢？"

妈妈没有回答，只是说以后就会知道了。

壮壮对珍珍的妈妈很少说话，总是爱理不理的样子，相反珍珍的妈妈对壮壮很好，甚至比对珍珍还要好。给珍珍买好东西的同时也给壮壮买一份他喜爱的东西，两个孩子不分彼此。

不知不觉一年过去了。珍珍上四年级了，壮壮上二年级，他们俩依然一起上学一起放学。

又一个春天的下午，天空中蜻蜓来回飞舞，校园里香樟树散发着淡淡的香味。学校放学是低年级先走，高年级后走，出校门后分散回家。珍珍和壮壮约定每次放学后在校门口的那棵香樟树下会合。

像往常一样，壮壮所在的二年级先放学，他先到校门口的那棵香樟树下等珍珍，四年级的珍珍放学路队出来迟，都是壮壮先在树下等珍珍。

珍珍从校门口出来后，径直向那棵香樟树走去，这时她看到了不可思议的一幕：香樟树下站着一个女人，她手里拉着一个蹒跚学步的男孩，壮壮和那女人在一起。珍珍走过去又停了下来，远远地看着。

那个女人指着壮壮对那个小男孩说：“去抱抱哥哥。”

她松开了那个蹒跚学步的男孩，小男孩笑着，蹒跚地向壮壮走去。

“抱抱弟弟！”那个女人对壮壮说。

壮壮犹豫了一下还是抱起了那个小男孩，接着轻轻放下了，那个小男孩又向那女人蹒跚地走回去。

珍珍吃惊地发现这个女人和壮壮房间里那个相框上壮壮妈妈一模一样。

这应该就是壮壮的妈妈了。

壮壮的妈妈又拉住了那个小男孩，接着转身从身后的包里取出一件新衣服和两盒饼干递给壮壮。

壮壮没有接，指了指小男孩子，说了句：“留给他吧。”

转过身挥挥手，头也不回地跑向了珍珍。

“走！”壮壮说着拉着珍珍便往家的方向走。

珍珍发现壮壮的妈妈手里拿着衣服和饼干呆在原地，如塑像一般。

壮壮头也不回地往回走，珍珍发现壮壮哭了，不停地用手抹着眼泪。

从那以后珍珍再也没有看到壮壮取出那个相框了。

壮壮过生日那天，珍珍的妈妈特意买了一只大蛋糕。晚上壮壮的爸爸下班也回来了，珍珍的妈妈早早地做了一桌丰盛的饭菜。爸爸为壮壮戴上了生日王冠，珍珍点着了生日蜡烛，壮壮闭上眼睛许愿。

珍珍问：“许的什么愿啊？”

壮壮说：“许愿是不能告诉别人的，否则就不灵了。”

珍珍唱起了生日歌：“祝你生日快乐！祝你生日快乐……”一家人跟着一起唱。

唱完了生日歌后，壮壮一口气吹灭了八只蜡烛，他特别高兴。壮壮的爸爸喝起了酒，珍珍第一次见到他喝酒，脸红红的像红布一样。这让珍珍想起了自己的爸爸以前跑车回来每次也都喝酒，心里有了一丝难过，不过这种难过的心情很快就消失了。

这天晚上，壮壮第一次喊珍珍的妈妈：“妈妈！”

珍珍看到妈妈转过身悄悄地抹眼泪。

也就是这天晚上，壮壮主动给珍珍讲起了自己的妈妈的事。壮壮说："以前爸爸妈妈在一起经常吵架，妈妈说爸爸赚不到钱，有一天妈妈离开了家，也就再也没有回来了，再后来爸爸就领着我到你们家了。"

珍珍不知道壮壮的爸爸做什么工作，每天天不亮就走了，直到天黑才回来。壮壮曾经对珍珍说他爸爸是"飞人"是"蜘蛛侠"。珍珍不信，向壮壮的爸爸求证，壮壮的爸爸笑了笑，不置可否。

直到有一个星期天，妈妈带着珍珍和壮壮到城里的一处工地上，此时一幢高楼正在施工，几个油漆工在做外墙涂料，他们身上系着一根长长的绳子，屁股下面坐着一块板，两头挂着两只桶。

他们在墙壁上荡来荡去像一只只正在结网的蜘蛛。

壮壮说上面有一位就是他的爸爸，由于太高了也看不清哪位是他的爸爸。直到这时珍珍这才明白了壮壮为什么说他爸爸是"蜘蛛侠"了。

他们三人就在下面等着，直到壮壮的爸爸从上面慢慢施工到下面结束。壮壮的爸爸微笑着提着油漆桶走了过来，火红的安全帽在阳光下如一团火焰。他脸上喷上了点点涂料，如唱戏人脸上涂的油彩，身上穿的工作服上也是点点油漆。

珍珍的妈妈一点也不嫌弃，跑上去接下了油漆桶，壮壮也连忙迎了上去。

珍珍问壮壮的爸爸："上面那么高，你怎么敢在上面干活啊？万一掉下来咋办呢？"

妈妈连忙制止道："不能随便说不吉利的话。"

壮壮的爸爸笑着回答："习惯了就不怕了，在上面还可以看到好多风景呢。"

珍珍竖直了大拇指："你真厉害，真的是'蜘蛛侠'！"

妈妈一到晚上，见壮壮的爸爸还没有回来就显得很紧张，不是打电话就是一次又一次地跑到门口张望，直到他回来才放下心来。

珍珍过生日了，壮壮的爸爸从城里买了一个大蛋糕回来，上面还有好多珍珍爱吃的水果。到了晚上，一家人开心地为珍珍过生日。壮壮用打火机点着了生日蜡烛，一支支插到了蛋糕上。壮壮带头唱起了生日歌，一家人跟着唱起来。吹蜡烛时，壮壮让珍珍许了愿，壮壮问："许什么愿？"

珍珍说："说出来就不灵了。"

一家人大笑。

这天晚上，珍珍第一次主动改口喊壮壮的爸爸为："爸爸。"

壮壮的爸爸猛地把一杯酒喝下肚，眼睛红了，不知是不是酒精的作用。

珍珍说："爸爸！你做'蜘蛛侠'我还是很害怕，怕你掉下来，你能不能不做'蜘蛛侠'了？"

爸爸说："等我们攒够了钱，在城里买了房就不做了，我换一个安全一点的工作。"

珍珍问："为什么现在不换工作呢？"

壮壮的爸爸笑了笑回答："做'蜘蛛侠'工资高啊，来钱快。"

妈妈说："咱不图在城里有房，一家人平平安安在一起就好，住这里不是很好吗？"

壮壮的爸爸说："我还是想在城里有个房子，两个孩子在城里读书条件要好些。"

妈妈说："我也希望你赶快换个工作，平安最好，我也怕了。"妈妈似乎有些难过，或许她想到了珍珍的爸爸。

一家人一下子变得沉默了，壮壮的爸爸赶快换了一个话题，讲起了一个笑话，气氛又活跃了起来。

吃完饭后，珍珍回到自己的房间，她一个坐在书桌前，书桌上放着一个小相框，上面有爸爸、妈妈和自己。一家人都面带微笑，多么幸福的一家人啊！望着相框里的爸爸，珍珍一下子想起了好多和爸爸在一起的开心往事，想起了爸爸带着自己游乐园，想起了每次回家都要将自己抱起来亲一下，想起了爸爸带自己去田野去爬山。今天是自己的生日，要是爸爸还在的话，他一定提前好几天就回家了。珍珍此时特别想爸爸了，想到以前在天桥上等爸爸的开心和兴奋劲，她想到天桥上走一走。

珍珍一个人来到天桥上，此时月亮皎洁，圆圆的像一只银白色的大盘子。桥下依然是川流不息的车辆，珍珍静静地望着桥下来来往往的车辆，每辆车都亮着大灯。她站在以前等爸爸的位置。"爸爸你在哪里？你已经三年没有回家了。"

高速路上的车灯光汇成一条长龙，这时月亮躲到云层里了，天色暗了下来。珍珍的眼前景物有些模糊，这时她仿佛看到一辆厢式大卡车从远处驶过来，前灯闪着双闪，长长的汽笛声响起，这是多么熟悉的情景，难道是爸爸回家了，她再次大声喊：

“爸爸！爸爸——我在这里，你看到我了吗？”

那辆车从天桥下飞速驶过，没有一点减速，长长的汽笛声消失了，尾灯的双闪消失在了夜色中。

此刻，泪水模糊了珍珍的双眼。

珍珍转过身准备回家，她惊奇地发现身后站着三个人：妈妈、新爸爸和壮壮，圆圆的月亮从云层中跑了出来挂在了他们的头顶上，大地笼罩在一片柔和的银色月光里。

跋

2019年，我在北京师范大学读文学创作方向研究生的时候系统学习了文学创作理论，有幸遇到了张清华、张莉、张柠等当代文学创作理论研究的学者，从他们身上，我学到了好多东西，这也改变了我文学创作理论小白的状态。我以前搞创作走的是野路子，只能算黑暗中自己摸索而已，更谈不上有何创作方法和技巧。中文系不是培养作家的论调虽一直存在，但我想通过大学课堂学习文学创作对于开阔视野、分析作品以及具体创作等方面还是起到一定作用的，至少我通过3年研究生的学习还是感到收益满满。由于当年我读的研究生是北师大和鲁迅文学院联合办学，我每周都要到鲁迅文学院上一两次课，听全国知名学者授课，授课的人不仅有作家也有文化学者甚至还有戏剧、哲学等领域的大师，内容极其丰富，让我感到极其震撼也很兴奋，也让我有一种从井中上来看到外面大世界的感觉。也就是在读研究生的时候听众多大师们的小说讲座以及阅读大量小说名著后我有了写小说的冲动，以往20多年我主要从事诗歌和散文创作，没想到在40岁以后要转型，更没想到今后一直会以创作小说为主。

2021年，我的一篇2000字的微型小说《献血》在2021第3期《连云港文学》发表，这是我写于2020年的小说处女作也是读研究生研一的期末作品，这篇小说的发表也标志着我文学创作转型的开始，正式从散文和诗歌创作转向了小说创作。从2020年开始到2024年年末，在这期间我分别创作出版了3部长篇小说《我们这一代人》《他乡之客》《吾国吾乡》，写了二十几个中短篇小说，其中一些中短篇小说分别在《芙蓉》《北极光》《连云港文学》等期刊发表，也获得了一些文学奖项。在获得小小的满足感的同时，我也在思考创作过程中存在的问题与不足以及与优秀作品的差距。2025年初，一位文友对我说："有时从文学期刊上读到你创作中短篇小说，只是相对零散不全面，何不出一个集子呢？"我想也是，便着手整理，从这5年所创作的中短篇小说作品中选取我认为满意的作品结集出版。

这部小说集由几个中篇小说和一些短篇小说组成，这些小说涉及不同行业不同人物，有辞职创业的高级白领，有放弃爱情到西部山区支教的青年教师，有退伍不褪色的退役军人，有远赴他乡的打工人，有倾注毕生心血的扶贫干部，也有生活在社会最底层的农民兄弟等等，不同的人物形象构成当今群体性的社会大图景。作为虚构作品，有的故事人物与我的工作和生活有关，有的则没有太多关联，无论怎样，这些人物都与我有关。正如鲁迅所说："无穷的远方，无数的人们，都和我有关。"我谈不上洞悉整个社会，只是想在有限的生命中尽可能地创造出无限个可能来，尽可能地去探寻不同社会阶层、不同社会群体的人性所在。有人认为，作家必须要写自己熟悉的领域方能出成绩。我对此不尽认同，只是我创作的领域更加广泛，不想局限在某一方面，如长篇小说《吾国吾乡》就是讲述一个自小生活在中国的意大利人的故事。中篇小说《相思树》从20世纪20年代写起，延续至21世纪初。我想不脱离生活的想象往往比幻想更重要。

写作是创造性的劳动，也是一个人的战斗，在写作过程中没人能帮你去完成。同时在创作过程中也要忍受寂寞与孤独，牺牲一些陪伴家人的时间，所幸这些年我都挺了过来，创作给了我向前行走的动力。

我追求创作中一些异质性的东西，避免重复性创作。我始终认为一个优秀的作家是不缺乏题材的，对于优秀的作家来说所拥有的永远都是富矿，取之不尽，用之不竭。好的题材需要向生活索取，这些年我深入企业、农村、机关、学校不断积累不断找寻需要的东西，使之成为我创作的源泉。

小说的一个重要作用可以反映现实，体现真实的存在。尽管小说是一种虚构写作文体，但是可以烛照现实和反映现实的我庆幸生活在当今这一伟大时代，人们追光前行，逐梦未来，一切皆有可能。